# 罗守弘传

Luo Shouhong Zhuan

哲夫 高强 著

广州市荣誉市民传记系列
Guangzhoushi Rongyu Shimin Zhuanji Xilie

中央编译出版社
Central Compilation & Translation Press

图书在版编目（CIP）数据

罗守弘传 / 哲夫，高强著. ——北京：
中央编译出版社，2017.11
ISBN 978-7-5117-3431-0

Ⅰ. ①罗… Ⅱ. ①哲… ②高… Ⅲ. ①罗守弘-传记
Ⅳ. ①K825.38

中国版本图书馆 CIP 数据核字（2017）第 257824 号

## 罗守弘传

| | |
|---|---|
| 出 版 人： | 葛海彦 |
| 出版统筹： | 贾宇琰 |
| 责任编辑： | 王丽芳 |
| 责任印制： | 尹 珺 |
| 出版发行： | 中央编译出版社 |
| 地　　址： | 北京西城区车公庄大街乙 5 号鸿儒大厦 B 座（100044） |
| 电　　话： | （010）52612345（总编室）　（010）52612349（编辑室） |
| | （010）52612316（发行部）　（010）52612317（网络销售） |
| | （010）52612346（馆配部）　（010）55626985（读者服务部） |
| 传　　真： | （010）66515838 |
| 经　　销： | 全国新华书店 |
| 印　　刷： | 广州市逸彩印务实业有限公司 |
| 开　　本： | 720毫米×990毫米　1/16 |
| 字　　数： | 260 千字 |
| 印　　张： | 22.25 |
| 版　　次： | 2017 年 11 月第 1 版 |
| 印　　次： | 2017 年 11 月第 1 版第 1 次印刷 |
| 定　　价： | 118.00 元 |
| 网　　址： | www.cctphome.com　　邮　箱：cclp@cctphome.com |
| 新浪微博： | @中央编译出版社　　微　信：中央编译出版社（ID:cctphome） |
| 淘宝店铺： | 中央编译出版社直销店（http://shop108367160.taobao.com）（010）55626985 |

本社常年法律顾问：北京市吴栾赵阎律师事务所律师　闫军　梁勤
凡有印刷质量问题，本社负责调换。电话：（010）55626985

# 目录
CONTENTS

## 第一章 源远流长，罗氏家族立大业/1
1. 番禺：地灵方有人杰/2
2. 傍西：崇学尚文育英才/9
3. 罗家业，当铺起/13
4. 从当铺到地产/18
5. 爱港拍地成典范/23
6. 开枝展业，家兴旺/26

## 第二章 中西合璧，彬彬少年心智启/41
1. 快乐的典当世家的后代/42
2. 学会与懂得/46

## 第三章 求学路迢，上下求索树远志/53
1. 小学成绩急转弯/54
2. 求学路迢迢，远赴多伦多念高中/67
3. 压力就是动力/74
4. 与文学、挚友共度艰难岁月/78
5. 远离战争的硝烟洗礼/81
6. 尽职尽责的兄长大哥/82

# 目录
## CONTENTS

### 第四章　舅父引路，建筑行业露锋芒/87
1. 初生牛犊，事务所里的实习生/88
2. 自立门户露锋芒/94
3. 重建省躬草堂见实力/111
4. 拓展内地，建广厦/121

### 第五章　慧眼独具，连锁酒店抢先机/129
1. 精准定位，打造红茶馆/130
2. 高瞻远瞩，抢占香港酒店投资洼地/141
3. 稳扎稳打，立足香港发展内地/143

### 第六章　另类投资，长者事业开先河/149
1. 睁开"另眼"看世界/150
2. "文化"发起"联动效应"/164

CONTENTS

## 第七章　建筑理念，城市文化/173
1. 异域理念的影响/174
2. 以人为本——建筑的舞台说/177
3. 多种建筑学说的融合与统一/186
4. 不要得奖要奉献，建筑业界开先河/189

## 第八章　营商智慧，人性管理/195
1. 罗氏商风/196
2. 亲力亲为，和时间赛跑/200
3. 稳健发展，安全第一/210
4. 以量求胜，中低档抢占市场/217
5. 仁字当先，奖惩分明/220
6. 中西合璧，取长补短/226
7. 建筑师的思维/230

# 目录
## CONTENTS

### 第九章　心存大善，公益之路薪火传/233
1. 承接慈善薪火/234
2. 随父行善广积善德/236
3. 敬老爱老捐款捐物/244
4. 荣誉之家获殊荣/254
5. 弘道养正润故园/258

### 第十章　琴瑟和鸣，亦妻亦友家和美/263
1. 太太：罗守弘事业的得力助手/264
2. 子女：构建继往开来的家族事业/274

### 第十一章　纵情诗画，笔舞人生墨歌意/295
1. "诗"情"画"意，美妙人生/296
2. 一个平常人的光荣和梦想/325

# 第一章
## 源远流长，罗氏家族立大业

俗话说：一方水土养一方人。其中的"一方"指的是某一块地域，"水土"则包括地理位置、物候环境等自然景观；"一方人"则是指长期生活在这一地域的人。

不同地域上的人，由于环境、生存方式、地理气候以及思想观念、人文历史的差异，性格特征也不一样。所以，要了解罗守弘就要了解他的祖辈，而要了解他的祖辈就要了解赋予他们灵气和禀赋的山水。

罗守弘祖籍广东番禺县（现广州市番禺区），这里历史悠久，物华天宝，人杰地灵，历朝历代英才辈出，而罗守弘祖辈所处的傍西村更有着外人未必知晓的传奇——据说罗氏祖坟是"海螺吐肉"的名穴，有此穴者，子孙后代必出大富豪。

了解罗守弘，就从这里开始。

# 1. 番禺：地灵方有人杰

在广东省中部，珠江三角洲的腹地，有一片迷人的土地，她的名字叫番禺。"历史悠久""人文荟萃""物华天宝""人杰地灵"等美好的语汇，都能用在番禺这个地方。当然，番禺兼收并蓄所容纳的种种妙处又不仅仅于此，不是固化的几个成语能完全表达的。

番禺拥有悠久的历史，历经2200余年的风尘洗礼，如老酒般历久弥香：秦始皇33年（公元前214年），番禺设县，初绽风华。而后方有广州、广东。由秦至汉，番禺迅速发展为南方不可替代的港市，并跻身全国九大都会之一。《史记·货殖列传》载："番禺亦其一都会也。"其后风云际会、朝代更迭，南越、南汉、南明的小朝廷先后建都于番禺，历经三朝十主。

原来的番禺县境范围很广，从汉至清，先后直接或间接划出今珠江三角洲主要县市和香港、澳门地区。历史上番禺大都为地方一、二、三级政权所在地，境处广东政治、经济、文化中心。清代至民国前期，番禺和南海分东西两半管治广州。今天，位于广州市中南部的番禺，仍属广东省最具历史韵味的地区之一。穿行其中，这片繁华现代的区域，依旧弥漫着浓郁的历史风尘，如美酒甘淳，令人迷醉。

番禺是岭南文化的发源地，闻名遐迩的"文化之乡"，人文气息缕缕相传。

番禺的文化教育素来发达。除官设县学外，民间书院、私塾亦遍地开花，各乡邑均有助学措施。长此以往，风气大开，成为岭南文化的发源地之一。从番禺走出去的文化名人，均以其高远的气节、不屈的精神、独特的艺术魅力、影响深远的专业水平闪耀出番禺人所独有的价值和人格魅力——

东汉杨孚，身居高位，屡屡向朝廷进言，主张"孝治天下"，后为天子采纳，影响逾千年。杨孚的学术成就也堪称不朽，我国第一部地区性的物产专著《南裔异物志》即出自其手。他还是一名才华横溢的诗人，独树一帜的岭南文化便是由他开创，令后人仰崇备至。

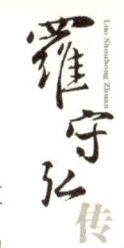

南宋的李昂英是一名彪炳史册的人物，他为官清廉，不畏权贵，曾因弹劾奸臣而触怒龙颜，广州受困的时候，他曾经单枪匹马奔赴敌营，大义凛然，豪情冲天，用片言只语就逼退了数万大军。而且李昂英很有才情，在词作方面颇有建树。他的词作语言简劲，笔力透纸，江万里、文天祥等才俊也为之深深叹服。李昂英的成名作《摸鱼儿·送王子文知太平州》以"丹山碧水含离恨，有脚艳阳难驻"一句饮誉词坛，他的一首《兰陵王·燕穿幕》更因清丽动人而成为绝唱。

明末黎遂球，诗书画样样精通。有一年，他途经扬州，正值牡丹盛开，便即席作七律十首，一时石破天惊，被称为"牡丹状元"。黎遂球痛恨奸人当道，所以潜心书画，不求闻达于诸侯，后来清兵南下，夹攻赣州，形势堪虞，他马上奋起而赴命，最后壮烈牺牲。

明末清初的爱国诗人屈大均，一生为反清复明而奔忙，他的诗作大多以弘扬民族气节为主旋律，以诗为文，同时又隐含着对民生疾苦的关注，对腐朽政权的痛心，对残暴苛政的揭露与批判。屈大均的诗作气魄沉雄、意象瑰丽，"如万壑奔涛，一泻千里、放而不息、流而不竭（王瑛《岭南三大家诗序》）"。他写下的无尽的豪情与悲叹开辟出独树一帜的"翁山诗派"，成为"岭南三大家"之首。屈大均又是著名学者，他的《皇明四朝成仁录》记载了崇祯、弘光、隆武、永历四朝死节之士的事迹，具有珍贵的史料价值；《广东新语》则记录了广东的天文、地理、经济、风俗，包罗万象，具有极高的史料价值和学术价值，被后世尊为"广东大百科"。

此外，番禺的"画坛三杰"高剑父、高奇峰、陈树人开创了岭南画派，"何氏三杰"（何柳堂、何少霞、何与年）使广东民间音乐得以升华。爱国将领邓世昌在危局之下挺身而出，为萎靡的时局奏响了绝世强音，"人民音乐家"冼星海苦心创作《黄河大合唱》，以绝世的艺术才华凝聚了一个国家的抗争力量……正是这样一个个文化名人以其心血甚至生命弘扬了民族精神，使岭南文化得以萌芽并发扬光大，与齐鲁文化、湖湘文化、巴蜀文化、吴越文化等地域文化一道，成为中国传统文化版图中不可或缺的一块。

2009年9月30日,本书的主人公罗守弘还写了一首诗,表达自己爱国情怀的同时,也感叹番禺源远流长的历史文化:

六十国庆南粤苑

穗月中秋烟花庆

百花齐放杨枝玉

东南长看广州城

壮观番禺传人录

浩瀚世代留名正

常绿荫余潺鱼泳

成长小树洒金青

罗守弘2001年在番禺的写生作品

番禺拥有丰富的旅游资源，畅游其中，既能领略园林书院的古典高雅，又能体味绿树清溪的生态英姿，更可见尖叫喧天、快感不息的欢乐世界。世间美景，在此可以一网打尽。近年来，番禺先后获得"中国县域旅游品牌百强县（区）""中国最佳休闲旅游区""中国旅游文化示范地""2008中国最佳旅游品牌目的地""中国生态旅游百强区""国际旅游名区"等称号。以下美景，不仅是番禺的名片，也是广州、广东的骄傲。

　　余荫山房建于清道光年间，是广东四大名园之一。该园通过"藏而不露"和"缩龙成寸"等艺术布局，竟在有限的占地面积（1598平方米）中拓开了中国古典园林建筑的大门，亭台楼阁、花鸟鱼虫应有尽有。徜徉其中，通幽于曲径，沉醉于明月清风。满眼的古色古香能将人带回远古，吟尽满腹的诗情。

罗守弘夫妇与长子罗秉业（右）及幼子罗秉晋（右二）在番禺

罗守弘对番禺的发展充满信心

　　莲花山位于珠江口狮子洋畔，在番禺诸多的历史文化遗迹之中最具代表性。她像一个智慧的老人，见证了番禺2000余年的沧海桑田。莲花山的区域美景或雄或奇或险或正，姿态万千，不一而足，可谓天然与人工的磨合，古典与现代的交织。燕子岩、飞鹰崖、观音岩、狮子石……处处美景，处处惊奇。"莲峰观海"更成为新世纪羊城八景中最具魔力的看点。

　　长隆旅游度假区是全国首批、广州唯一的国家级AAAAA级景区，旗下拥有长隆香江野生动物世界、长隆欢乐世界、长隆国际大马戏、长隆水上乐园、广州鳄鱼公园等场所。其中长隆香江野生动物世界是亚洲最大的野生动物主题公园，拥有超过20000只包括澳洲树熊、白虎、熊猫、食蚁兽在内的珍奇动物；独有八项亚洲及世界之最，其中的垂直过山车被誉为"全球最顶尖过山车之王"，让你刺激不断，尖叫不止，流连忘返；长隆内的广州鳄鱼公园聚集了近10万条"爬行类之王"，它们潜伏于平静的水面下，当"鳄饵"触及湖面则突啦啦跃起，场面浩大骇人。

　　除此以外，还有宝墨园、留耕堂、百万葵园、大夫山森林公园等，均能让人领略到番禺独具而又多样的无穷魅力。

罗守弘（左）与父亲罗肇唐（右二）等在番禺

在饮食方面，番禺海纳百川，荟萃了世间名食，更是粤菜的发源地之一。俗话说："食在广州，根在番禺，味在番禺。"番禺不仅拥有可口的姜撞奶、双皮奶，还有闻名已久的十大名菜，吸引着天下熙熙攘攘的食客闻香而至。礼云莲藕、凉瓜鲍鱼炆铱鸡、金银彩蝶、鹅肝酱酿辽参、咖喱皇炒蟹……每一道菜都能让人体味到欲罢不能的舌根快感。

番禺人拥有勇于探索的精神，诞生了为数众多的商界巨擘。这源于两方面的原因：一方面，番禺自古商业发达，铸就了番禺人务实求进、敢于创新的精神。另一方面，番禺邻近港澳，得以较早接触西方商业文明，得开风气之先。因此，大量的番禺籍人士事业通达，成为商业大亨，也就不足为奇了，像霍英东，破船里生，风雨里长，年幼丧父，辗转打工，依旧积极进取，奋发图强，终因开创卖楼花的方式扬威地产行业，成为巨富，后又担任全国政协副主席，成为国家政商界的彪炳之才，番禺企业界的重要代表人物。

放眼未来，番禺作为广州市"南拓"战略的重点区域，将是下一轮经济"飞升"的重要据点。番禺的区位优势异常明显，这里水陆交通便利，京珠高速、南沙港快速、105国道、华南快速、新光快速纵横交错，四通八达，赴港澳以及外省市选择性多，畅行无阻。

罗守弘2014年画于番禺傍西村

　　番禺是广州重要的工业强区和工业出口基地之一，聚集了箭牌糖果、立白、日立电梯、红桥客车等知名企业，未来仍将有无数的大型投资项目落户于此；近年来，随着经济的发展，番禺楼市风生水起，祈福新村、丽江花园、华南新城、碧桂园等时尚商住楼盘价格屡创新高；番禺旅游产业发达，诸多的大小景点风景各异，吸引了越来越多的游人，带动了番禺经济的又一轮腾飞。

　　总而言之，说番禺是岭南地区政治、经济、文化中心并不为过，其超迈当下、制胜未来的气魄决定了她的明天会更好。

罗肇唐捐建的傍西幼儿园

## 2.傍西：崇学尚文育英才

罗守弘祖籍是广州番禺石碁镇傍西村，这里也是罗氏家族祖上的根，罗氏家族的血脉就是从这里开始发源、流淌。

傍西村全称傍江西村，又称傍江西坊，是由傍西、招村、凛边三个自然村组成的一个行政村。傍西村东与傍东村、新桥村、雁州村相邻，南靠市桥水道，西邻石岗东村、罗家村，北邻旧水坑村，占地面积约2.4平方公里。村中人口以罗、蔡、黄姓为主，其中罗姓人口最多，约占全村人口总数80％。

傍西村历史悠久，诞生了不少的历史名人，在抗日战争年代，这里的人们为广东乃至整个中华大地的和平安定做出了巨大的贡献。如爱国将士罗邦、罗礼廉父子，一个参与北伐战争后任福建省警察厅厅长、番禺县县长，退休后仍为家乡教育事业尽己所能；一个堪称抗日英雄，率部驻守蛇口、虎门等地，保家卫国，后参与起义，为和平解放番禺做出了贡献。

傍西村最具名气与影响力的名人无疑是广东省最早的共产党员之一，与彭湃、阮啸仙齐名的广东农民运动领导人罗绮园。罗绮园出生于1894年，民国时任阳山县县长，家境殷实。他后来接受了马列主义教育和革命运动的熏陶，走出小家庭，成为农民运动的领导者。1916年，罗绮园考入上海同济大学，在校期间担任同济大学学生会委员，并参与编辑会刊《自觉周报》，以此为平台揭露社会弊端、痛斥反动政权、发表进步言论。1921年8月11日，中国共产党公开领导工人运动的机构——中国劳动组合书记部在上海正式成立，罗绮园也在其中发挥了积极的作用。回到广东不久，罗绮园的工作重心转向了农民运动，担任了第二届农民运动讲习所主任。其间恰逢反动商团发动叛乱，罗绮园将学生组成农民自卫军，参与了平叛战斗。1924年11月，罗绮园被选为中共广东区委委员。不久，又担任中共广东区委农委书记，成为广东农民运动的主要领导人之一。1925年，罗绮园被选为广东省农民协会常务委员，担负领导全省农民运动重任，1926年1月1日，他担任农民部主办的《中国农民》主编，发表了毛泽东的《中国社会各阶级的分析》、李大钊的《土地和农民》等影响深远的文章。1926年8月，罗绮园主持了广东省农民协会扩大会议，起草的《广东省农民目前最低限度之总要求》的决议成为指导当时农民斗争的纲领。

说起傍西村的发展，罗守弘感触良多

　　特殊年代，傍西村为社会贡献了罗邦、罗绮园等"乱世英雄"。和平年代，傍西村人依然为社会的发展做出了自己的贡献。傍西村的历史就是一部中国村落在改革开放的春风拂下快速发展的历史。1958年前，傍西村属土改后的初级社阶段，随后傍江营成立，傍江西约属一社，雁洲属二社，傍江东约属三社，1959年"大跃进"期间傍西生产大队成立，1983年改作傍江西乡，1986年又改为傍江西村。

　　生活在傍西村的人们一直善于把握发展机遇，"改革开放"号角的吹响，为他们提供了前所未有的契机，他们锐意开拓，积极进取，令村里的经济总量

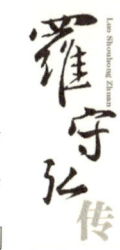

节节攀升，村民的生活也蒸蒸日上：1979年，傍西生产大队首度试水创办了藤厂；1984年开办了首家来料加工的外资企业"傍西制衣厂"，两年后又办了傍西石场；1989年，"今日世界度假村"面世；1990年，村里引进台资，创办了高科技的农业生产基地彰基农场；1992年和昌养菌场、钧隆塑料场又相继落脚于此。在1993年农田收归集体支配以后，佑雄塑料厂、平上塑料厂、连盛塑料厂、同荣电子厂、致富制衣厂、丰盛模具厂、恒达制衣厂、德麟首饰厂等不同行业的外资企业纷纷进驻，傍江西村的发展势头犹如春花向荣，一片繁华。

随着形势的发展，傍西村把发展重点定位于第三产业。1995年，村里开办了悦凯酒店，随后海鲜食街、宝城娱乐城、聚福楼等饮食服务企业如雨后春笋般层出不穷。为了扩大规模并保证发展后劲，傍西村大力开展商业铺位的建设，促使第三产业得以持续腾飞。同年，傍西村猛抓基础设施建设，实现了道路（街、巷）硬底化、下水道暗渠化、道路照明化，1997年更是开通了村内的多条道路，建造了集休闲娱乐于一体的傍西公园，2000年建造了傍西敬老院（老人活动中心）。

傍西村的努力引起了番禺政府的重视，2003年，番禺汽车客运站在村里设立。有了更好的交通条件，村里又马不停蹄地创办了君御酒店、君御坊商业城，自建了泰兴路、市莲路北的商业铺位……经济发展了，傍西村人用上了自来水，圈起了宅基地、盖上了高楼、重修了罗氏大宗祠、建造了傍西牌坊，日子过得越来越滋润，2004年还建造了当时鲜有的健身中心。

罗守弘2016年画于番禺

商业促进经济，经济改善民生，傍西村的发展就是改革开放的一个缩影。徜徉于傍西村，这里的如荫绿树、似锦繁花、雅致楼房、古朴街道会让你感觉心旷神怡，而密布的摄像头和 24 小时不间断的保安人员也会让你感到安全放心。

在经济上大受裨益的傍西村人并未忘却崇学的古老传统，他们知道教育是发展之本，知识是子孙后代的成长之源。因此，他们建立了傍西幼儿园，把设施简陋的傍西小学重修成为环境优美、设施齐全的新型学校。2007 年，村里投入 70 多万元建起了占地面积达 250 平方米的傍西图书馆，馆里藏书 5 万多册，图书馆更设有健身室、电子阅览室等，此外，傍西村还建立了农家书屋，让村民补充新知识，汲取新能量。

傍西村成了经济发展楷模，民风学习典范，多年来获奖无数，广东省卫生村、广州市文明示范村、社会治安综合治理先进村、计划生育合格村、文明村标兵、安全文明村标兵……这些光荣的称号，傍西村确实当之无愧。

而在战争年代培养了爱国将士罗邦、罗礼廉父子以及农民运动领导人罗绮园的傍西村，也在经济发展年代孕育出诸多乐善好施的商业巨贾，贤达之士，单傍西罗氏一家就有罗肇康、罗肇唐、罗肇章、罗肇群、罗守弘、罗志勤六人荣获"广州市荣誉市民"荣誉称号，他们为广州乃至内地的经济建设与慈善公益事业做出了巨大的贡献，令人感佩之至。

2009年，罗守弘在傍西村图书馆参观

### 3. 罗家业，当铺起

在说罗氏家族的发家史之前，让我们先看一下香港报纸《华侨文化》于1985年刊载的一篇小文，文章标题名为《番禺罗氏海螺吐肉墓，相传肉身埋葬发巨富》。原来，海螺吐肉墓是玄学上所说的十大名穴之一，如果祖坟是此类墓穴，子孙后代里定能出富豪。

据说罗氏祖坟便是"海螺吐肉"的名穴，从前堪舆名师曾留有地标谶云："海螺吐肉穴居肉，家里堆金如积谷，年年进产兼进入，代代着绯兼着绿。君不见，金钟玉釜两边排，功曹传来水来逐，积善之家获此扦，累世繁荣能预卜。"当然这只是玄学上的观点，是真是假无法辨明，而罗氏家族事业通达的原因是否来源于此，就更无从考证了。

关于罗守弘的家族发展史，可以从其曾祖父罗敏璘（1860—1911）开始说起。

虽说傍西是个好地方，罗敏璘却从未享受过富足的生活。他生长于贫农家庭，家里没有几亩地，吃不饱也穿不暖，为了生活下去，长辈时常掏出祖传的古董、首饰到当铺里换几个银钱。年幼的罗敏璘也曾跟着家人转悠，每一次走出当铺，都能解决短时间内的温饱问题，因此，他朦胧地感觉到，当铺是个好地方，能给穷人家带来希望——当时的罗敏璘应该不会想到，他的人生也会因为当铺而改变，变得尊贵荣耀，受人钦敬，并且福荫罗家后代子孙。

某一年，乡下稻谷欠收，原本已经揭不开锅的家庭因此更加困窘，无奈，罗敏璘只好中断学业，外出求存。正巧一个乡人要去越南打工，便把他带了过去。背井离乡，实在说不上幸福，每月5元的生活费虽能勉强过日子，却也苦不堪言。当时的罗敏璘有些无奈，他想好歹算是有了份工作，先凑合着过下去吧。

然而，命运似乎总爱捉弄潦倒之人，即使罗敏璘已经"认命"，依然得不到上天的眷顾。此前从未走出番禺的罗敏璘不久便因水土不服而病倒。还好只是小恙，他心痛地挤出血汗钱抓了把药，当是白干了一段时间。不想，现实还是在与他作对，从这以后，身体的种种不适从未间断，每月赚来的钱甚至不够他抓药治病的。

　　被疾病折磨的罗敏璘此时陷入两难的境地：回乡下吧，靠什么谋生，难道继续那种食不果腹的苦日子？再干下去吧，小病小痛不停，何时才是个尽头？正当罗敏璘难以抉择时，他听说为了求生存，已经有大量的人涌向了南洋，仿佛被命运追赶着一般时，罗敏璘来不及细想，就加入下南洋的大军，跟着一个族叔朝着那个遥远的地方走去。

　　途经香港时，罗敏璘又大病了一场，他躺在床上无法动弹，只能眼睁睁地看着其他人兴奋地乘舟而去，心里如同哑巴吃黄连，有苦说不出。

　　所幸罗敏璘在香港还有一个在当铺打工的老乡，于是他便暂住于老乡的住所，只待病好便返回乡下，连去南洋的念头都打消了，此时，命运终于出现了一丝转机，这次罗敏璘赶上了当铺招收伙计，就顺理成章地留了下来。

　　那段时间，罗敏璘总会不由自主地仰望一下当铺的牌匾——孚安大押，然后兴致勃勃地开始忙碌，他想，这里确实是一块福地，至少让他月薪不足养病的窘迫日子从此一去不复返了。

　　在孚安大押，罗敏璘的勤奋与机灵开始发挥作用，他过上了如鱼得水的打工生活。除了干好本职工作，他还会帮助别的伙计打理一些事务，渐渐地，罗敏璘熟悉了当铺的整个操作流程，受到了老板的器重。

　　对男人而言，一个合适的行业便是一生的福祉。罗敏璘时常庆幸自己竟然无心插柳地进入一个趣味盎然且极具发展前景的行业。

　　于是，在之后的数年打工生涯中，罗敏璘开始省吃俭用，因为他知道，要远离贫困，过上理想的生活，仅仅是为他人做嫁衣裳是远远不够的，势必要自立门户，而这需要一笔不小的本钱，他要励精图治，待日后鲤鱼跳龙门，自己做老板！

　　接下来的日子，罗敏璘咬紧牙关，认真工作，储蓄资本，此时，他那贤慧太太的支持让他有了更大的信心和勇气，原来，当太太知道他准备大展拳脚的时候，她表示了最大的支持，甚至把自己的耳环等首饰都熔掉，以此换来一笔资金支持丈夫的事业，此时，离罗敏璘做老板的目标已经近在眼前。

　　1900年，罗敏璘创办的荣昌大押终于开业，此时的罗敏璘虽说是商场新人，却也是个当铺老手，他带领罗氏家族纵横当铺江湖的传奇故事就这样拉开了序幕。

几年以后，经营良好的荣昌大押在香港典当行业占有了一席之地，后来，罗敏璘的儿子罗诚积、罗裕积兄弟也加入进来。当铺不再是罗敏璘单打独斗的行业，而是罗氏家族事业的根据地。事实上，在很多方面，罗诚积、罗裕积兄弟要更胜其父一筹，他们也是自幼在当铺里耳闻目染，对典当行业相当熟悉，于是，罗家的典当事业逐渐在兄弟手中发扬光大。

遗憾的是，当铺经营得红红火火，罗诚积的身体状况却不理想，面对繁杂的业务，他常常是心有余而力不足，导致当铺的事务常常只压到罗裕积的身上，而为了生计，罗诚积的几个儿子如罗肇康、罗肇群等也只好相继辍学，顶替父亲的工作。

肩负家族重任的罗裕积除了要带领当铺一步步走向辉煌以外，还担任了罗肇康等人的师傅，这并不是一件容易的事情。一方面，要达到培养效果，无论大小事务，罗裕积都要带上罗肇康并悉心指导。另一方面，由于罗肇康等辍学时年纪尚轻，脏活累活是不能让其沾手的，还得罗裕积亲自上阵。所幸的是，这样经过了三年，罗肇康还是学到了本事，摸出了门道，升为朝奉。朝奉是当铺行业职务的一种，又名掌柜。

这里需要补充一下典当行业的相关知识。典当是一门古老的生意，在一般人的眼中有些神秘，其中的职位、等级设置也有别于其他的行业。典当业的经营管理有其独特性，在工作流程及分工合作方

罗守弘的祖父罗裕积和祖母谢瑞甜

面都颇有讲究且自成体系。当铺内既有严格的分工，各人各司其职同时又环环相扣，需要同事共同协作。一般情况下，当铺内的职员约分为六七个职别，"朝奉"即掌柜是其中的一个职别。根据当铺的大小不同，一般当铺会分别设有一个或多个掌柜，他们依照各自的身份、等级从右至左坐于柜台后，负责验物、定价、决定收当与否，直接与顾客交易。其中尤以正掌柜最为重要，正掌柜通常都是由富于业务经验、熟悉人情世故、办事精明老练的典当老手担任。当铺经营的好坏与正掌柜密切相关，因而其薪水、待遇等均最好，在同事中地位也最高，其余的副掌柜则为协助人员，薪水次等。

除朝奉外，当铺的职位还有以下几种：

司理：即经理，管理当铺内的财务如筹措资金、增减资本、监督账目等，司理是当铺中的顶头大员工，部分司理由股东兼任。

票台：在大的当铺中有专人负责填写当票及当簿登记等事务。成交后，一般以掌柜口唱、票台听录的方式进行填写。如收取当户的抵押物后，由柜台高声报出其顺序号码、名称、当本等，而票台则边听边将各种资料分别笔录于当票和当簿之上，因此，票台必须听力良好，与掌柜配合，一次成功，不容出错。

折货：负责抵押物的包裹、保管及挂竹牌做标记等工作。他们包裹的衣服需要满足折叠整齐、捆扎结实的要求，做到小而紧，以节省所占货架的空间。

后生：即杂工，通常是未满师的学徒，负责上述除掌柜交易外的其他业务的辅助性工作，如别的同事缺勤或一时繁忙，后生就去顶替或协助。

因为当上朝奉的罗肇康心思缜密、眼光凌厉，对业务已经十分熟练，罗裕积开始把当铺的所有断当货物交给他处理，这样，罗肇康的地位越来越高，在他19岁那年，更创立了声名显赫的仁生大押，仁生大押在鼎盛时期的门店数量达到15间，成为名震香江的金字招牌。

在引导家族行业做大做强的过程中，罗裕积除了培养后辈，其本人的成就在业界同样堪称传奇，在泰丰大押崭露头角之后，他又马不停蹄地将和昌大押这家老当铺整顿得有声有色。20世纪30年代至40年代，罗裕积达到他商业生涯的顶峰，当时他的十余家当铺林立香港，风头一时无两。

时间如白驹过隙，半个世纪后的2002年，香港市建局耗资4000余万元港购入并修复和昌大押，并将其列为文物保护项目，政府的这一举措，正从侧面

罗守弘的父母罗肇唐、许洁珊在修复后的和昌大押当铺前留影

反映了和昌大押在近现代典当史上的地位,也昭示着罗氏家族在典当行业的辉煌。

和昌大押楼高4层,位于香港湾仔庄士敦道66号。楼房第一层为典当店面,第二、四层为货仓,第三层供伙计住宿。如今和昌大押中西合璧的设计外加旧招牌、木柜桶等旧时物品的呈现,已经让人顿生时空穿越、古典怀旧之感。

典当行业的日渐式微,并未让罗家事业的脚步停下来,这得益于罗裕积的高瞻远瞩。他既能够顺势而为,把握住当铺发展的绝佳机会,又能够及时看透当铺作为传统生意的局限,及时引导家族生意把握形势实现转型,所以如今的当铺生意只是罗氏产业中比重较小的部分了。最重要的是,罗裕积商业生涯的打拼与积累在无形中影响了罗氏后人,特别是名噪香江的"九叔"罗肇唐以及本书的主人公——致力于经济型酒店与文化村(长者事业)的罗守弘,他们的经商策略,都明显带有罗裕积的风格:稳健务实,同时又锐意创新。

就这样，由罗敏璘"无中生有"到罗裕积进取、开拓，罗氏家族的大家业已经有了雏形。

### 4.从当铺到地产

在罗氏家族数代生意人之中，罗肇唐是无比重要的一位。他将祖辈的当铺生意发扬光大，成为香港当之无愧的"当铺大王"。获此威名之后，他创立了裕泰兴有限公司（以下简称"裕泰兴"），如今的裕泰兴在香港房地产业仍有着一定的地位。

1930年9月11日，罗肇唐出生于香港西环的西边街，尽管此前已经有了8个小孩，父亲罗裕积仍对他的出生兴奋不已，并对其寄予厚望，这可从其肇唐之名窥得一二。"肇"，即"开始"之意，"唐"，是中国历史上最鼎盛、至今仍令人追思不已的朝代。"肇唐"就是要把家族事业带入"盛唐"时期。也是因为罗肇唐排行第九，后来被人称为"九叔"，当然这都是后话了。

罗肇唐的出生确实为罗裕积的事业带来了好运，从此，他的当铺越开越大、越做越多，终于在20世纪40年代达到了个人事业的巅峰。

而从小到大，罗肇唐也确实没有辜负父亲的厚望，他自幼聪明伶俐，既活泼好动，又乖巧懂事，他关心弟弟妹妹，又知道尊重长辈、老师。罗肇唐小时候比较好动，并且胆大得出奇，上蹿下跳，爬树登梯，无所不为，这令家人非常担心。待子严格的罗裕积只能将他看得更紧，还经常禁止他出门玩耍。但这难不了罗肇唐，他擅长在乏闷的生活中寻找乐趣，不能出门那就折纸，一张普通的白纸在他手中总能变出各种花样来，他的折纸作品大到各式各样的飞机、轮船，小到一朵花、一个灯笼，无不惟妙惟肖，惹人喜爱，这种被他用来消磨时间的无聊消遣，展现了他过人的灵气与智慧。

5岁那一年，罗肇唐开始进入学校读书，他敏而好学，因此成绩非常优秀，令老师喜欢、父母骄傲。但那个时候，世界局势并不安定，日本已经觊觎中国多年。1941年，罗肇唐从家附近的学校转学到香港英皇书院就读的第二年，抗日战争就波及香港，英皇书院宣布暂时停课，那一年罗肇唐仅仅12岁，他的读书梦就这样被战火无情击碎。

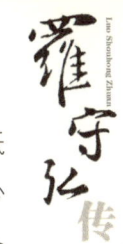

辍学之后的罗肇唐进入家里的当铺帮忙。他勤奋又用心，还把儿时折纸的机灵敏慧带到了当铺，使当铺出现了新的气象。望子成龙的罗裕积不禁心头大喜，他一边给罗肇唐传授数十年之所学，一边大胆授权他处理种种事务。罗肇唐不负所望，他开始接手更多的事务，解决更多的难题，此时，罗氏家族新一代的领军人物也在众人的啧啧称赞中慢慢成长起来。

罗肇唐是个全面的人才，在关注当铺内部问题的同时，他也放眼于外，了解局势，并无时不在思考着当铺的未来。经过他的努力，当铺数十年来的单一格局被打破，经营范围得到扩展。与此同时，罗肇唐启用泰丰大押做招牌，一鼓作气开设了20余间当铺，威震香港押业。

"当铺大王"的霸业，就此定鼎。

正当罗肇唐扬威香港典当业，地位无可撼动之时，不甘现状的罗肇唐又有了新的动作。

那时，战争早已结束，百姓生活趋于安定。深谙时事的罗裕积逐渐看淡当铺生意，认为转型是必然的结果。该如何转型呢？父子俩开始留意新的机会。

罗肇唐慧眼如炬，看中了香港的房地产市场。原来，第二次世界大战以后，香港经济有了转机，人口数量也大幅增长，加剧了社会对房屋、办公楼宇的需求，房地产热即将爆发。

1966年，踌躇满志的罗肇唐成立了裕泰兴，开始全力以赴朝房地产业发起进攻。但此时形势已经发生了改变，不少资金因为担心香港的安定而开始撤离，整个市场人心惶惶，然而，罗肇唐临危不惧，他坚信香港市场的潜力，他看到别人离开反而暗喜，在这个人人自危的市场变局中，他看到了机会。他反其道而行之，没有退，反而大举囤货。

困难是暂时的，能够坚持下来的公司，才有可能成为真正的赢家。与罗肇唐抱有同样想法的商人应该并不罕见，但在一轮又一轮的惨淡中泰然若素就非常难得了，毕竟，并不是所有人都愿意付出几年的时间耐心等待。大处着眼的罗肇唐咬紧牙关，采取了极为明智的行动。一方面，他看准低迷时期特有的廉价机会购入不少土地与房屋；另一方面则厉兵秣马，苦修内功，就这样，不知不觉地，香港地产业的裕泰兴从默默无闻成长为一家见解独到、新意频出的具有领先实力的房地产公司。

寒冬终于过去，灰霾也渐渐消弭。1970年，香港人口再次急遽增长，土地价格亦随之直冲云天，多年来名不见经传的裕泰兴公司因为有了充足的土地储备，迅速成为业界争相追捧的对象。

市场一片艳阳，在裕泰兴果断出招、淡定潜伏之后，巨额财富随之滚滚而来，蓄势待发的罗肇唐终于挖到了房地产业的第一桶金，家族生意就此成功实现了转型。

如今，走过40余年风雨的裕泰兴已经是香港低调却又颇具实力的房地产公司，其服务范围包括买入地皮发展、收购地盘或旧楼重建发展，收购或重建新旧楼房、商铺、写字楼及工商业楼宇做长线投资。其中集团旗下"裕荣建筑置业有限公司"主要经营楼宇建筑工程及地产发展或合作发展楼宇重建。"恒丰财务有限公司"及"裕丰有限公司"主要经营楼宇按揭业务，配合售楼时各分层业主所需提供按揭贷款，或为其他业主提供中短期贷款服务。"裕泰兴地产代理有限公司"统筹办理集团属下有关楼宇的租售事务。裕泰兴共开发修建了200多个大小楼盘项目，如帝后台、曦园、帝銮阁、俊景阁、盈采华庭、显发大厦、裕景阁、翠河花园、富景阁、嘉园等。

在数十年房地产征战、数百个项目的承建中，最令罗肇唐难以忘怀的两个工程却是威享大厦及红磡火车站的修建。

罗肇唐向来认为，从事房地产经营并不复杂，不过是买准地皮、兴建物业、出售或出租等几个步骤。此所谓大道至简，再高明的棋手，也只能通过手头的"车马炮"叫杀，他的车同样不能斜行，马拐脚无威，炮无法空发，但如何布局、如何攻防，却需要一定的功力。罗肇唐正如一名高明的棋手，他最深厚的功力，便是他具备长远的目光，能够穿透眼前的迷雾看清天际气象。

威享大厦的成功，正源于此。

受西方经济危机影响，1981年至1984年的香港房地产市场一片萧索，许多地产项目出现低价抛售的现象。1982年是市场最惨淡的一年，当时楼价迅速跌至谷底，香港民众及房地产商草木皆兵，战战兢兢，不知如何应对。而此时的罗肇唐已经率领裕泰兴打响了"威享之役"。非常时期逆势而动，自然招来了无数的目光，不少好心人均劝其谨慎而行，不要投入太大，把威享大厦建成普通的住宅区即可。但罗肇唐不为所动，坚持要将威享大厦打造成一座现代化的高端办公场所，并且各项指标均须领先于香港其他同类场所。

罗守弘与父母及弟弟罗守耀（右）在2009年裕泰兴周年联欢晚会上

几乎所有人都在感叹，这一头扎了下去，且看他如何翻身！然而"水深火热"中罗肇唐却充满了信心和干劲，他亲自操刀，四处奔忙，为项目的每一步进展兴奋不已。

他知道，威享大厦所处的绝佳位置决定了一时的经济低潮根本无法掩盖其不可阻挡的长远价值。威享大厦位于香港中区皇后大道中，这一带既是香港发展最早的地方，也是当时香港的中心地带，是香港民众气息与商业气息交织得最为完美的一个地方。

果然，威享大厦建成之时，香港经济已然走出困境走向复苏，尤其到了1985年，形势已经一片大好，房地产热再度升温，威享大厦凭借良好的地理位置和一流的硬件设施，迅速成为商界争相追捧的去处，大型公司一一进驻，租金、售价大幅攀升。付出了无数心血，受到了多年质疑的罗肇唐，终于给那些当初质疑他的人回了一个响亮的耳光，他的名字也开始名扬香港地产业界。

或许是因为威享大厦一役是展现自己远见卓识的得意之作，所以威享大厦建成后不但受到商家的追捧，罗肇唐本人也非常喜欢这里，他将裕泰兴总部迁移于此，至今未再变动。

红磡火车站是裕泰兴的又一杰作。红磡火车站位于香港九龙半岛尖沙咀附近,地处繁华闹市,地理位置极佳,既是香港与外界联系的纽带,也是香港无比抢眼的标志性建筑之一。

那是1981年,香港还处于英国政府管辖下,按照惯例,像修建火车站这一类的政府项目通常都是由英国属下公司负责的。但这次政府一反常态,采取了面向社会公开招标的方式,结果裕泰兴参股的裕兴建筑有限公司旗开得胜,成为该工程的承建者。

之后,裕兴建筑有限公司不负重望,建成后的红磡火车站不仅功能齐全、布局合理,设计上亦别出心裁,大气与精致兼有,美观与实用并蓄,令人过目不忘。火车站落成之时,英国女王伊丽莎白二世亲临香港主持剪彩开幕仪式并全面参观了火车站,对裕兴建筑有限公司的成绩也赞不绝口。

红磡火车站的成功不仅再次证明了裕泰兴不可撼动的实力,还展现了香港人的智慧,鼓舞了香港人的士气,这就难怪创造了无数奇迹的罗肇唐对此项目依然念念不忘了。

罗守弘与父母及女儿(左二)、太太在香港鸭脷洲

## 5.爱港拍地成典范

1997年的香港经济笼罩在一片愁云惨雾之中,据国际评论家们分析,当中原因众多,但如此萧条的境况显然离不开一个金融魅影——乔治·索罗斯。

索罗斯,国际著名投资家之一,拥有"金融大鳄""金融强盗""金融杀手"等令人——甚至令诸国政府——闻风丧胆的称谓。据说就是他在这一年把东南亚搅了个天翻地覆,引发了亚洲罕见的金融危机。

是年年初,以索罗斯为首的国际投资商开始向东南亚金融市场发动攻击,首当其冲的是泰国,经过数度强攻,泰国央行被迫宣布实行浮动汇率制,放弃长达13年之久的泰铢与美元挂钩的汇率制。8月,泰央行决定关闭42家金融机构,泰铢失守。与此同时,菲律宾比索也惨不忍睹,一败涂地。

罗肇唐夫妇

战必捷,攻必克,索罗斯有恃无恐,在东南亚金融市场横冲直撞,不可阻挡。印度尼西亚、马来西亚、新加坡等国也深受其害。终于,索罗斯把目标锁定了中国香港。

正是金秋十月,深受局势影响的香港股市开始下跌,香港恒生指数一口气下跌了1200点。为了一举击溃港元,索罗斯等人事先筹措了1000亿港元,并在11月12日突然在伦敦外汇市场抛售价值约30亿美元的港元,开始了针对港元的疯狂进攻。受此冲击,港元一度下滑到1美元兑8.44港元。

香港经济遭遇了惨重的打击,股市楼市纷纷下跌。香港政府开始入市干预、奋勇反击。

香港政府的优势是拥有强大的中央政府做后盾,拥有820亿美元的外汇储备。于是短兵相接,你抛我购,为了抬高投机者借钱投机的成本,香港金管局将银行隔夜拆借率由7%提升到300%,这一系列动作被称为史上绝无仅有的"港元保卫战"。

政府在出招,公民在助阵。罗肇唐作为香港房地产业的一员,在非常时期没有动摇,更没有畏缩,而是以实际行动表达爱国之心。彼时是1997年11月19日,香港举行了10月股灾以来的首次官地拍卖。由于数年前房地产业低潮时期曾出现官地拍卖无人承价的场面,香港特区政府非常担心在此等形势下尴尬重演,因此开价比较谨慎。然而出乎香港特区政府意料的是,这场拍卖无论是在场面的热烈程度还是在成交价格的敲定上,都远远超过预期,拍卖场上的叫价节节攀升,令人应接不暇。当其中一块地皮冲破2.5亿港元并朝着2.6亿元、2.7亿元的价格不断上窜时,现场的掌声与欢呼声响彻云霄,仿佛在宣示着香港人民迎难而上、不屈不挠的必胜信念。

此次官地拍卖意义非凡,不仅李嘉诚的长实、李兆基的恒基、郭鹤年的嘉里、黄廷方的信和、洋行太古等派出代表出席,中小房地产商也踊跃入市,但最终罗肇唐率领下的裕泰兴以志在必得的决心在群雄争霸的局面中夺走了两块地皮,总价格高达4.976亿港元。其中春坎角的3189平方公尺豪宅地皮开价1亿港元,最终以2.21亿港元成交。红磡的693平方公尺中小型住宅地皮开价则是1.15亿港元,成交价为2.76亿港元。总体而言,成交价格比起此前市场预期要高出一至两成。

有意思的是,开发商围绕上述两块地皮的厮杀采取的是完全不同的战术。春坎角的地皮争夺简直是一场闪电战，竞投不足10分钟便一锤定音。而对于红磡地皮，各地产商则展开拉锯战，你争我夺，期间甚至出现4名竞投者分别在不同角落同时举手承价的场面，后来价格越飙越高，最后两名竞投者仍互不相让，不断往上加价。由此也反映了在这特殊时期，相较于豪宅市场，发展商更加看好中小型住宅市场的心理。

　　毫无疑问，皆大欢喜的结果令香港特区政府也松了一口气，拍卖官谭明德会后坦言，由于考虑到当时的市况，政府开价时的确是比较保守的，但他强调承价多少仍是由市场决定，成交价因此充分反映了市价，总而言之，他对拍卖成绩感到非常满意。

　　就这样，裕泰兴以近5亿元的价格连扫两块地皮，这个结果对后市有非常大的刺激作用。长期低调以致在国际传媒眼中难得一窥的裕泰兴与罗肇唐在这次拍卖会上着实风光了一把，到处都有港人竖起拇指评价其"威到尽"。

　　会后，罗肇唐意气风发地表示对香港前景充满信心，并透露将投资8000万港元分别在两幅地皮上兴建住宅与商场、停车场，预计在1999年至2000年之间完成。后来，赤柱春坎角的地皮被罗肇唐发展成一片住宅区，而九龙的红磡地皮就是后来的盈采华庭。

罗守弘和同事视察春坎角施工地盘

罗肇唐的大手笔和坚定信心被香港人拍手叫好，而这次拍卖的行动也产生了直接效果：本来，香港恒生房地产股份类指数在之前的10个月中一直下滑，跌了42%，跌势比同时期跌了33%的大市恒生指数还要严重，但在官地拍卖期间房地产股份类指数一度上升了1.4%。

在如此严峻的局势下，罗肇唐尽己所能，为稳定香港经济尽了一己之力，令人钦佩。正是由于香港特区政府的正确决策以及诸多像罗肇唐一样的爱国人士的支持配合，凝聚成一股战无不胜的"香港力量"，香港特区才能在"港元保卫战"中打败国际炒家，保住了香港数十年来的发展成果。2000年，香港实现了10.5%的经济增长，经济总量得以恢复到1997年金融危机以前的水平。

### 6.开枝展业，家兴旺

毫无疑问，无论是作为雄霸香港典当业的当铺大王还是房地产业不可忽视的力量，罗家庞大的家族产业已经表明"九叔"罗肇唐早已经功成名就。如今，罗肇唐家族新一代的领军人物是罗守弘、罗守辉、罗守耀兄弟。他们接过了父亲罗肇唐的事业接力棒，罗氏家族的商业传奇，正在他们手中得到续写。

罗守弘作为家中的长子，所以从小就怀着一份"做榜样"的心，这源于深植于他心底的一个"孝"字。罗守弘知道自己作为老大，弟妹们一定都以他唯马首是瞻，他要做他们的标

罗守弘3岁时与父亲罗肇唐的合照

杆与楷模。所以他从懂事起就一直努力上进，在圣类斯中学的整个中学时期，他都因为品学兼优被同学推选为班长，工作后，他也锐意进取，不甘人后，更成功把罗家事业版图拓展到连锁性酒店以及养老事业，并成功启动内地市场。

罗守弘毕业于加拿大渥太华华尔顿大学建筑系，在舅父许灼勋的公司工作五年后，罗守弘在 1984 年秉承父亲志愿成立了罗守弘建筑师事务所，事务所凭借极高的专业水平和良好的声誉，在 20 多年的时间里为香港完成了 200 多个楼宇建设项目，如寿山村道 6 号榛园住宅、大埔道观省躬草堂、红磡差馆里的红茶馆酒店第二期工程等。在香港市场渐趋饱和之时，罗守弘还带领建筑师事务所挥师内地，为内地的建筑事业做出了贡献。

1979 年，罗守弘和父亲罗肇唐北上广州，父子摄于番禺

罗守弘与女儿罗凯宁、幼子罗秉晋在广州建筑师楼企业会议中

罗守弘的建筑出品，设计平实而富有内涵，精巧却并不夸张，因此深受各方喜欢。更值得一提的是，精通中西方建筑风格的他通常能在短短的时间内完成建筑设计，而且质地、美观均无可挑剔。如位于湾仔峡道6号的高层住宅原计划需4年完成，但在罗守弘的努力下，该项目仅耗时15个月便顺利竣工，业界好评如潮。

湾仔峡道6号的高层住宅设计草图

罗守弘在建筑业的成就非同一般，但他并不仅仅是一名专业技术人才，他还拥有敏锐的市场嗅觉。香港开放"自由行"以后，他从熙熙攘攘的内地游客身上发现了巨大的商机。他想，由于收入的差距，香港高昂的住宿费用对一般的内地游客而言实在难堪其负，于是，他在毫无酒店行业背景的情况下，以连锁经营的形式，果断开办了一系列"红茶馆"酒店。

西环红茶馆酒店

油麻地红茶馆酒店

土瓜湾红茶馆酒店

　　红茶馆酒店的推出，果然获得内地游客的青睐，市场反响良好，如今，在红磡温思劳街、西环皇后大道西、香港仔大道、鸭脷洲荔枝道、油麻地鸦打街、土瓜湾宋皇道等十余家红茶馆酒店密布香港，形成了一道亮丽的风景线。

红磡红茶馆酒店

香港仔港灣酒店

　　随后，罗守弘又发现香港老龄化现象以及香港养老方面存在的问题，有了投身安老事业的想法，他果断投入养老业，一家又一家的文化村企业在香港次第开业迎客。在罗守弘看来，开老人院，做老人事业是一件有利于社会的事情，既可以为香港的老人提供良好的服务，让他们安享晚年，也为一些家有老人又无暇照顾的香港人解除后顾之忧。因此，即使罗守弘深知此时并非发展安老事业的黄金时期，也曾收到过很多善意的提醒，他仍坚持了下来。

1995年冬天，罗守弘和父母、妻子及耆康老人院主席陈钧耀博士的合照

位于香港西环的文化村安老院

接下来,在这个乏人问津的行业里,罗守弘以其精细的思路打造出了一个完整的生意网。通过对老人心理的不断探究,罗守弘在文化村企业推出了百余种产品,如,为了让老人能够开心地回味童年,文化村企业推出了不少旧时的玩具。为了使老人能够一次性购齐种种饮食用品,文化村企业推出了家恩素奶粉、安燕家燕窝、龟苓膏、茶品、面食、无糖/低糖食品、燕麦曲奇等品类齐全的产品。为了方便老人的医疗护理及日常生活,还推出各类具有针对性的尿片、轮椅、电器、服饰、浴缸等用具,这些老人用品都受到了老人及老人家属的喜爱,之后也到了内地销售。

罗守弘就这样在建筑、酒店、安老等行业里纵横驰骋,开拓了家族产业的新领域。

中环文化村长者用品专门店

　　罗守弘更高瞻远瞩，他一直对内地的发展充满信心，所以关注着内地的经济发展与相关政策的出台，并做到快人一步，与时俱进。早在2002年，罗守弘与太太陈美仪策划进军内地的事宜。2015年11月，《中共中央关于制定国民经济和社会发展第十三个五年规划的建议》发布，提出全面建成小康社会决胜阶段的形势和指导思想，而此时，罗守弘已经做好了万全的准备。

2016年，罗守弘与番禺同事摄于番禺文化村货柜仓库中心

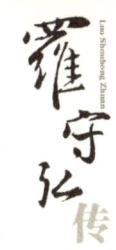

2016年是罗守弘开启中国内地事业版图的重要一年，是中国内地实施"十三五"规划的第一年，更是中国内地全面实现小康社会的开端。而此时，一个带有香港品牌背景的中国品牌"文化村企业"，被注入"番禺品牌"特色，在广州番禺和山东烟台成功开启——2016年，广州番禺的文化村(长者中心)有限公司正式开幕，配合营销网很快就会遍布全国，而这种方式也会在山东烟台成功复制，有超过130房的两间酒店率先开幕。

山东烟台和广州番禺成为罗守弘的事业版图渗透中国内地的两大据点。2017年，广州番禺将会有超过400间房的两间酒店开启。

这就是罗守弘的眼光。

罗守弘对此信心满满，在他眼里，中国内地

罗守弘画笔下的山东烟台红茶馆酒店（2015年秋）

其实已经提前实现了小康，而到2020年中国内地的人均GDP将达到1.2万至1.3万美元（约101000港元）的目标一定可以实现。届时中国内地将成为全世界最大的经济体，成为名副其实的中产社会。罗守弘甚至认为，从2020年起，中国内地将取代美国成为世界经济的引领者，迈向新的100年。

作为老大，罗守弘还和三弟罗守辉和五弟罗守耀一起合作无间，为父亲罗肇唐的地产事业出谋划策，兄弟三人为裕泰兴的地产事业发展立下了汗马功劳。

罗守弘和排行第三的弟弟罗守辉从1980年代到2000年一直协助父亲罗肇唐的裕泰兴企业发展地产商生意。相较于罗守弘广泛的事业发展，弟弟罗守辉更钟情于老本行——投资物业。在房地产业打拼20余年的罗守辉，功力无比

儿时的罗守弘（左二）和父亲罗肇唐及弟妹们在香港北区游玩

深厚，为物业战场提供了不少经典案例。到2000年罗守弘由父亲指示转而和排行第五的弟弟罗守耀重新管理裕泰兴企业发展地产生意。2000年后，罗守弘和太太陈美仪又以文化村企业为平台，培养了子女罗秉业和罗凯宁，为罗家的进一步生意拓展打下了坚实的基础。

罗守弘排行第三的弟弟罗守辉大学时读的是工商管理，毕业后也曾在裕泰兴工作，后来自立门户，频频对住宅、商厦进行扫购然后出售，物业投资被他玩得得心应手。1993年，罗守辉购入尖东明辉中心地库至二楼商场，随后便成立了尖东广场有限公司，并担任董事总经理。

罗守辉投资眼光之毒辣，酷似父亲罗肇唐。2000年3月，看好中环楼市前景的罗守辉以8550万元的价格买下昭隆街9号共19层写字楼，不足一年，他先后拆售两层楼面，狠赚了一笔。若是一般生意人，如此收购、售卖便可获利不菲，应该心满意足，但罗守辉却未满足于此，在不断地售卖、出租过程中，他发现了新的财道。

原来，对于中区一些乙级商厦而言，与其以纯写字楼进行出租，不如转做零售、食肆用途，这样利润会更加可观。于是，2002年7月，罗守辉再度出

手,将皇后十大道中联盛大厦全幢收入囊中,耗时两年,把写字楼改成楼上茶室的集中地,之后果然如他所愿获益颇丰。

频频得胜,罗守辉愈战愈勇,从乙级商厦到甲级商厦,从写字楼到住宅,每一个领域都留下了其骁勇战绩。罗守辉屡挥大手笔,威名时常见报,甚至被看作是投资狂人,事实上,下手豪迈的前提,是他缜密的思维和精准的判断。即使在旺市,对所购物业实时转手亦可获利之时,罗守辉同样会冷静地考虑用更多的处理方式如保留收租等来规避风险。"做生意不能只看实时高回报",罗守辉的经营理念,显然与祖上真经也是一脉相承。

其实,虽然独自纵横香港地产业多时,但罗守辉身上的罗氏烙印也特别明显,比如低调。在房地产业打拼了数十年的他甚至从未在公众场合有过留影。1997年,罗肇唐力挫群雄,投得两块地皮,威风八面,但也只有大儿子罗守弘与小儿子罗守耀相伴而行。实际上,在拍卖场上意图访问罗守弘的记者,也被罗守弘婉拒,好让幼弟罗守耀去接受访问——事实上,2000年罗守弘和太太陈美仪开始发展文化村企业也是为两个弟弟着想,他知道独立发展,各司其政,可以令外间不再误读罗守辉和罗守耀具备的领导能力。

罗氏三兄弟中最为人熟知的还是罗守耀,这是因为罗守耀除了担任裕泰兴董事总经理一职外,还是一名才华横溢的电影人,在香港影坛据有举足轻重的地位。

1996年,罗肇唐将裕泰兴事务交予罗守弘和罗守耀两人共同管理,而罗守弘也让出了董事总经理一职予罗守耀,罗守耀果然也不负众望,在他和罗守弘的共同带领下,裕泰兴的发展得到了延续更屡创佳绩。对此,罗守耀认为,对继承祖业能否有所成就主要看继任者对所继承的基业是否拥有兴趣。罗守耀自认对房地产业颇有兴趣,并且在此行业打拼了十余年,对这一行业有一定的认识与把握,所以经营还挺顺利。

三兄弟各有所长,协同发展,正是罗守弘希望看到的,也正因为如此,他从1984年开始建筑师事务所工作的同时又协助父亲罗肇唐管理裕泰兴地产发展事业。这正应了一句老话:兄弟协力山成玉,父子同心土变金。

裕泰兴近年所开发的房地产项目均得到了市场的热捧,其主要原因还在于集合了罗守弘和罗守耀的商业智慧,二人协同共进,励精图治的结果。裕泰兴对地理位置的选择以及贴近心灵的设计理念,如长旺雅苑位于旺角的核心位置，汇聚了潮流商场、环球食店及人气消费点，地理位置绝佳，热闹、繁华，且特区政府亦有意将旺角规划成国际文化焦点，长旺雅苑坐落于此自然潜力无限，大受追捧。又如艳霞花园，因为设计简约优雅，穿行其中，顿感幽静闲适，球场、健身室、住户联络室、户外游泳池等设施应有尽有，为繁忙的都市人打造了一片舒适的天地，自然受人青睐。

眼见一些发展商逐渐将脚步外移，罗守弘和罗守耀并不盲目跟风，他们觉得时至今日，香港仍是中国最好的城市之一，香港地产业的发展空间依然很大，裕泰兴将如以往一样，把香港作为投资的首选地。

在顺势中，罗守弘和罗守耀擅长打硬仗。但在逆境中，他同样能够预睹征兆，躲避风险。2009年，金融海啸倏忽而至，各大产业一片狼藉。就在一些同行哀声叹气，叫苦不迭之时，罗守弘和罗守耀早已进行了一系列抛售，套现无数，备好过冬棉袄。

罗家父子（从左至右分别是罗守辉、罗肇唐、罗守耀、罗守弘）

看着裕泰兴安然无恙地面对金融海啸，很多人都抛出了疑问：罗守耀到底是怎么抄底和估顶的？对此，罗守耀谦虚地说，他并不认为自己拥有这样的本事。他觉得裕泰兴之所以能够在金融海啸的肆虐下全身而退，秘诀只有两个字：满足。裕泰兴在购入物业之后，只要价钱合理，有一定的利润便出售，绝不与物业"谈恋爱"。海啸前频繁出货，只因看出楼市价格已经过高，并不如外界所猜测的那样是源于自己的眼光。其实，罗守耀之所以能发现楼价过高，源于他对地产行业的浓厚兴趣以及细致入微的观察和缜密的思考。

贵为裕泰兴的董事总经理，罗守耀的平民化作风在业界也颇为闻名。他坦言愿意与任何人谈论楼市问题，为了感受市场价格是否合理，他还常常到租客处了解市场情况，以见微知著，知一而晓百，当他发现一个普普通通的商铺租金即过百万甚至上千万时，便会果断出手。而发现全球不少资金泊港搜货时，他便将单间售卖转变为整幢售卖，如此一来，套现效果自然比散卖要强得多。

面对来势汹汹的金融海啸，罗守耀认为完全无需草木皆兵。比如夜场等可有可无的收入自然惨遭重击，但对于生活必需品比如饮食就不会有太大的影响，"消费者顶多是降低消费层次，不可能不吃"。以楼市为例，豪宅的下降空间极大，但中下价的普通住宅则跌幅有限，因为这是实实在在的住宅需求。

攻则凌厉，退则灵巧，是罗守弘和罗守耀的营商风格。在调协内部关系上，他们有着科学而独特的办法。裕泰兴是一家家族企业，人数众多，对于同一项目自然会有不一样的看法。针对此，罗守弘和罗守耀对每一个项目都以"夹股"（注："夹股"即"合股"）的形式进行买卖。看中一个物业，家中有兴趣的人就入股，入股金额可大可小，何时出货则由持股最多者决定。这样就有效地减少了争议。

罗守耀热爱电影。所以在发扬家族产业的同时，他从未放弃自己的电影理想。从某种程度上说，电影才是他的专业，因为留学洛杉矶期间，他所就读的正是电影系。

2003年，罗守耀购入杜琪峰的"银河映像"大量股份成为公司主席，开始尝试投资电影。之后又干脆自创"影视点"制作公司，在电影事业的道路上不断前行，且成绩不俗。尽管罗守耀认为拍电影不能以获奖为目的，但"是金子总会发光"，他的第一部影片即成功获得了奖项。罗守耀对电影的爱好堪称痴迷，他是老板，投资拍片；是导演，倾心指导；是编剧，亲自撰稿；是演员，偶尔也到戏里感受不一样的人生。

数年间,罗守耀为香港电影贡献了无数精彩。《非常青春期》《夺帅》《黑拳》《恋爱初哥》等影片的强劲出击,为他赢得了广泛的声誉。

在我们看来,罗守耀在房地产与电影这两个看起来截然不同的行业里游刃有余,实在难得,但在罗守耀看来,这两者是可以通过互补达到双赢的。如坊间传言,他将电影《柔道龙虎榜》与推售旺角长旺雅苑配合宣传就是非常高明的策略。对此,罗守耀不置可否,只表示以后若有符合旗下新盘的定位或主题的电影,不排除再次进行"双轨"式宣传的可能。

在罗守弘、罗守辉、罗守耀兄弟的努力下,罗氏家族的生意越做越大,范围也越拓越宽。如今,三兄弟正值黄金中年,罗氏新生代人物亦已走出象牙之塔,开始了商务旅程。如罗守弘的大儿子罗秉业,在国际闻名的运通公司工作一段时间后,毅然投入家族事业之中。如今,他正在其父创办的文化科技公司帮忙,并凭借其新生代的冲劲及在大公司的工作经历为公司带来了新气象,而其弟罗秉晋、其妹罗凯宁亦将踏入社会,罗氏家族的商业传奇,终将一代一代屹立不倒。而本书讲述的,正是三兄弟中的老大罗守弘的故事。

# 第二章
## 中西合璧，彬彬少年心智启

很多年后，罗守弘想起那段岁月，依然会有恍如隔世的感觉。关于"罗家军"，关于西边街握手楼孩子间那一场场或大或小的"战争"，他只能记得大概，却想不起其中的细节，连一些关键词都不大能记起。

是的，关键词。在世上活了半个世纪，就算是一个普通人，其生命中的关键词也已经不止一个了，更何况出生在一个拥有庞大家族生意背景的家庭，却有着商人少有的人文主义情怀的罗守弘。

那么，60年的生活，给罗守弘留下过多少的细节呢？压力，诗画，建筑，商战，9型人格？似乎都是，又似乎都不是。

也许，连罗守弘自己都说不清楚了，毕竟时间已经那么久远，生活又那么繁忙，记不清楚也不足为奇。

当然，也不是全部都忘记的。有一些也已在他的心里锲刻，例如那场让人啼笑皆非的"葬鱼事件"，那队每天在天台上浩浩荡荡的"罗家军"，还有静默着待在房间角落的那张小小的桌子。

## 1.快乐的典当世家的后代

西营盘是位于香港岛西部的一个住宅区,也是香港最早期发展的地区之一。地区行政上,西营盘属香港中西区,位置为上环以西,石塘咀以东,般咸道以北,维多利亚港以南,大约由嘉安街至威利麻街一带。

西营盘中的"营盘"是军营的意思。至于指的是谁的军营则有两种说法:一种说是海盗张保仔的基地,另一种说是英军的营地,这种说法是源于英军于1841年登陆水坑口之后,便在今水街的山边设立军营,里面驻有800名印籍士兵,这也充分说明了西营盘悠久的历史。

之后的1851年,太平天国运动爆发,中国内地大量难民涌入香港,当时的港英政府为了安置这些难民便开发西营盘一带,在原有东西走向的皇后大道西开始向山上发展,划出了第一街、第二街、第三街和高街(原称第四街)。而这个住宅区的东和西分别以东边街和西边街为界,正街(原称中正街)则为这个区域的中心点,形成一个"目"字形的街道规划。

西营盘很早就有人居住,并且充满了浓厚的商业气息,早在"二战"前就有很多贸易公司在这里敞开大门,许多华人也把这里当成营商宝地并趋之若鹜,直至21世纪初,西营盘仍然是香港的商业中心之一。

西边街(Western Street)便位于西营盘,它是从西营盘至西半山的一条单向行车的山坡斜路街道,也是长命斜,斜度大约有1:6。车辆只准上走而不能下行,是为了避免交通意外。

罗守弘出生于1956年3月7日,西边街就是他出生的地方,他在这里度过了他的幼儿及快乐的童年时光。

罗守弘出生时正是香港的工业发展期。如同汽车的油门一下被踩紧,香港的工业发展忽然进入快车道,其发展速度足以让世界瞩目。当然,对尚在襁褓的婴儿罗守弘来说,维多利亚港忽然聚集的来往的船只,港岛仿佛一夜之间就耸立起来的鳞次栉比的高楼,也不过是视线所及之处所见的无数新鲜事物里的一两件而已,并没有什么稀奇。事实上,当时的罗守弘根本就不可能知道这于他意味着什么,于香港又有何意义。婴儿罗守弘不知道的,还有当时罗家在香港已经打造了"典当世家"的金字招牌,并积累了充裕的资金和丰富的经验。

3岁时的罗守弘在台上表演

　　罗守弘出生后几年,他的两个弟弟以及两个妹妹也相继出世,罗守弘成了兄妹中的老大。从此以后,兄妹五人就在香港西营盘西边街开始了他们的幼儿或童年时光。

　　罗家当时居住的是一幢战前的旧楼,在 20 世纪 50 年代的香港,像西边街这种样式的街道并不少,不宽的街道,两边骑楼林立,一幢挨着一幢。骑楼的首层很高,常被户主用作商铺来经营一些小生意。但是罗家没有,罗家居住的西边街 38 号是一栋四层高的旧楼,这幢楼房可以称作罗家在香港的祖屋,是由罗守弘的曾祖父罗敏璘兴建,所以住有两房人。其中一楼和四楼分给长房住,二楼住的是罗守弘的大伯公罗诚积一家,他生了十三个子女,屋里整天叽叽喳喳,热闹非凡。三楼则是一个承租的老先生居住。那时候,罗守弘对祖父罗裕积的印象是他总是不说话,若有所思的模样,喜欢喝茶、逛街。罗守弘放假时,他偶尔会带上他四处游玩,吃好吃的,但依然话不多,只是思索、微笑。而祖母谢瑞甜则衣着整洁,表情严肃,但是真心关心着每一个人,这个处事老练、精明的祖母养育了很多孙儿女,就像是罗家后方的大家长。

　　这种四层的洋房在当时的香港已算稀少,所以在西边街显得格外高大。当时的西边街仅有两幢楼房,罗家四层的楼高已经称得上是"鹤立鸡群"了。罗家的地理位置也不错，斜对面的英皇书院、转街的般含道小学不时传来朗朗书声，附近的真光戏院每天晚上黄金时段都会顾客盈门，而且因为罗家居住的西边街紧挨着富人区，所以不时还能见到金发碧眼的洋人走来走去。

生在这种传统的家庭里，有爷爷奶奶，伯公伯婆，也有堂兄弟姐妹，总共不下30人住在这幢加上天台共五层的旧楼里，可谓济济一堂，非常热闹。虽然物质生活没有今天这么丰富多彩，但其乐融融，共享天伦，却是那个时代的家庭特征之一，每个家庭的日常起居也是当时社会的一个小小缩影。罗守弘的家也是一样。

在孩童的眼中，生活本身就是快乐的代名词，无论贫穷或富裕、充裕与缺乏，都是天堂。每一天睁开眼睛，就可以看见亲友、家人亲切的面孔，罗守弘快乐的童年生活，就这样开始了。

小孩子天性好动，罗守弘也不例外。罗守弘和排行第二的妹妹罗咏逑年纪稍大，玩心也大些，他们常常会在家里像小老鼠一样爬上爬下，不时还会冲到一楼到爷爷奶奶面前撒娇，尤其喜欢在他们不在的时候偷偷潜进去"寻宝"。那些老旧的家具和陈设，眼前昏暗的房间和魅惑的光影，让他们每次都不由得心跳加快，刺激、兴奋如同探险。

和同龄人在一起，更有玩不完的游戏。罗守弘和一群兄妹在楼房上窜下跳，玩小孩子特有的游戏，吵吵闹闹，不时爆发出阵

12岁的罗守弘（左）和弟弟、妹妹在一起

阵哄笑，像出笼的鸟儿。而且，因为四层楼上楼下都是罗氏家族的同辈青少年，彼此年纪相仿，每天都有说不完的话，总有玩起来永不厌倦的互动游戏，像打扑克牌、踢足球、下棋，等等，变着花样地玩，气氛从来没有沉闷过。

那时候，罗守弘最喜欢去的地方就是天台，那是他活动的中心地带。因为天台有婶婶饲养的鸡，他还常常带着排行第三的弟弟罗守辉一起去拾鸡蛋，在母鸡咯咯咯的叫声中欢快地走远，留下一串串悦耳的笑声。

快乐其实并不难，对于小孩子来说更是如此。每一个小细节，都可以成为雀跃的理由，沉淀为多年后的美好回忆。平日里，同住的孩子也省却了寻找玩伴的麻烦。旧楼里的堂兄妹们加起来就已经有十几个人，不愁找不到游戏的对手，男孩子总会一窝蜂冲上天台去打乒乓球或者踢三人足球。虽然场地简陋，所谓的足球不过是小孩子玩的小皮球而已，但这绝对不会影响他们的开心和雀跃，跑一下，踢一下，甚至吵上几句嘴，一天的时间便随着挥洒的汗水不知不觉地远去了。

因为这群小孩子都姓罗，所以他们也自称"罗家军"。在"罗家军"里，罗守弘的年纪算比较小的，常常乐颠颠地跟在别的孩子的后面打闹追逐，即使常常没有机会参与大孩子的游戏，他也乐此不疲。

15岁的罗守弘（后排左十二）和罗氏家族在香港郊游

那时候住的握手楼对孩子们来说也自有其趣。小孩与小孩之间本来就没有隔阂，加上隔壁小孩年龄相仿，一来二去很快就玩到了一块儿。有一段时间很流行"打橡皮筋仗"，就是用纸做成子弹，用橡皮筋横在手的虎口处做"枪"，然后用"纸弹"互相攻击取乐，不想后来有一次玩得兴起，对面的小孩居然用"钢弹"代替了"纸弹"，"钢弹"打在人身上啪啪响，疼得很，罗守弘身上"子弹"所到之处都红了。罗守弘的母亲知道此事后，还带着他到隔壁找那家人理论。

小孩子喜欢热闹，尤其期待逢年过节，此时亲戚好友齐聚一堂，大人们见面寒暄，互道近况，热闹说笑，孩子们则个个自来熟，见到同龄人就自然而然地扎堆玩乐，能想到的游戏一个都不会落下，常常到了吃饭的当儿都不见人影。当然，小孩子的自由也是有限度的。特别是那个年代长辈对小辈管教极严，虽然平时和颜悦色，慈爱有加，但一些规矩小孩子是一定要谨守的，例如在尊敬长辈上，就不能有半点马虎。那时候辈分观念极重，晚辈要礼让长辈，所以尽管看着饭桌上的美味佳肴食指大动、唾液直流，孩子们也要先把口水咽下去，端端正正地坐好，然后按照在场大人们的辈分，从高到低，把长辈们恭恭敬敬地叫上一遍"某某吃饭，某某吃饭"，才能拿起自己的碗筷祭奠五脏庙。

每当遇上这样的欢乐时光，每一个小孩都会有一个美好的愿望，那就是时间就此停止，开心永存。而对于罗守弘来说，这样的日子一直持续到罗守弘全家迁离西边街搬往美丽台，这，还得从罗守弘的母亲许洁珊说起。

## 2.学会与懂得

对于孩子来说，兄弟姐妹众多自然多了玩伴，少了独生子女的寂寞，对于家长来说却是一份巨大的压力。抚养孩子们长大成人、教育他们健康成长绝不是一件简单的事情，而是一项艰巨的工程。

当时，罗守弘的父亲罗肇唐已经是生意场上的佼佼者。因为对事对人以诚为本，他的生意做得很大，引人瞩目，因此，他的大部分时间都用在了繁冗的商务和应酬活动上面，这样一来，孩子们教育的任务就落到了罗守弘母亲的身上。

罗守弘的母亲叫许洁珊。许氏家族祖籍是番禺县（现广州番禺区）潭山村，后来才到了香港。许洁珊共有兄弟姐妹七人，五男二女。许洁珊居中，上有两个兄长一个姐姐，下有三个弟弟。虽然生活不算富裕，但一家九口总算和乐美满。

1941年12月，日军袭击香港，空袭了启德机场、九龙水上飞机停泊等处，并占领整个九龙半岛，英军奋力抗击，但难以力挽狂澜。12月25日晚，香港东线、西线的英军相继挂起白旗，历时18天的香港战役以日军占领整个香港地区，英军彻底失败而告终。这一天就是后来港人口中的"黑色的圣诞节"。

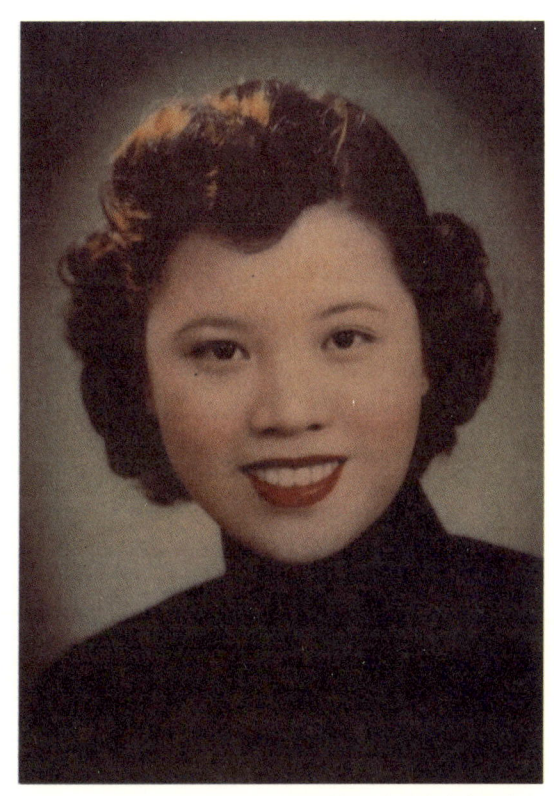

罗守弘的母亲许洁珊女士

在日本占领香港三年多的时间里，港民生活在水深火热之中。风雨飘摇的香港使港民再也不能安居乐业，连生命安全也不能得到很好的保障，这迫使他们不得不下定决心逃离硝烟弥漫的家园。许家也是如此，为了逃避战乱，许洁珊不得不跟随家人提起行囊，背井离乡。离开香港后，许家一众人等到了地处中国海南沿海的澳门。在当时那个战火纷飞的时代，澳门算是一片"净土"了，因为当时澳门正处在葡萄牙的统治下，而葡萄牙在这次战争中奉行的中立政策保持了其社会的相对安全与稳定。

在澳门安顿下来后，许家开了一间规模很小的当铺，收些价值不高的当品，也把一些客人断当的小当品拿来出售，如玉镯、耳环、发簪等，一家大小就这样维持生计。

许家的生活来源虽然主要来自于生意，但也是知书达理的书香门第。许洁珊的父亲叫许步云，他在少年时就随父亲从广州到香港，在典当行工作。许步云是很有品位的人，他儒雅斯文，喜欢读书，对书法、绘画都有一番钻研，工作之余常常不忘俯身案台，或奋笔挥毫，或三两丹青，所谓拳不离手曲不离口，生活过得极具艺术情趣。许家后代耳濡目染、潜移默化，艺术鉴赏力、感悟力和创造力也高于一般人，后来更出了两个画家，一个摄影家和一个书法家，这里不做详述。

当时，受经济条件和传统观念的影响，许家的女辈都没有接受过正规的教育，许洁珊也没有念过几年书。家人在澳门经营当铺生意的时候，她才是十一二岁的豆蔻少女，虽然心怀梦想但从不好高骛远，也不贪慕虚荣。或许是知道在当时的社会环境下，能吃个饱饭、穿个暖衣已经是很难得的事情。而且，她家境尚可，家务活又大都由姐姐们分担，她不需要像很多穷苦人家的孩子一样每天要起早贪黑，背负生活的重担，平日里，她顶多帮忙看顾一下店门口的玉器生意，或者陪着弟弟们上学，当中还带着点消磨时间的性质，对她来说还不乏乐趣。所以，许洁珊已经很知足了。她当时也没想到，后来出售珠宝成为许家的主业而且越做越大，许家先以"陈广记"为名开设店面，后改名"新宇宙"经营珠宝生意，成了香港知名的珠宝商之一，"新宇宙"之名也一直沿用至今。这也是后话了。

许洁珊于1955年嫁给了罗守弘的父亲罗肇唐，成为罗家妇后，她全心全意地为罗家付出，从未间断，作为家里的全职主妇，她不但要照顾自己五个子女的生活起居，还要侍奉公公婆婆，还有孩子们的大伯公、大伯爷爷、大伯娘等，那边的七个兄弟姐妹她也要适时帮忙加以照顾，最多的时候她要照顾罗家十二个兄弟姐妹的日常起居，可谓尽职尽责，劳苦功高。也因为她的温柔贤慧和贤淑低调，她成了罗家的"管家"。

对于许洁珊来说，她的压力不仅来自于罗家这个大家族上上下下的日常事务和评价，更来自于抚育自己的五个子女的成长上面。

许洁珊非常重视对孩子们的教育，虽然她没读过几年书，但自有一派育人之道。她除了每天送孩子们上学，还请老师回家帮他们辅导功课，更十分推崇孔夫子的因材施教法，根据每个孩子的不同性格特点而选用不同的教育方法，不辞劳苦地送他们去参加很多课外辅导课程例如绘画、音乐、跳舞等，让他们找到自己的兴趣，培养特长。身为传统东方女性的许洁珊有着西方人的思维，懂得尊重孩子，给予孩子们自由的成长空间，教育他们长大要做自己想做的事。罗守弘对画画的兴趣，就是在她的鼓励和支持下得以发展的——其实，即使到了现在，已经踏入社会之门，在各自的工作岗位上恪尽职守的罗守弘兄妹们还会常常从母亲那里得到很多建设性的意见和建议，从而选择最为正确的发展道路。当然这都是后话了。

　　除此以外，许洁珊也在孩子们面前身体力行着自己浓厚的家庭观念，潜移默化着罗守弘等几个儿女。她总是无私地给予罗氏大家族里的每一个成员以重视、关心、支持和帮助。不管家人发生什么事，她都会第一时间站出来承担、解决。而性格直爽又乐于助人的她也将这样的爱给了她的朋友们，遇上朋友有困难她总会主动施以援手，而最后事情也往往会得到圆满的解决。

　　因为罗守弘是老大，他的言行很容易被弟妹们效仿。所以父母对他的教育尤其重视。那时候，父亲虽然商务繁忙，也不忘每天打电话回来和母亲沟通家里的日常起居，了解罗守弘的学习进展。

　　然而孩子毕竟是孩子，爱玩的天性使他们常常只记得游戏，而对枯燥无聊的学习兴趣索然。那时候的罗守弘不喜欢读书，生活里的大部分时间都是用来挥霍的，例如跟着"罗家军"在天台踢足球、打乒乓球，或者跟着年纪稍大的孩子到处乱跑，就是不愿意把心思放在学习上，期间更发生过一场让人啼笑皆非的葬活鱼事件。

　　大约1964年的一天，罗守弘带着排行第二的弟弟罗守辉在天台玩耍，期间突发奇想，把堂兄罗志远的金鱼一条一条埋葬在了花园的花盆中，还用牙签做成一个十字架插在泥土上，为金鱼办了一次有趣而体面的"葬礼"。堂兄罗志远发现后要求罗守弘赔偿，罗守弘没钱，无奈之下，只好跑回家里偷了母亲5元港币后"了结"此事。

　　事情很快就"败露"了。罗守弘没有嘴硬，乖乖地承认了自己的错误，但还是被父亲狠狠地揍了一顿，那次是罗守弘唯一一次见到父亲落泪，那个场景至今还留在罗守弘的脑海里，是罗守弘的成长过程中最沉重也是印象最深刻的一次教育。

　　在西边街旧楼，罗守弘还遭遇过两次"贼上门"的事件，有一天的晚上八点多，家里的大人小孩正在看电视吃西瓜，竟然有大胆毛贼从二楼闯入罗家的大厅，被大人们发现后，就在家里爆发了一次"大战"，所幸当时大人及时控制和保护好罗守弘等一群小孩，没让他们受到伤害。这件事深深地刻在罗守弘的脑海里，至今仍能让他体会到面对危险和侵犯时的恐惧和惊惶。

之后，父母带一家人迁离西边街酊西摩道的住宅，因为当时的西边街太多小童在一起成长，难免互相影响，对孩子们的成长不利，而且此时，罗守弘的五弟罗守耀已经三岁多了，需要更大的活动空间。

其实，一直以来，罗守弘和弟妹们的关系都非常密切。排行第五的弟弟罗守耀在他8岁至10岁时就和罗守弘睡在同一间房，排行第三的弟弟罗守辉在他10岁至15岁时也是如此。

对于两个妹妹，罗守弘也是照顾有加，排行第二的妹妹罗咏述17岁那年在加拿大读书，在那段中学升大学之前的重要时光，就是跟着哥哥罗守弘，而排行第四的妹妹罗咏璇同样如此。

罗守弘就是这样，从他懂事起，他就一直带领着弟妹们，为他们遮风挡雨，一直到他年过60，中间长达几十年的时光，罗守弘把自己作为老大的责任作为他对父母的孝道在践行，从未懈怠，有始有终，当然，这都是后话了。

成长的快乐从来就不会缺乏。1967年，10岁的罗守弘随家人到般咸道27号拜年，这一年的农历新年和往年一样，罗守弘穿着新衣跟着一群孩子在大街上放鞭炮，追逐嬉戏，不亦乐乎。最好玩的就是放火箭，罗守弘的堂兄罗志安、罗守和等用了一些特别的方法使火箭的射程大大加强，还把这种火箭美其名曰"化学火箭"，这本来没什么，但是他们用弹性十足的橡皮筋把火箭射到对面街的宁养台住宅，差点引起了火灾——那条街道宽约20米，他们竟然能做到，也可见这群孩子的创造力非同一般。

这样荒唐、危险的举动，使罗守弘遭到父亲的责骂。所谓"爱之深，责之切"，因为罗守弘是老大，所以父亲那次骂得最凶，连在一旁的母亲都看得心疼，流下泪来。然而，责骂并没有让倔强的罗守弘悔改，不爱读书的他依然生活懈怠。直到罗守弘12岁读小六那一年在一次考试中名列第三，受到了表扬，他才体会到要为父母争气，继而开始努力学习，学业成绩也有了很大的提高，而小学读书懒散的教训依然深植于他的心里，并成为鞭策他不断进步的动力，之后的整个中学时代罗守弘在学业上都能做到名列前茅，中五会考还考了第四名——要知道当时全级一共有250人，这个成绩已经非常优异了。

父亲罗肇唐在罗守弘少年时经常和他及弟妹一起玩游戏，玩得最多的就是大富翁游戏，兄弟姊妹在游戏中受益匪浅，他们在游戏中接触了物业买卖，酒店经营和收租回款的生意，第一次体会到了让财富增值的基本方法和无限乐趣。此外，父亲罗肇唐也会带罗守弘五兄妹一起切磋棋艺，培养他们严谨的思维习惯，父亲为人性格开朗，常常逗得孩子们哈哈大笑。罗守弘还和住三楼的堂兄罗守福、堂姐罗淑颜和罗淑芬常常相约博弈，从象棋中学会遇事先思后行，像下象棋一样，走一步前必定已经想好下面的三步该怎么走。当然，年少的罗守弘对游戏中的"钱财"、胜负是不太看重的，他更重视过程，所以多年以后，罗守弘在和弟妹相处时也有意识地让他们从事务中去学习重视成败得失，进而学会对裕泰兴的管理。也是从那时候起，罗守弘决定了从此不争不斗，减少家人之间的摩擦，保持家庭和乐，对外也是在减少争执、以和为贵的基础上才力求争先。比如1984年，罗守弘在参与裕泰兴地产生意的同时，开始启动"建筑师事务所、裕泰兴核心业务及附属建筑部门裕荣建筑"三位一体的生意网，就是为了家族和睦，减少纷争。

　　天下的父母对自己的孩子都是一样的，责骂之，鞭打之，都是为了孩子好。罗守弘的父母也是如此，虽然平时对罗守弘很严格，在罗守弘调皮闯祸时会责骂甚至棍棒伺候，但在平时也对他关爱有加。每到假期，罗守弘的父母会带全家大小到郊外游览，让孩子们了解香港的民情民风以及独特文化。那个时期对于罗守弘兄妹来说是一段值得纪念的快乐时光。

　　对罗守弘来说，在与父母一起游戏的过程中，对父母的尊敬和热爱也与日俱增，他的心里也种下了忠孝的种子，也让他从不爱读书变成了"忏悔明悟，苦尽甘来"的好学生。从初中一年级开始，罗守弘爱上了读书，遇上周末或者别的假期，他都会跟随父亲罗肇唐巡视四方八面的生意，此时罗守弘总是手不释卷，争分夺秒地看——他像书呆子一样度过了一段简单而快乐的时光。罗守弘10岁后那些年，母亲经常带他去尖沙咀游客区探视做珠宝生意的外婆，罗守弘仍然书不离手，而且每一次去都会抽时间到地下街边看一看小贩出售给游客的油画——这样的"油画欣赏课"持续了五六年，罗守弘竟然不知不觉地就把油画基础给打好了，以致在中学期间，他还在很多校内外的绘画比赛上取得优异成绩，也形成了他敏感、低调而略显内向的艺术气质。事实上，当时除了罗守弘成绩优异外，两个妹妹读书成绩也不错，而两个弟弟则在班里居于中等偏上的位置。

实际上，罗守弘的优秀也为他的两个弟弟"提供了便利"。在罗守弘十五岁读中三的一天，他鼓起勇气面见校长田惠民神父，请求学校收取弟弟进入圣类斯中学就读，神父毫不犹豫就叫罗守弘去校务处缴交弟弟的留位费，由此可见校长对这一位在中学十个学期都任职班长的高材生的认可。

罗守弘天生是个心思细腻的孩子，虽然生性好动，但从他懂事起，他就注意到了一些让他困惑的事实。那时候在西边街，虽然母亲一直在家族里兢兢业业，忙里忙外，孝敬公婆，但在家族里的地位并不高，在罗守弘的眼中，母亲好像是没有一顿饭可以吃得有尊严的，吃饭的时候甚至也从来没有人理会她，更别说别人对她的认同和称赞了，以致在罗守弘10岁时别人称赞母亲他都会觉得诧异，他不明白为什么会这样。母亲的遭遇甚至成为罗守弘从此发愤图强专心读书成为优异生，并从中学时期一直到大学建筑系毕业保持优异成绩的重要动力。当时的罗守弘怎么会知道，那个年代的妇女在家里的地位普遍不高，他的母亲并不是一个特例。

罗守弘和母亲许洁珊2008年摄于番禺沙湾

# 第三章
## 求学路迢，上下求索树远志

　　罗守弘的学校教育主要在中国香港和加拿大两个地方进行，这两个地方都以西方教育为导向。在西方，教育一词源于拉丁文educare。本义为"引出"或"导出"，意思就是通过一定的手段，把某种本来潜在于身体和心灵内部的东西引发出来。

　　从词源上说，西文"教育"一词是内发之意，强调教育是一种顺其自然的活动，旨在把自然人所固有的或潜在的素质，自内而外引发出来，以成为现实的发展状态。

　　从这一点看来，罗守弘接受的教育是非常成功的，虽然他最终的学习动力并不是来源于学校教育，而是来自自己生活中的体悟，但毋庸置疑，学校教育是他成功不可或缺的基础和铺垫。

## 1.小学成绩急转弯

1962-1965年是罗守弘读小一至小四的时间,他念的小学是香港圣贞德小学。圣贞德小学是一所私立的全男校,在当年的香港是数一数二的名校,属于贵族的英文科小学,也是当时香港最高级的小学之一,教学硬件和师资条件都十分优越,能够入读这里的小孩,家庭背景都非富则贵,非一般平民小孩可以进入的。

只是罗守弘的英文成绩一直不太好,导致学业成绩在那时候并不如人意。罗守弘后来回忆,他在小学一年级至四年级时完全是糊涂的,基本上是靠补习先生在教。那时家里请了一个叫石达川的老师,石达川从单独给罗守弘补习到帮罗守弘五兄妹补习,前后为他家服务了近15年,对罗守弘五兄妹的帮助是不可或缺的。当然,如果罗守弘他们仍然不懂,就会去问堂兄、堂姐,因为他们念的年级比他们高,可以成为他们很好的老师。

然而,罗守弘的学习成绩直到他十岁时才追了上来。罗守弘永远记得小学四年级时,他因为成绩差而不敢叫父母在成绩单上签名,无奈之下只好模仿父母亲的签名在成绩单上签字,有趣的是学校竟然未能察觉,父母也不知道他暗地里充当了一次自己的"家长"。直到现在,罗守弘也对此事耿耿于怀,惭愧难当。

事实上,罗守弘的学习成绩不好也不能单怪他小一至小四乖戾不羁,实在是客观环境使然。一来,因为大家族同住一楼,难免人多吵杂,这样的环境对于一个成年人来说尚且难以让心绪平复下来认真做事,更何况一个本来就活泼好动的小孩童呢?二来,因为当时街道楼房之间挨得很近,是名副其实的握手楼,隔壁楼里也是小孩众多,吵吵嚷嚷的让人心绪不宁,读书?还不如彼此打打招呼,相约一下去哪里玩耍更好。

而且,罗守弘的父母一直非常勤俭,那时候,他们一家七口住在很小的房子里,直到罗守弘念小学四五年级还没有一张供其读书的像样书桌。当然,罗守弘并没有把这当成借口,从小六开始他的成绩就跻身班上前三名,直至中五会考更考了全级第四。实际上,桌子一直是有的,只是罗守弘在小五之前因为环境原因读不进书,没有让那张桌子发挥其应有的功用罢了。

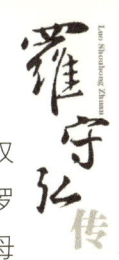

虽然成绩不如人意,但罗守弘自尊心强,他不敢把成绩单给父母看并不仅仅是怕父母打骂,更是怕母亲知道自己的成绩而伤心——就因为自疚忏悔,罗守弘从不爱念书的顽皮小童蜕变成为一个高材生。罗守弘的心里一直记挂着母亲的好,母亲吃苦耐劳,温良贤淑,早在他幼小的心里留下了深刻的印象,故而非常尊敬她,不愿见到她失望,更要为她争气。

罗守弘在小五前,很多英语老师讲话他都听不懂,英语学习教材他也看得一头雾水。受英语成绩的影响,罗守弘的中文科成绩也一直未如人意,这样的结果令罗守弘对学习有着一种强烈的排斥和恐惧。唯一可以聊作安慰的是在补习老师石达川的悉心教导下,他的数学成绩很好,成为他当时学习上唯一的一点安慰。

总的来说,那段时间罗守弘的心里充满了歉疚,他此时已经有心不想让母亲因自己的成绩而在亲戚朋友前丢脸。成绩堪忧的罗守弘让母亲许洁珊既伤心又无奈,终于用上了"孟母三迁"的法子,她开始张罗帮罗守弘转校。她让罗守弘的舅舅许灼勋介绍把罗守弘转到了圣类斯学校,插班就读于圣类斯小学的五年级班,这一次转学,终于成为罗守弘学习阶段的重要转折点,而此时,时间的坐标已经移到了1966年。

进入圣类斯小学后,罗守弘的成绩开始翻转直上。这里也有一些客观因素,圣类斯学校是一所天主教学校,其中圣类斯小学属于圣类斯学校的小学部,在香港很出名,这里的硬件条件也比罗守弘以前念的小学好得多,最起码给他的第一印象就是这里有球场了,他可以在绿茵草场上纵横驰骋了,而且除了罗守弘喜欢的足球外,圣类斯学校的课外活动也比较多,寓教于乐是这所学校主要的教学方式,让罗守弘感觉很新鲜,学习兴趣也渐渐被培养起来。之后的1966—1968年,罗守弘都在圣类斯读书,其中的1967年,罗守弘随全家迁离西边街搬到西摩道,从和罗氏家族同居四层全幢唐楼,到迁去家里专有的住宅单位,只与自己的父母和弟妹居住,从此以后,罗守弘极少有机会再和堂兄弟们在一起,心开始彻底沉静下来。

本来转学到圣类斯小学,罗守弘的学习兴趣已经萌发,后来发生的一件事,更让罗守弘的心态彻底扭转,这件事源于他的母亲许洁珊,让他深切地体会到自己的成绩给母亲造成的痛苦,因此下定决心要把学习成绩提上去,让母亲扬眉吐气,而这次带着"赌气"性质的事件,可是说在某种程度上直接成就了罗守弘。

事情发生在罗守弘念小学五年级时，有一天，罗守弘偶然看见母亲和一些亲戚朋友坐在一起聊天，为人父母，自己的孩子是最大的骄傲，话里言间总少不了说起自己的孩子。那时候罗守弘依然玩心未泯，学习成绩还未见很大起色，他见到了那些叔叔阿姨们说起自己孩子时的骄傲，也见到了母亲脸上的尴尬和难堪，心思缜密、天生敏感的罗守弘不禁心如刀绞。罗守弘犹如遭到了当头棒喝，他觉得是自己让母亲难堪，是自己不够争气！当即，罗守弘暗暗下定决心，要活出一个不一样的罗守弘来，为母亲争光！

罗守弘仿佛一夜之间长大。他收起那颗年少躁动的心，开始自觉地学习，他花很多的心思在书本里，而主动减少了许多课外游戏的时间。天道酬勤，1967年，罗守弘的学习成绩有了明显的起色，他的学习兴趣越来越浓厚，学习信心也越来越强，而真正激起罗守弘强烈信心和动力的是在念小学六年级时，他在一次考试上偶然考了第三名，虽然当时他所在的班级是全级最差的，但这样的成绩对于罗守弘来说也是前所未有，值得欢呼雀跃的。上台领奖时，罗守弘既兴奋又激动，甚至有一种受宠若惊的感觉——一种从未有过的成就感和满足感在这一刻袭击了他，他太喜欢这种感觉了。

其实，罗守弘在小学的基础算不上很好，后来罗守弘自己也承认，他那时候的忽然突围也许不过是因为他的同学也水平一般，他才侥幸脱颖而出。但是，无论如何，这次事件对罗守弘的一生都有着重要的影响，不仅确立了他的自信心，也让他体会到，原来"成功"的滋味是那么甘甜。

从此以后，罗守弘的成绩一直名列前茅。因为专注而成绩优秀，也让罗守弘的学业雄心勃发，除了在西半山专心读书外，他在学校玩足球、参加唱咏团，学习生活丰富而充实，更重要的是，罗守弘在绘画方面的才能在这个阶段也逐渐显露出来，成了他长大后成为一个优秀建筑师的重要起点。此时的罗守弘在同学群中已经显露出自己与众不同的性格特征，例如安静、好学、简单、有责任心等都成了他与众不同的诸多优点。

良性循环开始了。罗守弘开始变得主动，初中一年级前的暑假，他已经开始习惯从早到晚自觉读书与自修，加上家里不时会请补习老师来指导，罗守弘的成绩突飞猛进。

学习成绩的遥遥领先，培养了罗守弘另一个良好品德。他开始为同学补习，在为他们补习的过程中，他的学习也得到了进一步的提高，每年暑假，罗守弘都率先读好全年所有科目的书本，至学年时，他已经是第二次学习，所以他的成绩在圣类斯整个中学时期的五年都名列前茅，在高水平的圣类斯中学成绩骄人，罗守弘总算是对自己特别是对母亲有了一个交代——很多年后，事业有成的罗守弘还从"因偶然得奖获得鼓励而发愤图强更上一层楼"这件事上体悟到了人力资源管理的正确方法，那就是多采取正面鼓励，少采用恶语相向的科学有效的方法，可谓罗守弘的另外一个重大收获。

与弟弟、妹妹合影。时年罗守弘15岁

但是，罗守弘还不满足，他始终觉得自己还有许多不足，尤其中文科在中学会考成绩一般，更让要求完美的他头疼不已。

当然，成就和满足也是会让人上瘾的，经过第一次由艰辛付出而得到的小收获后，罗守弘开始在未来的成功路上正式迈开了步子——诚然，对于一个正在求学时期的学生来说，罗守弘此时追求的成功不过是来自于念书的优异成绩和学校、亲朋好友的肯定而已。

聪明加上勤奋，罗守弘的学习成绩冲上去后就再也没有掉下来，从小六那一年开始拿第三后，罗守弘也从未考出过三甲之外。因为成绩突出，罗守弘成了班级乃至学校的楷模和骄傲，他经常代表班级、学校参加香港校外举办的各种校际比赛，并获得过很好的成绩。

那时候，罗家的生意已经越做越大，而圣类斯学校的学生，家庭背景都以中下阶层为主，所以，罗守弘和别的同学相比也有一点不同。那时候，因为家境殷实，罗守弘上学是可以有家里的车接送的，他的妹妹罗咏逑也是，这在圣类斯的学生中间是不多的。这样的状况对孩子的成长有利有弊，如果因为家里有钱而使孩子的心里产生了优越感甚至因此骄傲跋扈，沦为纨绔子弟，那是害了孩子。幸好罗守弘不属于这一种人，相反，他不仅没有因生于大商之家而目中无人，反而觉得自己和别人不一样，怕被人瞧不起而感觉自卑，为此他叫家人不要再开车接送他了。其实直到后来大学年代，罗守弘也一直骑自行车或搭乘公交车上学，到毕业前的半年才买了一辆车，而这也是因为那时候学业繁重，有车代步可以节省不少时间和体力的原因，这也是后话了。

罗守弘学习的勤奋程度已经到了废寝忘食的地步，当时，他的父亲罗肇唐开的裕泰兴公司还不大，每逢假日，他都会带家人去游玩，去必带上罗守弘以及全部弟妹（有时和弟妹，但多是罗守弘和母亲去巡视他的大押和故衣铺（注：出售旧衣服的店铺）生意，当然多在九龙深水埗一带），大多数时候，父亲进去店面巡视，罗守弘就会自动自觉地待在车里看书，不浪费一分一秒的时间。至今，罗守弘还怀疑是不是因为这样，所以他的弟妹们温习的时间较少，所以成绩并不突出，而他之所以能保持成绩优异，是因为在跟着父亲巡店铺的时候他总是待在车里专心致志地读书的缘故。

现在看来，那时候的巡视对于罗守弘的意义，绝不仅仅是千方百计地挤出空闲时间如饥似渴地学习并取得优异成绩，更重要的是让罗守弘亲眼见证了一个又一个建筑工程的建设始末，对建筑这个行业有了初步的了解。那时候，父亲罗肇唐的总公司所在地——湾仔道91号的振安大押，也成了罗守弘常常跑去的地方。

闲暇时，罗守弘也会想起在西边街的生活，虽然现在美丽台的生活环境比西边街的好太多，但那段时光他还是想念的。直到现在，每当罗守弘走过这条街,都会不由自主地放慢脚步,因为这里承载了他太多的童年记忆,这些记忆是值得他一生典藏的。而除了"罗家军"外,别的姐妹都已经很少回去西边街了。

1968年罗守弘小学毕业,图为小学毕业照

小学毕业后,罗守弘继续留在圣类斯学校的中学部就读,彼时,是1969年至1973年,罗守弘的中一至中五学年,此时的他已经是在学校很有名气的一名好学生了。圣类斯中学是当年香港中学的名校,入读这里的学生都品学兼优,但与小学一样,学生大多是来自家庭背景一般的草根阶层的子弟。

其实,圣类斯学校是一所天主教的学校,也是香港114家以英语为教学语言的学校之一,其前身是建立于1864年的男童教导所(名为"养正院"),这是天主教在港岛西区建立的第一个传教点,养正院由一位华籍司梁神父M·Leong主管,并聘请了两位教师和两位杂工,收容了六十多名需要学习手艺的男童,并于后来改名为"西环教导所"。1927年,教导所由天主教慈幼会接办,并改名为圣类斯工艺学院,1935年把除印刷外的工艺科目(皮革、裁缝、木工、机械)转移往香港仔工业学校的前身Aberdeen Trade School。1936年设中文中学部,由工艺学校转为文法学校,1950年始办英文部(小五至初中三),1962年开设预科班。圣类斯中学校徽底色纯白象征身心纯洁,中央红色十字架代表耶稣基督的牺牲和服务精神。而"S"和"L"是SAINT LOUIS的简写。

　　天主教是基督教三大派别之一。"天主教"一词来源于希腊文的"καθολικόs",意思为"普遍的、通用的",因此也被翻译为"公教"。"公教会"的"公"原文起源自拉丁语的catholicus,意思是"普遍的",翻译作中文"公"是取自"天下为公"的"公"。这种"天下为公"的博大胸怀,并不是一开始就在幼小的罗守弘心中扎根的,但这有利无害,毕竟这让身在天主教学校接受"有神教育"并成为天主教徒的罗守弘,确立了正确的价值观,有了很好的心灵寄托。

　　开始重视学习成绩的罗守弘,学会了通过心目中的真神"圣母玛利亚"来纾解自己的压力。而作为学生的他,最大的压力莫过于考试。因此,那时候的罗守弘每当考试前就会跑到学校里的一间小教堂里祷告,祈求圣母玛利亚保佑他顺利过关。通常和罗守弘一起在教堂里祷告的,还有他的几个好友。他们一起在圣母玛利亚像前念念有词,场面十分有趣。而在这群好朋友里,数罗守弘的成绩最好,也是对自己的成绩最为看重的。

　　几个小小的少年,经常在考试前跑到教堂去,自然会引人注目,这人就是与罗守弘亦师亦友的黄光照神父,也是罗守弘至今仍关系密切的挚友、忘年交。就在2010年10月2日傍晚,罗守弘就回到了圣堂参加天主教弥撒圣祭,这是三年多罗守弘未有回到主的身旁,而黄光照神父在此之前的那段时间几乎每个月都会和罗守弘见面,与他谈心,让他获得主的恩典。这次弥撒也让罗守弘自省到自己思想行为的获得与过失,他还对自己说,以后每个星期都要到圣堂。可以说,罗守弘的心中有主的火念,有神的光,在之后的事业发展与家庭生活有爱与信念的支撑,全都倚仗黄光照神父的引导。而黄光照神父在之后的日子里也见到了罗守弘对教会坚持多年的奉献并感佩不已。如今这对忘年交的情谊已持续40多年。当然,这都是后话了。据黄光照神父回忆,罗守弘这群孩子跟别的小孩不一样,他们和同龄人一样活泼、好动、可爱,又有着与同龄人不一样的早熟和睿智。

　　事实上,那个年龄的小孩子,对信仰,对宗教,是不可能存在什么很明确的感觉的,更遑论主动去亲近"主"了。在罗守弘的眼中,教堂里那些色彩艳丽、慈眉善目的雕塑和画像,不过是一个精神寄托,或者压力释放的途径。表面上,是罗守弘的"虔诚"真的感动了"主",让罗守弘在每次考试时都能得偿所愿,但客观上谁都知道,罗守弘的好成绩是他通过自己的努力,一分一分地得来的。罗守弘当然也懂得这个道理,他的敬拜、祈祷不过在客观上让他紧张的心可以稍微缓解一下而已——实际上那时候,罗守弘几乎每个科目的成绩都是亮眼的A。

可以说,罗守弘的善心仁意从那时候起就已经初见端倪。和一般成绩好却不愿意帮助他人的同学不一样,罗守弘很乐意并且主动帮助同学,他说,一个人会不算什么,他要让全班同学都会。所以,他每天都会提前两个小时到学校,并利用这两个小时帮同学温习功课。这种乐于助人、主动助人的事迹至今还被儿时的同学常常提起,并对他表示感激之情。除了为同学辅导功课外,罗守弘还与他们谈人生、谈理想,畅想未来。

1973年,读中学的罗守弘参加星辰杯校际常识问答比赛

中学时期,罗守弘也不断代表学校参加校际的绘画比赛并屡屡得奖,也常常代表学校参加辩论比赛以及问答比赛。香港当年家喻户晓的星辰杯电视台比赛上,常常会出现罗守弘的身影。

这个时候的罗守弘，也显示出了过人的交际能力和领导能力。每天早上，罗守弘都会出现在篮球场、足球场上挥洒一番汗水，然后和几个同学去圣堂祈祷，然后一起温习才上课。

罗守弘连续五年担任班长，而且是同学民主选出来的。这个尽责的班长除了在学习上竭尽所能地帮助同学，还想方设法地为同学们策划丰富多彩的课余活动。罗守弘那时候最喜欢做的事就是将同学们的座位调来调去，并在班里举办辩论赛。

或许是在黄光照神父的谆谆教导下，中学时的罗守弘心里已经有了一颗正直公义的种子，升中四那一年，有很多同学被赶出学校，让罗守弘的心里很不是滋味，更做出让人瞠目结舌的举动。在一次校会上，罗守弘忽然站起来，当着全场老师、同学的面，义愤填膺地对校长说："我反对学校再赶学生出校，有个同学因为被我们学校赶出校，现在去了别的学校，很不适应，很不开心，我们应该对他有个交代……"一个被学校公认的品学兼优的学生，老师和校长重点培养的对象，居然会在大庭广众之下公然指出学校的不是，这种勇气着实值

罗守弘1973年于圣类斯中学毕业，图为毕业照

得赞叹,也可以看出罗守弘心底深藏着的善良与悲悯。这一幕,罗守弘现在仍记忆犹新,也直言从未害怕过。据他自己回忆,在读中学时,他与老师的关系一直比较冷淡,但他的心里是很尊重老师的,直到现在,教过罗守弘的老师都对他印象深刻。

当时,作为一个初中生的罗守弘的知识面已经非常广泛,除了课本知识外,他的绘画水平也突飞猛进,在中一、中二时已经能把世界地图画得精细逼真,油画创作也有一定的水平了。在1970年至1972年期间,罗守弘亲手制作的地理室内的大多数模型也是他高水平创造力的最好体现。

从罗守弘念中三开始,他家里的生意越做越大,已经颇具规模,家里更有钱了。在他15岁左右,在母亲许洁珊的建议下,罗家再度迁徙,到了嘉慧园。其实,本来家里人是不想搬的,因为罗守弘的父亲罗肇唐不想动用47万港币——要知道在1971年,47万港币是一笔不小的钱。后来,许洁珊把客观情况给丈夫罗肇唐做了具体的分析,更提出搬家是为了给子女更好的生活环境,这才下定决心搬离美丽台,到了嘉慧园。

罗守弘（前排右三）的中学时代剪影。1972年摄于圣类斯中学球场

嘉慧园的房子更大了，虽然罗守弘还没有单独的房间，还得和最小的弟弟罗守耀躺在一张床上，但环境的越来越好还是激起了他在学习上更强烈的斗志，甚至还会为那些不认真读书的同学感到惋惜，他觉得为什么环境那么好那些同学还不知道珍惜，不好好念书？

之后，罗家在嘉慧园住了很多年，从罗守弘17岁到加拿大留学至他结婚，罗家一直都住在这里，直到罗守弘结婚后在跑马地住了两年，再搬到罗便臣道。八年后的1990年，罗守弘一家迁到榛园住宿至今，而罗守弘的父母是在2003年才由从嘉慧园迁入榛园九号屋，和罗守弘所住的十号屋毗邻而居，一直到今天，这都是后话了。

在15岁的时候，罗守弘对文学产生了浓厚的兴趣，常常捧着一本小说废寝忘食地读，看过很多小说后，他甚至自信地认为可以凭一己之力写出像巴金的《家》这样大气恢弘的长篇巨著了。

罗守弘（后排左）15岁时与家人聚餐时的情景

罗守弘已经习惯了优秀。那时候，他代表学校参加各类校际比赛已经成了习以为常的事情。虽然每次参加比赛，他仍然会感到紧张甚至害怕，例如在中三的一次校际辩论比赛中，站起来的罗守弘忽然发现有一百多人坐在台

罗守弘和他的小狗在榛园

下，当即害怕得浑身发抖，但他强迫自己冷静下来，直到圆满地完成了比赛。这件事让罗守弘顿悟到，原来任何事情都没有你想象的那么糟糕，再让你觉得恐惧而难以面对的事情也是可以完成的——人应该不畏艰难，知难而上。

罗守弘的绘画天赋也是在圣类斯中学才真正显现出来的。罗守弘一直喜欢画画，他的这个爱好早于小学时期在西营盘跟着母亲每天买画纸就已经起步，而外祖父母家（当年尖沙咀）楼下的一家旅游画廊就是罗守弘学习的"教室"。当然，因为那时尚未有教师指导，全靠自学，罗守弘的画技提升缓慢，没有引起家人的足够重视。直到罗守弘念中五的时候，因为要参加绘画比赛，罗守弘觉得要把绘画当成是一件必须要练习与巩固的事情，才对绘画上了心。有一天，罗守弘跟随母亲去外婆家，看见走廊里的一幅画，竟凭记忆把画重新描绘出来，而且模仿得惟妙惟肖，看过的人都啧啧称奇，让罗守弘信心大增。如此，罗守弘的绘画天分才被充分发掘，开始在绘画上不断钻研，为他后来进入建筑系打下了坚实的基础。

虽然一直成绩很好，但罗守弘并不算是一个很自信的人。离开圣类斯中学时的那次会考，罗守弘就不觉得自己会考得好，起码别人会考得比他更好，结果，他考了全年级第四，要知道，罗守弘并不是精英班的学生——他是圣类斯历史上唯一一个不是精英班的学生在会考时考进了全级的前30名的同学，而且是不俗的第四名。

这可能得益于罗守弘会考时的良好心态。罗守弘一直不同意为了考试而读书，也不认为考取高分只是为了争取进入大学，更不喜欢用"赢"的方法去做。当然，罗守弘中学毕业的成绩依然极好，9个科目中，他拿到了2A、4B、2C、1E的好成绩。

拿到成绩单的罗守弘很高兴，马上到了香港的加拿大领事馆拿入学申请表。他要到加拿大读书去！

如今，想起圣类斯中学的那段岁月，罗守弘笑言自己那时候在学校就是一个怪人，他自小到大没有在学校学生机构里担任过任何职位，而当时的圣类斯对他来说只不过是一所可以让学生比较容易进入大学、球类运动在香港名列前茅以及学校的学生比较上进的学校而已，跟别的学校并没有多大的差别。

那时候，和其他同学不同的是，身为学生的罗守弘已经常常跟着父亲罗肇唐巡视家里的押店和故衣铺，开始对家族生意有了更深层次的认识（例如：养鱼场及旅游业等），尤其对企业人才的栽培和管理有了一定的思想基础。罗守弘的父母一直用鼓励和信任来培养罗守弘以及他的弟妹的成长、成才，使他们从小就有自由的发展空间，同时也让他们慢慢接触家族生意，在潜移默化中给他们灌输个人成长和事业发展的一些基本理念,例如"四六六好好""钱不是最重要""虽有智慧,不如时势"等,教导他们一定要成才;成才的目的不是在于钱,而在于在社会上付出并获得社会的认同等。这些道理或许在罗守弘他们兄妹那个年龄段只能是半知半解,但终究是进入他们的内心,对他们一生的事业发展是大有裨益的。

而对于罗守弘来说,这个时期他走过了一段曲折而向上的心路历程,是一个重要的转折。也许他之前的努力学习是受到家庭环境以及母亲的影响,是为了要争一口气才尝试着奋发图强,并初尝了学习突飞猛进的果实,于是坚持向前,但到了后来,他的努力学习已经在很大程度上是为了父亲罗肇唐,为了继承家族的事业。从这点看来,罗守弘在一步一步地走向成熟,他的成长道路开始走向了正轨。

## 2.求学路迢迢,远赴多伦多念高中

1973年,罗守弘17岁。这一年,罗守弘的父亲罗肇唐的裕泰兴写字楼已经搬到轩尼诗道295号的写字楼,事业开始走向另一个高峰。而罗守弘也中学毕业,即将踏向他人生的另一个旅程,那就是负笈海外。

1975年,罗守弘(左)在加拿大

透过机舱口俯瞰香港,罗守弘心潮起伏。这是他第一次离开香港,离开父母,而此行的目的地,是远在大洋彼岸的加拿大。

从此,这个外表坚毅、内心善良的少年,开始了六年的异国求学路。此时的罗守弘其实脑海里充满了问号,他想起家里的父母,想起家里的兄弟姐妹,也想起了圣类斯学校给予他的很多改变,他告诉自己,不要让他们失望,也不要辜负自己。

这一年,年仅17岁的罗守弘在离开香港到加拿大留学时还写了一首歌颂母爱的诗:

摇篮曲终雏翼盛
十七循善诱聪颖
果蓏成滕自脱茎
孩志四方独外行
报尔恩情承念令
乳燕归巢爱子情
祈哉玄黄永不作
慈体康福长安乐

家在罗守弘的心里一直占据着重要的位置

翌年，罗守弘为朋友卢伟生写了一首名为《十年人树》的诗，诗中倾注了他对"家"的思念，也记录了他那一段既充满万丈豪情又有着淡淡忧伤的青少年时代。

    十年人树根结土
    枝连脉叶系紧牢
    云风四季遮共渡
    秋别冬离又春花
    花开花落人生路
    真诚相待共征途
    万水千山灵冥性
    天各一方同泽露

罗守弘画于日本（2016年）

　　罗守弘把留学的城市选在加拿大的多伦多并没有特别的理由，只是因为当时罗守弘有几个堂哥堂姐在那边念书，他到那边的话方便互相照应而已，而且家里人也支持他这个想法。唯一对罗守弘的选择起着比较大的影响的只有罗守弘的表哥许日东，当年许日东正在加拿大读医科，不时回港都会向罗守弘提起加拿大的生活，不知不觉中，罗守弘也开始对大洋彼岸的那个国家心存向往。

　　但许日东对罗守弘的影响仅止于此，罗守弘并不是通过许日东的帮忙赴加拿大留学，而是凭借自己的实力得以顺利赴加的。事实上，罗守弘当年会考成绩颇佳，有加拿大的中学到香港招生时就把罗守弘录取了。

　　罗守弘从中一开始就已经有了很强的独立意识，要自己计划自己的学习生涯，所以去加拿大时，从申请到入学、从抵达加拿大到办理入学手续全是罗守弘自己一手操办，而没有借助他人之手，令人敬佩的同时也不禁感叹罗守弘有如此开明的父母，放心地让自己的孩子独自远赴他乡，并给予那么大的自由度。

罗守弘画作

　　就这样，罗守弘到了多伦多。多伦多是加拿大最大的城市，是安大略省的省会，全国工业和商业中心。位于大多伦多地区的中心地带，为加拿大大湖区的一个重要的港口城市。该市地处安大略湖的西北岸，拥有超过250万的人口，是北美洲第五大城市。作为加拿大的经济中心，多伦多又是一个全球城市，也是全球最重要的经济中心之一。多伦多更是全球最多元化的都市之一，这里49%的居民是来自全球各国共100多个民族的移民，140多种语言汇集在这个北美大都市，共同谱写着优美和谐的华丽乐章。其丰富多彩的族裔特色，令这座城市缤纷绚丽，绽放无穷魅力。此外，由于多伦多极低的犯罪率、怡人的环境以及高质量的生活品味，还被认为是全球最宜居的城市之一。最重要的是多伦多拥有傲人的城市风景线，包括曾为全世界最高的建筑、现代奇观之一的加拿大国家电视塔（CN Tower）、美丽迷人的安大略湖、延绵数里的湖滨走廊和众多世界著名的建筑设计师在多伦多留下的旷世手笔，成为罗守弘后来进入建筑系学习时难得的学习对象和实习场。

罗守弘画作

从此以后，罗守弘就要在这座充满魅力的城市，开始他新的旅程了。

到达加拿大后，罗守弘没有想过要依靠表哥许日东，因为他知道表哥自己也忙于学业，是无暇顾及他的。他只有靠自己。事实也是如此，罗守弘第一年的加拿大学习生涯和表哥许日东的接触仅止于圣诞假期聚会而已。

当时，罗守弘在表哥许日东的房子里只住了两个星期，许日东单独一个人住一间房，罗守弘则睡在地板上。罗守弘每天都会跟随许日东到多伦多大学图书馆搜集和阅读数据，一起学习，共同进步。短短两个星期的共处，罗守弘被许日东的好学上进所感染，他暗暗下定决心，在以后的日子里也要像表哥一样以学习为先，刻苦钻研，遨游书海！

1973年，罗守弘进入多伦多维多利亚公园区的纽密纽中学就读，正式入学后，罗守弘眼界大开。多伦多给罗守弘呈现了一个崭新的世界，这里让他意识到，虽然圣类斯学校在香港已经很好，但和这里相比还是有些相形见绌，同时也折射出香港教育制度的不如人意。在罗守弘看来，香港对历史教育不够重视，基本上会忽略现代史，这便是一大缺憾。

拥有了更好的学习环境，加上表哥许日东的影响，最重要的是怀着继承家族生意、辅助父亲的想法，罗守弘在多伦多延续了他努力学习的好习惯，在这所学校里，罗守弘拿了很多A。当然，优秀不是凭空而来，都是他每天苦读得来的，常常宿舍晚上十点熄灯后，罗守弘还点着蜡烛挑灯夜读，忘了睡觉的时间。那时候，罗守弘寄宿的地方有60多名香港留学生，和来自同一个城市的人在一起，罗守弘可以减少很多思乡之苦，免却一些不必要的心神烦扰，他专心致志地投入学习中，为进入大学做准备。

在多伦多，罗守弘生活得很充实，但也略显单调。他一天的行程基本上是固定的，住在宿舍的他每天早上乘巴士上学，下午就急匆匆地赶回宿舍，几乎全部时间都被他投入学习中，名副其实的"两点一线"。假日里，罗守弘会和好友张达晖去市中心逛逛，但仅限于在非不得已的情况下去买些生活必需品，或者到书店买书。当然，爱读书不等于死读书，罗守弘并没有让自己成为"两耳不闻窗外事"的迂腐的书呆子，他和以往一样独立自主，遇上问题尽量自己解决，与同学们的关系也处理得很好。在加拿大的香港本土学生中，罗守弘一直是高材生的榜样。

然而，这样的事实并没有让罗守弘的压力小一点，因为罗守弘早就想好了，他要在大学的建筑系里深造，这既考虑到他在美术方面的天赋以及在母亲的鼓励下他一直在工程上进行自修学习，绘画功底扎实，最重要的是为了以后继承父亲罗肇唐的地产事业，入读建筑系是他计划中的，也是必然的选择。

对于这个决定，罗守弘一直有些惶恐，怕不能完成要求颇高的学分，所以自中学最后一年开始一直到大学毕业，罗守弘都很少参与任何学习以外的休闲活动，玩乐几乎是没有的，谈恋爱就更没有发生了。当然，这是后话了。

在当时，考建筑系是一个很大胆的决定。因为当时的建筑专业是所有专业里面最难毕业的，考上建筑专业的香港学生本来就寥寥无几，能顺利毕业的更是屈指可数，但是罗守弘还是顶着巨大的压力，开始了他新的挑战。"挑战"从那时候开始成了罗守弘口中的常用语，面对问题，他总会想到"挑战"二字，而这两个字里蕴含的压力和吸引力，常常成为他勇往直前的理由。

压力是一把双刃剑，在懦弱的人手里它会把人压垮甚至一蹶不振，但在勇敢者的手里它就是一把披荆斩棘的利器，能让你跨越困难，达到理想的彼岸。毫无疑问，罗守弘是后者。罗守弘还曾经给朋友张达晖在大学三年级竞选中国同学会会长准备的讲词时，拿出自己为例子来给张达晖鼓劲，结果张达晖的演讲词中就有了这样的豪言，"我是一只狮子，不会吠，只会吼"，这是用"狮子"来勉励张达晖在面对压力时卧薪尝胆，励精图治，结果张达晖成功当选。

在加拿大的几年付出没有白费，在第一年高中阶段，罗守弘的学习成绩一直在班上名列前茅，最值得骄傲的是他竭尽全力做的一份生物科遗传学论文得到了老师极高的评价。

在加拿大这几年，罗守弘的生活过得简单而充实，他在巨大的压力下完成了学业，更学会了自律、自觉、自我管制的生活方式，这让他获益良多。然而，在等待大学录取通知的那段时间，罗守弘还是非常紧张，不到录取事宜确定那一刻，他都不能够让自己彻底放松下来。所幸辛苦的付出终究没白费，罗守弘在预科中学的最后这一年获得了学校的最高荣誉得分以及奖学金，为他的预科学业画下了圆满的句号。1974年5月，罗守弘完成中学学业的最后一年，就被华尔顿大学建筑系录取，更成为当时万众奖学金新生得主之一。

因为已经习惯了日常所需的一切都由自己解决，此时的罗守弘对坐几个小时的长途巴士去各个城市的学校面试已经习以为常，所以当长途巴士把他带到了加拿大首都渥太华华尔顿大学时，他的优异成绩以及独立人格让他的梦想得

罗守弘画于加拿大（2009年）

以成为现实，他顺利获得学校的认可，获得了华尔顿大学建筑系的录取。

罗守弘的人生，又进入一个新的阶段，他独立完成大学的投考事宜，然后满怀期待地等候着迈入大学校园的那一天。

### 3.压力就是动力

华尔顿大学位于加拿大首都渥太华。其实，在进入大学前，罗守弘就因为中学成绩远远高于别人而成为加拿大安大略省的高材生之一，所以在进入渥太华华尔顿大学时，华尔顿大学也给予罗守弘1200加元的奖学金，这已经是当年入学新生的最高奖励。

1974年至1979这5年，罗守弘在华尔顿大学完成了建筑系课程，该课程是专门培训专业建筑师的，在这五年中，罗守弘几乎把所有的时间都放在学业上，虽然年轻情窦初开，却从未谈过恋爱，唯一的课余活动就是帮助同学会处理一些事情。那时候，罗守弘在同学会里担任运动比赛委员，同学会有事情需要帮忙时，他总是二话不说，全心投入。因为学习生活极其忙碌，难得有空闲时间，罗守弘只能在暑假才能抽出时间回一趟香港与家人团聚。

1976年的加拿大华尔顿大学掠影

罗守弘在大学里刻苦求学，远在香港的罗家家族生意也日渐壮大。那时，罗守弘的父亲罗肇唐开始把业务范围拓展到地盘的买卖和旧屋重建，地产业务也处于上升期中。每次罗守弘回港，父亲都会叫上他作陪，一起去巡视地盘工程。而且去的次数一年比一年频繁，似乎把罗守弘培养成接班人是一件刻不容缓的事情。

和中学时候一样，大学里的罗守弘学习成绩一直名列前茅，当然大学付出的艰辛与中学、小学相比是有过之而无不及。大学第一年上学期，罗守弘总是担心学业跟不上，所以连逛街都极少，加之华尔顿大学的所有楼宇如教室和图书馆、宿舍之间都有着隧道相连，四通八达，也为这个一心读书的学子提供了方便，他每天除了在教室和宿舍，就在连接的隧道之间来来去去。

在第一年升第二年时，罗守弘仍能保持很好的成绩，得到了8000加元的奖学金，仍然是老师和同学公认的优等生。罗守弘读大学的第二年，他还在渥太华代长妹罗咏述申请就读中学，之后还一起居住。从此，兄妹二人互相照顾起居，最高兴的事情就是一起到菜市场买菜，而同样努力的他们学习成绩也一直很好，也让他们觉得松了一口气，毕竟这是让他们远在香港的父母欣慰的事

1976年，罗守弘在加拿大渥太华市华南大学建筑系

情。那时候，罗守弘最开心的事情就是把拿奖学金的喜讯写信告诉家里的父母，让家人分享他的成绩和喜悦，而时至几十年后的今日，罗守弘的父亲罗肇唐也不时会提起儿子是奖学金学生的事，骄傲之情溢于言表。

其实，罗守弘没有告诉家里人，他为了取得这样的成绩背后的付出，这种付出会超乎他们的想象，甚至可以用匪夷所思来形容。他试过72小时不睡觉，到洗头时发现满手是血，以为出了什么事，把自己吓了一跳，后来才知道是自己在洗头时还想着学习的事以致分心，没有掌握好力度，把自己的头皮给抓破了的缘故。

废寝忘食学习的成果，是罗守弘大部分科目都拿到了A，在所有同学当中是前五名，在香港学生中间更没掉出过前三名而且是香港学生中间唯一有资格拿到奖学金的。

罗守弘的数学成绩尤其突出，有很多同学在数学方面请教他，罗守弘来者不拒，都耐心地一一给予解答。那时候，同样来自香港的同学梁立人是罗守弘的好朋友，他不时会过来和罗守弘聊天，话题无所不及，天马行空。梁立人也常常请教罗守弘，有学术上的探讨也有面对私人问题时的一些困惑，罗守弘都一一与之分享，其知识的广博也令梁立人佩服得五体投地。

1976年，罗守弘与建筑系的同学在一起

令人不得不佩服的是，罗守弘在很多科目都能拿到很高分，就连计算机课程都可以拿到满分，要知道计算机并不是他的专业课，他的计算机课是和建筑课一起上的，计算机工程本学科的学生也未必能考取如此高分。从这一点也可以看出罗守弘是如何卖力地念书了。只是优秀的罗守弘一直谦虚低调，从来不在别人面前标榜自己的成绩而已。

可惜，第二年后，罗守弘的学习成绩开始出现下滑的迹象，拿高分成一件很困难的事情，让罗守弘焦灼万分，心理压力剧增。其实这也不能怪罗守弘，实在是因为建筑系课程艰涩难懂，老师要求又高，导致在第三年已极少同学可考取高分，罗守弘可以升读第三年而不用转系、离校已经非常难得了。

大学第三年，罗守弘开始和好友张达晖一起住在渥太华河边的R wayside Driver No.1211的一所公寓式住宅，此时罗守弘的学习成绩已经算不上出类拔萃了，事实上头两年，他全是靠卯足了劲玩命地学习才得以留在建筑系——要知道，罗守弘所在的班级，从第一年的90人到第五年毕业时只剩下屈指可数的5人可以直接毕业的，可见当时建筑系升学标准之高。

罗守弘曾就读的加拿大渥太华华尔顿大学建筑系一角

面对如此大的升学压力,罗守弘不得不把几乎所有的精力都放在学习上。如果没有学会调节和纾解,人可能会崩溃。而罗守弘在学习以外的生活十分简单,写家书、买菜做饭就是他缓解压力的主要方法,为了丰富自己的课余生活,罗守弘主动参加课外活动,曾担任华尔顿大学中国同学会的副会长,并在同学会体育领导岗位前后工作了五年的时间,还担任中国同学会校队篮球队长一职,这些都是罗守弘慢下脚步、纾解压力的管道。

除此之外,罗守弘也把难得的休闲活动集中在自己饲养的一只小乌龟和热带鱼上,累时,他就对着小乌龟说说话,或者看着鱼缸里的几尾热带鱼发发呆,享受难得的放松。

## 4.与文学、挚友共度艰难岁月

20世纪70年代的加拿大人很少,人与人之间的关系也直接一些,对物质的要求也比较低,加上罗守弘一直专注学业,不会去追求学业以外的东西,所以虽然家境尚可,但他的生活一直很简单甚至称得上节俭。读大学的前4年,罗守弘出门都以巴士或自行车代步，连出租车都很少坐，第五年即最后一年才买汽车代步。生活上无论是穿的还是吃的，他都不会出现不必要的浪费，更不会追求名牌——实际上，至今为止，无论在生活上、工作上还是罗守弘的建筑风格上，都从来不大讲究外在，而更追求简单、实用。

和以前一样，罗守弘在华尔顿大学除了学习成绩好外，还非常注意全面发展，他坚持看书，中国文学类、世界历史类的书籍是他的最爱，一有时间他就会捧起来品读，以开拓自己的知识面。罗守弘从念高中就开始在课余时间品读诗词歌赋，国内外的都有。中国的诗词歌赋吸引罗守弘，是源于其规整端庄的平仄，清秀隽永的词句，或直抒胸臆或借物抒情的表达，激起了他的浓厚兴趣，到了大学后，读诗更成为他课余生活的重要点缀，而且写诗的激情也开始迸发——异乡求学的孤独、压抑都从他的笔尖里流淌出来汇成一字一句，诗歌成了他发泄内心情绪的重要出口。此时，罗守弘的中文造诣已经相当深厚，开始勤快地写诗作赋，诗歌触及的题材也越来越广泛。

19岁的时候，罗守弘就写下了大气凛然的诗句"大地清风存生气，人间温暖亦千层"，这两句诗是罗守弘开始思考、总结过去的开始，因为这里所描述的正是他在1963年至1973年十年学生时代的所见所闻。寥寥两句，涵盖了他所见证的中国、中国香港的文化、经济风暴以及人情世故。这一写就一发不可收拾，从此以后，诗歌写作成了罗守弘必不可少的课余、业余兴趣，他的口袋里永远会放着一支笔和一沓正方形的白纸，灵感来了，就在白纸上赋诗一首，几十年来竟然成诗近千首。

遇见什么人，碰上什么事，让罗守弘有所触动的，都会成为罗守弘妙笔下的小诗一首，有的写了送给别人，有的纯粹是写了自己留着自娱自乐。他写的诗歌题材多样，有反映对父母的尊敬，对压力的惶恐，还有对社会的见证和感悟等，描写他一路走来的心路历程，也见证了多年来整个社会的沧桑变迁，罗守弘一直保留至今，少有遗失。当然，这都是后话了。

念大学时，罗守弘喜欢摆弄一些小东西，他还养了一只乌龟，定时喂食，闲时和它说说话，每天给予细心照顾。但是，罗守弘也有不良习惯，那时候的他喜欢抽烟，觉得烟是提神的好东西，甚至还为此患过肺病。罗守弘还看不惯一些朝三暮四的人，特别是那些频频更换女朋友的"情场浪子"，那时候，罗守弘的一个朋友有常常换女朋友的习惯，罗守弘就很看不惯，常常报以冷眼。

当然，罗守弘一向秉承以和为贵，所以基本上没有与人有过太大的争执。

和罗守弘一起度过那段艰难岁月的还有他的几个好朋友。他们是对罗守弘影响最大的人之一。其中当然少不了经常在一起的死党张达晖。那时候，张达晖眼见罗守弘因为"不想差过以前"而给自己很大的压力，还常常劝罗守弘叫他乐观些，也带他出去参加一些活动让他放松身心。那时候，他们不时会谈起对未来的一些遐想，张达晖是想做一个结构工程师，而罗守弘则把成为一个专业的建筑师作为自己的职业目标。

当时来自中国内地和香港的留学生都不多，就十个八个人，这一群人就组成了中国同学会。张达晖是当时华尔顿大学中国同学会会长。同学会权责并不是非常大，主要是帮忙联络中国学生，为他们提供帮助，或者组织大家在一起搞康乐活动和有益身心健康的比赛，也有做做好事如去探访老人等。会务有些琐碎，也很无趣，但罗守弘和张达晖乐此不疲，做得很投入。在这期间，张达晖还担任过两届副会长，罗守弘则参与过财务、筹募等工作，也做得极好。罗守弘还参加了篮球同学会，在同学会任职掌管财务的他常常负责收会费和向大学当局申请资助与其他方面的支持，同时支付平日组织活动的费用，如同学的奖金、球队的表演报酬等。

有趣的是，因为罗守弘相较别的同学中文水平算是很高的了，张达晖竞选中国同学会会长时，就请罗守弘代写演讲词，主题为 *A lion will bark*，当中所说的"我是一个狮子，我个会吠，我只怒吼"让人印象深刻。按罗守弘的说法，选择狮子一段做开头是因为他对张达晖信心十足，觉得他有必胜的潜质，才会执笔相助，他知道张达晖在多伦多中学时就已经是学生会主席了，有丰富的经验和管理魄力。罗守弘后来愿意充当副会长一职也是因为看到张达晖心中那一股帮助在加拿大的中国人的热情，被他爱国爱港、助人为乐的精神所感染。后来，张达晖果然顺利当选，并为很多在渥太华的中国内地、香港的留学生伸出援助之手，而罗守弘也一直在旁协助。那时候他们还住在一起，常常会就同学会里的事情互相讨论，尤其是海报的设计、印刷、刊登街招等事务，在家里开个小会讨论一下就付诸实施。同住的房子几乎变成他们的办公室了。

罗守弘和张达晖可谓形影不离的好朋友，他们除了交流学习，一起在学生会任职外，还一起去打工。他们在图书馆做图书管理员，一人做一段时间，轮流上阵。这个兼职可不好做，因为工作性质的关系，他们常常要工作到很晚，

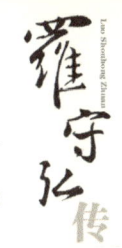

第二天又拖着疲惫的身体去上课。虽然辛苦,但罗守弘从来没有停止过,该干的时候二话不说就动手,直到把活干好,让自己满意为止。至今,张达晖仍是罗守弘的挚友之一。

除了张达晖,罗守弘还有一个很好的朋友就是卢伟生。卢伟生是罗守弘在香港圣类斯学校的同学,罗守弘第一年在多伦多时,他也是当地的留学生。

日本著名作家池田大作如此描述友谊,他说,友谊是使青春丰富多彩的、清纯的生命的旋律,是无比美丽的青春赞歌。这样说来,张达晖、卢伟生等挚友就是罗守弘生命乐章的动人旋律,是他青春赞歌的美妙音符了。

## 5. 远离战争的硝烟洗礼

有时候,不一定是咫尺之遥的人、事、物会影响一个人,就连远在大洋彼岸的事物,也会给一个人造成深刻的影响。

在华尔顿大学求学期间,对罗守弘的思想冲击较大的还要数越南战争,这场战争在越南境内蔓延,却点燃了罗守弘心中的爱国火焰,增强了他的民族自尊心和自豪感。

越南战争又称"第二次印度支那战争",现越南政府称之为"抗美救国战争",为新民主主义的越南民主共和国(北越)及"越南南方民族解放阵线"(所谓"越共")反抗美国及其傀儡政权越南共和国(南越)的战争。越战是"二战"以后美国参战人数最多、影响最重大的战争,也是美国完败的一场战争。越战是冷战中的"一次热战",希望统一越南的南方反政府军"民族解放阵线"在北越领导人胡志明的支持下反对南越吴庭艳政府,美国则出兵帮助南越。在理查德·米尔豪斯·尼克松总统执政时期,因美国本土的反战浪潮加剧,美国开始逐步将军队撤出越南。北越军和南越共军最终打败了南越政府军队,统一了越南全境。

当时,中国是北越最主要的支持者和援助者。出于地缘政治的考虑,也加上意识形态的因素,中国给予越南超过200亿元人民币的援助,客观上加剧了中国的经济负担。然而,统一后的越南并未成为中国可靠的盟友,出于担心国家利益受到柬埔寨极端政治势力和中国的损害,越南倒向了苏联。1979年,因为越南入侵柬埔寨,破坏了地区均势,中国出兵越南,导致中越战争。

中国是在1979年初宣布开始边境自卫还击战的,当时罗守弘正在选修传理科系课程,事件发生后,他陡然感觉到了"留学生责任"和"作为中国人应有自己的立场",因而极度愤慨。

实际上,因为阅读面广又喜欢独立思考,那时候的罗守弘对社会已经有自己的一套看法,敏捷善思的他对社会的透视和解读,常常让旁人刮目相看并钦佩不已。远在大洋彼岸的越南战争的爆发,令罗守弘在这方面的思索和领悟也更成熟了。

### 6.尽职尽责的兄长大哥

在异地求学的留学生,大小琐事都需要自己独立解决,罗守弘跟别的留学生不一样,作为家中兄长的他除了要兼顾自己的学业和生活外,还要照顾自己的弟弟妹妹。

首先,罗守弘要照顾的是大妹妹罗咏述。罗咏述是1975年到加拿大的,次年离开,和罗守弘在加拿大一起待了一年,虽然时间很短,但当中多姿多彩的生活也值得回味。

同在异国他乡的两兄妹,心底必然会生起相依为命的亲近感。罗守弘向来对妹妹爱护有加,罗咏述来加拿大后,在生活上,罗守弘把她照顾得细致周到,在学习上,罗守弘以身作则,坐言起行,在妹妹面前树立了一个建筑系高材生的榜样。

而年纪相仿的罗咏述也很懂事。女生向来比男生细心体贴,在这一年中,她自动充当了哥哥罗守弘的"生活护士",无微不至地爱护哥哥。同时,罗咏述学习自觉,她以哥哥罗守弘为楷模,努力进取,刻苦努力,成绩优异的她后来顺利考入约克大学的商科学系。妹妹罗咏述也在学习上给予哥哥罗守弘很大的支持,1976年,罗守弘已经读完了大学的第二个学年,因为课程要求逐渐升高,此时他在建筑系的成绩不如第一学年,妹妹罗咏述知道哥哥罗守弘的个性,成绩不遂心时,他必定会给予自己更大的压力,于是不断给予劝解、安慰和鼓励,令罗守弘最终顶住了压力,安然无恙地度过了他口中的"惊恐的一年",顺利升级而不致离校或转系。

1976年，罗守弘在加拿大

有趣的是，那个时期，罗守弘还无意中为妹妹罗咏逑觅得了一个好姻缘。原来，因为罗守弘为人友善又乐于助人，因此人缘一直很好，在多伦多念书时，他经常叫上十几个同学到家里玩，当时有个罗守弘在圣类斯中学念书时的同学就和罗守弘的妹妹罗咏逑互生情愫，后来更成为罗守弘的妹夫，成为家族里的美谈之一。

1978—1979年是罗守弘留在华尔顿大学的最后一个学年。这一年，他最小的妹妹罗咏璇准备进入大学深造，也远从香港来到加拿大，和罗守弘一起住在渥太华的一个住宅Rideau Terrance。那是罗守弘学习最紧张的时期，面对即将毕业的终极大考，面对那些仿佛永远都难以考取的学分，罗守弘心里非常焦灼，基本上无暇照顾罗咏璇。因此两人生活不说相依为命，但起码是以共勉共存为前提的。每个周末，罗守弘都会和妹妹罗咏璇一起去菜市场买菜，回到家一起做饭，一起温习功课，生活简单而充实。1978年12月入冬，天气十分寒冷，出行非常不方便，两人实在熬不住了才买了一辆新车。次年6月，罗守弘又亲自教妹妹罗咏璇开车（注：当时加拿大考车牌可以不请专业教练，由亲人代教），帮她顺利考取驾照。从此以后，这辆车就成了他们在加拿大的代步工具，1979年罗守弘回港后，妹妹罗咏璇还在加拿大继续使用。

就这样，因为毕业而恐惧的罗守弘和因为要考入大学而紧张的罗咏璇两兄妹"同病相怜"地共度了一年，而这一年的苦没有白吃，后来的结果是令人满意的。罗守弘顺利毕业，成为华尔顿大学建筑系第一批获授英联邦学系承认建筑师专业资格的建筑师之一，而妹妹罗咏璇也凭借她取得的优异成绩，考入心仪的纳克大学的艺术系。

罗守弘兄妹的独立自强，可以称得上是当年留学生的榜样了。

时光荏苒，日月如梭，在华尔顿大学的五年生活终于要结束了。这五年成为罗守弘受惠一生的财富，他没有辜负父母的期待，也没有辜负自己曾经许下的诺言，顺利从建筑系毕业了。他用五年的勤奋换来了建筑专业的毕业证书，当中的艰辛没有真正经历过的人恐怕是不可能了解的。

罗守弘能从华尔顿大学的建筑系毕业完全可以称得上是一个奇迹，要知道，要在以"宽进严出"闻名的加拿大华尔顿大学建筑系毕业是多么艰难的一个挑战！有一个数字可以证明这所言非虚，罗守弘念大学一年级时，他的班里有90个同学，到正式能拿到毕业证时，包括他在内只剩下屈指可数的5个人。

五年的大学生活是罗守弘人生的新阶段。他更快速地成长起来了，无论是专业上的学识、为人处世上的性格魅力还是他在民族意识上的觉醒，都让他的人格日臻完善。

在专业上，罗守弘的城市规划设计理念日益成型，他把加拿大的城市和香港的发展进行对比，引发了他深远的理念性认知，更激发了他在城市建筑上的发掘性思考。在华尔顿大学里的导师虽然不少是西方人，但也有在香港成长起来的，他们的城市分析以及关于个人全面成长的价值教导让罗守弘受益匪浅。罗守弘的建筑理念在华尔顿大学初见雏形。信仰天主教的罗守弘，一切都以爱为基点，由心而发。爱上诗词的他被中国文学的博大精深所吸引，更懂得了学习对自我增值的宝贵，确定了终身学习的精神。而建筑和文学的结合，让罗守弘得以用更具人文色彩的思维模式来思考建筑艺术，他开始尝试用更人性化的简约、实用来引领他的建筑设计。自然而朴实的"真"，成为罗守弘日后作为建筑师追求的重要建筑风格之一。

而民族意识的觉醒更值得一提，因为罗守弘是土生土长的香港人，对中国内地文化的认识管道较少，在华尔顿大学深造并遭遇越南战争让他的民族意识猛然觉醒，一种强烈的民族自尊感、自豪感让他犹如经过了一次由内而外的心灵洗礼，这一点对他日后的人生观、价值观产生了深远的影响，也为他日后立志要以自己所学为香港乃至中国内地的发展竭尽所能，做出自己的贡献埋下了伏笔。罗守弘一步一步走向成熟了。

事实上，在华尔顿大学建筑系的那五年，对于罗守弘来说可以用不堪回首来形容，在这一千八百多个日夜里，罗守弘几乎每时每刻都紧绷着弦，不能毕业的恐惧填满了他的胸膛，压力大得让他几乎透不过气来。这五年，罗守弘都住在大学宿舍，不是为了躲避渥太华凛冽

青年时代的罗守弘

的冬风，而是为了让自己顺利毕业，这种压力不是一般人能够承受的。

然而，人往往就是这样，越是艰难的日子，越是值得后来细细品味。毋庸置疑，五年时间的紧迫、自律、自勉加上培养的尊师重道的过程，还是令罗守弘在后来常常回味。以至于30年后的2002年，他还携太太陈美仪以及幼儿罗秉晋回到渥太华华尔顿大学探访，一步一步追寻运河畔，踏入当年用餐的酒家和唐人街，走上冬天铺满雪而夏天开满花的城市街道。在大学期间代当地政府提供过的一些城市规划的美化街道和楼宇庭苑方案，罗守弘也带太太和儿子前去观赏。

值得一提的还有，2004年罗守弘的女儿罗凯宁入大学时，因为成绩优异，罗守弘的母校华尔顿大学也给予她10000加拿大元的奖学金，此事也得到祖父罗肇唐的多次公开赞赏。虽然女儿最后没有选择华尔顿大学而进入美国密歇根大学深造，但这样的结果对罗守弘来说绝不仅仅是兴奋和鼓舞可以形容的，更多的，是罗守弘对于那段艰苦而光辉的日子的怀念，以及两代人承先启后的特别意味。他把女儿获得的奖学金存入银行，和他供给她的学费和生活费放到一起，他知道，这笔钱背后的真正意义，绝对不是几位数字那么简单。

罗守弘画于美国密歇根大学（2008年）

# 第四章
# 舅父引路，建筑行业露锋芒

职场新人是这样一个群体：他们刚走上工作岗位一两年，和尚在校园的莘莘学子相比，他们已开始真正接触社会，但与工作多年经验丰富的老员工相比，他们又稍显稚嫩，实践能力稍逊一筹，价值观还未最终成型。他们诚惶诚恐，战战兢兢又激情满怀，跃跃欲试。他们的未来充满着无限的可能性。

与大部分刚毕业的青年不一样，因为家庭背景的关系，从校园出来的罗守弘没有太多的求职压力，但是他也一样懵懂、青涩，即便有家族雄厚背景这个筹码，他也需要从挫折中成长，从实践中求真知。所幸，罗守弘熬过来了，并表现得非常出色。他不仅成为一名优秀的建筑设计师，还创立了罗守弘建筑师事务所，在香港地产行业崭露头角。

## 1. 初生牛犊，事务所里的实习生

1979年，罗守弘学成归港。走出机场大堂时，他意气风发，归心似箭。

这次回来离上次离开香港其实算不上很长的时间。按照母亲许洁珊的要求，罗守弘每年的暑假都会回港探视亲人，所以他跟香港算不上是久别的重逢。但这次和以往又有些不一样，暑假归港时，罗守弘的身份还是个学生，但这一次，他的身份已经从学生转变成一个为自己的未来打拼的事业垦荒人，跟那时候相比，罗守弘的心里多了更多的踌躇满志。

出于所学的建筑专业和家人的安排，罗守弘的第一份工作是进入舅舅许灼勋的建筑师事务所实习。罗守弘和舅舅其实早有"合作"，因为罗守弘从小喜欢画画，结合家族事业在房地产方面的拓展，他一早就有了读建筑系的打算，加上父亲罗肇唐不断向其指出建筑师对家族企业发展的重要性，所以，罗守弘早于去加拿大大学前的暑期就已在许灼勋建筑师事务所学习，直到这一年大学毕业。而且，因为许灼勋当年一直为罗守弘的父亲罗肇唐做顾问建筑师，罗守弘大学毕业后进入许灼勋的建筑师事务所也是顺理成章的事情。

彼时，正是香港地产热潮兴起的年月。

原来，从20世纪60年代末至80年代初，香港地产业经历了两次循环周期：

罗守弘的三个舅舅（右为许灼勋）

第一次从1968年起步,受到热钱流入、股市急升和新市镇开发等利好因素的刺激,香港地产业开始走向繁荣。可惜好景不长,1973年至1974年间,由于接连受到股市崩溃、中东石油危机的冲击,香港地产业陷入低潮。

第二次循环从1975年开始,由于当时人口持续增长、经济繁荣和中国内地的改革开放政策的影响,香港地产业呈现了战后以来空前的繁荣,并在80年代初达到巅峰,成为香港地产业快速发展的时期。

第二次经济循环周期与罗守弘的事业起步密切相关。彼时,香港经济遭遇中东石油危机后经过了短暂的调整,于1976年全面复兴。这一年,香港本地生产总值增幅高达17.1%。如此大的增幅主要源于香港经济具备高度的弹性和灵活性,能够迅速跟随国际市场的转变而做出调整。此外,香港的制造业属轻纺工业,对能源需求较小,故能很快渡过能源危机,比世界其他地区更快复苏。这一时期,香港的经济也开始转型,成为亚太区国际性的金融中心之一。

在1970年以前,香港金融业几乎都是由经营零售业务的商业银行构成。20世纪70年代初,随着股市勃兴,大批跨国金融机构(其中主要是商人银行、国际投资银行)纷纷到香港开设分支机构,本地中小型财务公司、证券公司更如雨后春笋般涌现。其后,香港政府相继放宽外汇、黄金管制,使石油美元东移,香港逐渐成为国际贷款的重要中心和世界四大黄金市场之一,股市也逐步回升,形成"金股齐鸣"的繁荣景象。1978年,香港政府宣布"解冻"对银行牌照的发放,大批国际银行进入香港。到20世纪80年代初,香港已从以经营银行业务为主的单纯模式,演变成世界第三大金融中心(以外资银行数量计算),仅次于纽约和伦敦。

大批跨国公司在香港开设分公司,大大增加了对香港商业楼宇和高级住宅的需求。这时期,香港的人口持续膨胀,社会结构也随之发生转变。1980年香港人口已由1970年的不足400万到超过了500万,大量新移民源源不断地涌入,对房屋需求造成了持续的压力。另一方面,20世纪五六十年代是香港人口出生的高峰期,这批人在20世纪70年代后期和80年代初都进入适婚年龄。据统计,80年代平均每年约有50000对青年人结婚。加上香港的家庭结构发生重大转变,核心家庭逐渐取代家族大家庭,每年50000对的新婚夫妇对住房的需求更为惊人。水涨船高,到1981年地产高峰时期,香港中小型住宅单位每平方米售价被推高到10000港元。

刺激香港地产蓬勃发展还有一个重要因素，那就是中国内地政治、经济形势的转变。1976年，中国内地一举粉碎了"四人帮"，结束了为期10年的"文革"动乱，并开始推行四个现代化建设。1978年，邓小平复出，中国共产党召开十一届三中全会，决定将工作重心转移到经济建设的轨道上来，并推行举世瞩目的改革开放路线。其后，广东、福建两省在毗邻港澳的深圳、珠海、汕头和厦门设立四个经济特区，吸引外资，香港与内地的经贸联系因而获得全面性的推动。香港顿时成为中国内地与国际经济的枢纽和桥梁，大量外资流入，准备以香港为跳板进军中国内地市场。时局的骤然转变，给投资者带来极大的鼓舞，香港经济终于呈现了战后以来罕见的繁荣。

第二次巅峰时期，正是罗守弘进入舅舅许灼勋的建筑师事务所的1979年。可以说，罗守弘进入地产业恰逢其时。

彼时，人口的膨胀、社会经济结构的转型以及中国内地改革开放所带来的繁荣，推动了香港地产市场从1975年开始复苏，并于1981年达到空前高潮，在这几年中，香港本地生产总值平均每年的实质增长都在10%以上。期间，地产发展商大规模投资兴建各类楼宇，包括住宅楼宇、商业楼宇尤其是写字楼以及工厂货仓等。于是，水涨船高，地价、楼价、租金大幅攀升，楼花炒卖盛行，投机之风炽热，地产业呈现前所未有的繁荣盛况。

尽管已经在加拿大华尔顿大学建筑系取得了优异的成绩，也在家族的房地产生意里耳濡目染，得到父亲罗肇唐的近身指点，耳提面命，但此时的罗守弘还是一个没拿到香港的建筑师执业牌照的新人。初出茅庐的罗守弘常常在建筑师事务所里看着忙碌的同事们，难掩心底涌起的困惑与惊惶。当然，罗守弘很快就释然并激起了勃勃雄心，要知道，他早已习惯了面对压力，他既然能顺利从建筑系毕业成为"少数分子"，就一定能成为香港建筑行业的精英！

给自己鼓劲后，罗守弘就强迫自己的心安定下来，他掏出随身携带的纸笔，在纸上郑重地写下了接下来的目标——努力工作，抓紧时间熟悉行业，同时用心温习，把香港的建筑师执业证书拿下来！

这里有必要说一下香港的建筑师执业制度。在香港，建筑师向来是青年们向往的职业之一。当时香港是没有注册建筑师这回事的,但有香港建筑师学会。香港建筑师学会(The Hong Kong Institute of Architects,简称HKIA)成立于1956年9月3日,学会的前身是香港建筑师公会(The Hong Kong Society of Architects),由27位建筑师组成。香港建筑师学会的成立旨在提升建筑设计,促进和辅助各种相关艺术及科技知识的汲取与进步。除此之外,学会也会提高会员的专业服务水平,为香港建筑行业的健康发展起着重要的作用。

按规定,要在香港做建筑师就必须要通过香港建筑师学会的考试,获得建筑师执业证书。也就是说,罗守弘要在香港成为一名可以执业的建筑师,就必须通过考试这一道槛。这对罗守弘来说又是一个逃不过的槛。

于是,罗守弘就过起了"半工半读"的生活,他一边认真工作,一边用业余时间看书准备考试。香港的建筑师执业证书非常难考取,为了通过考试,罗守弘要主动去搜集、学习很多资料,又要兼顾工作,其艰辛可想而知。那段时间,罗守弘可以用"一路工作"来形容,白天在公司埋头于日常工作,晚上,他就窝在家里的地下房间里埋头苦读,偶尔还要读到天空灰白、天就要亮了才敢合上书本。

然而,面对如此大的工作强度罗守弘却没有表现出过度的焦躁,也不怎么觉得

想起往事,罗守弘依然历历在目

劳累，因为他本来就是一个寓工作于娱乐的人，往往工作的难度越高，完成工作后他的成就感就越强。这种迎难而上并战胜困难后的那种成就感让罗守弘有种举重若轻的快感，因而也乐在其中。而且，那段时期罗守弘对欧美、日本和中国香港建筑行业的未来怀着很大的期望和憧憬，这也成为他重要的驱动力。

当然，罗守弘也有需要减压的时候。常常在头晕脑胀的时候，他会随手拿起纸笔，写下几句勉励自己的话，或者就当时的所思所想赋诗一首。那段时间，罗守弘下班后一定会去的一个地方就是家中门外的"小树林"，那里简直是罗守弘的"仙境"：沐浴着夕阳的余晖，品一杯红酒，借助酒意作诗自勉，于他是一大乐事，更是他减压的最大法宝。

然而，因为当时的香港建筑师执业证书真的非常难考取，罗守弘在第一次考试的时候也栽了。看着没有通过的成绩单和通知书，一时的伤心和沮丧在所难免，但是罗守弘没有过多地在眼前的分数上纠结，他暗暗握紧了拳头，又重新投入备考的复习中去。

第二次，罗守弘还是没有通过考试。"不及格"这三个字是罗守弘无论如何没有预料到的，连续两次折戟沉沙像突如其来的重锤让他有些措手不及。此时给予罗守弘最大安慰的是他当时的女友，后来的太太陈美仪。陈美仪性格温柔，善解人意，见到罗守弘为了工作和考试焦头烂额，承受着巨大的压力，她会适时地给予安慰和鼓励。女友的支持给了罗守弘莫大的动力，长久累积的疲累和压力终于在爱情的暖意中渐渐消融。

或许是"事不过三"，也或许是"前车之鉴，后事之师"，经过前两次的考场失利，罗守弘的心里已经有了底，加上做了更充分的准备，第三次，罗守弘终于顺利通过了考试，拿到了香港的建筑师执业证书。

从1981年至1983年，前后断断续续三年的备考，罗守弘都能坚持到最后并夺取胜利，其毅力令人钦佩。而经历百般挫折最终得偿所愿拿到执业证书的那一刻，罗守弘如释重负之余心里也百感交集，眼睛都不由得湿润起来，首先要感谢的当然是女友陈美仪，此外还要特别感谢一个人，那就是他的监考官，建筑师邓守仁。

邓守仁是罗守弘的监考官，在罗守弘考试的那几年，他像火把一样照亮

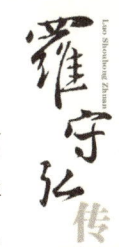

了罗守弘，引领和推动罗守弘向前。他不但不停鼓励罗守弘，让他勇敢地面对困难，而且帮助他调整好心态去为考试做最好的准备。因为对邓守仁心存感激，罗守弘多年来一直与他保持着亦师亦友的密切关系。2002年，罗守弘携妻儿探访渥太华时还专门登门探访了已经移民此地的邓守仁。

功夫不负有心人，1984年11月，罗守弘获得了香港建筑师执业证书，从此，他可以在香港的建筑行业大展拳脚了。然而，就在罗守弘获得执业证书这一年，罗守弘的舅舅许灼勋突然决定结束公司，移民加拿大，罗守弘也就顺理成章地结束了这四年的实习加考试的生活。回想起来，这四年虽然过得很辛苦，但是罗守弘还是心存感激，一千四百多个日夜的付出，成为罗守弘事业的崭新起点，也是他从求学漫途走向事业旅程的成功开局。

回想过去四年，罗守弘对舅舅许灼勋充满了感激之情。许灼勋学识渊博，在罗守弘的眼中他既是学者、艺术家、绘画的倡导者，又是文学的专家，因此对他敬佩有加，把他当成学习的榜样。在舅舅许灼勋的公司里实习，让罗守弘从一个埋头书香的懵懂学子逐渐转变成香港建筑行业的一个小角色，虽然当时初出茅庐名不见经传，但总算对建筑师事务所的大体运作、统筹以及规划、实施等细节上的工作有了大体的了解，算是入了门，开了窍。除了角色的转变令罗守弘受益匪浅外，在舅舅许灼勋的建筑师事务所，也令他可以在行业的人脉上逐步建立自己的网络。在舅舅许灼勋的建筑师事务所工作那几年，罗守弘认识了很多同事以及同事之外的同行，其中有建筑设计师、结构工程师、制图员以及其他助理等，通过与他们共事、交流，罗守弘对香港建筑行业的发展有了更直观、具体的感受，而团队合作也让他学到了更严谨的处事方法，更具包容性的为人态度——明白每天面对新的问题时，如何把困难很好地化解，并懂得了在尽自己责任的前提下包容他人才能成功的道理。

这段时期，罗守弘也有了与众不同的工作感悟，那就是快乐工作。他领悟到工作是每个人生活中必不可少的组成部分，是实现人生价值的最佳途径，工作不仅意味着付出，更蕴涵着收获；工作的过程不一定都是甜的，也不一定都是酸的，可能是青涩的，但不应该是苦的。有耕耘，才有收获；有沉淀，才有积累；有执着，才有进步！工作的过程是锻炼自我的过程，更是完善自我和提升自我的过程。

快乐才能把建筑工程项目顺利完成。轻松面对,快乐工作,成为罗守弘工作的核心理念。

经过在舅舅许灼勋的建筑师事务所的四年工作,罗守弘的一只脚算是踏入香港的建筑界,成为他在香港建筑界正式亮相的一个美好开端。

## 2.自立门户露锋芒

自立门户,说易行难。

幸好罗守弘不是普通人。起码,他还有一个已经在香港地产界赫赫有名的父亲罗肇唐。

父亲罗肇唐的地产生意从20世纪60年代就已经开始,至1979年罗守弘大学毕业归港已经发展了十几年,拥有的地产公司裕泰兴已经参与过红磡火车站等令人瞩目的大工程。而且,在罗守弘开始创业前,父亲罗肇唐就一直建议他开办建筑师事务所,协助他在地产事业上的发展。这里原因有二:首先,建筑师事务所的工作可以让图则(建筑制图)和地产发展挂钩,给建筑工程添加新的附加值;其次,那时候香港在城市规划和楼宇设计的规限特别多,建筑师的参与可以更有效地理顺这一切,令公司的建筑工程更符合香港的规范,利于家族地产生意的长期发展。

所以,当1984年罗守弘从舅舅许灼勋的建筑师事务所出来后,就在父亲罗肇唐的帮助下创建了自己的建筑师事务所——罗守弘建筑师事务所有限公司。

罗守弘建筑师事务所有限公司位于父亲罗肇唐参建的商业大厦——香港中环的威享大厦的16楼,公司的业务包括建筑工程规划、建筑设计、建造服务设计、土地发展顾问、物业发展等。

建筑师事务所开起来后,罗守弘也开始了他的忙碌。与一般白手兴家的创业者相比,罗守弘是幸运的。依托父亲罗肇唐的裕泰兴公司,罗守弘不用熬过没有客户的空窗期,从一开始就可以承接裕泰兴的建筑设计、建造工程,正式步入发展轨道,避免了门可罗雀的尴尬和惶恐阶段。

立足裕泰兴的业务供给,罗守弘已无后顾之忧。他在做好裕泰兴项目

罗守弘画的罗便臣道84号住宅草图（1984年）

的同时大力对外发展,其中大多是通过朋友或其他发展商的介绍来承接外面的工程,公司很快就走上了正轨。罗守弘建筑师事务所开张第一年,就做了一单大工程,为一家电影院做设计。这家电影院位于裕泰兴拥有的位于元朗的住宅楼宇内,工程于1986年顺利完成,可以算得上罗守弘在香港担任建筑师的初期成果之一。

机遇与危机并存。1985年,即罗守弘成立建筑师事务所的第二年即面临收入太少而薪水支出太高的危机——要知道,当时做建筑师的收入是比较低的,特别是对资历尚浅的罗守弘建筑师事务所来说。当时,罗守弘压力很大,但他为了不令任何人担心,把所有的问题都埋在了心底,更加身体力行,努力工作,同时向父亲罗肇唐和发展商预支了一次图纸设计费用。

罗守弘不仅在建筑设计上协助父亲罗肇唐,也在地盘买卖上出谋献策,有时还亲力亲为,帮父亲买入有升值潜力的地盘。其中最令父亲罗肇唐满意的是他成功买入般含道38号,并获得了不菲的投资利润,当时罗守弘年仅29岁。这次成功投资初步展现了罗守弘在地产发展方面的才华,也取得了父亲罗肇唐的信任,获得了更多的机会。父亲罗肇唐见到了罗守弘在地产业上的天赋,开始把罗守弘应有的一些股票的年息每年交予罗守弘,让他可以依赖这些年息支持建筑师事务所的营业,用建筑设计的利润来平衡财务,令罗守弘建筑师事务所的财务及时脱离危机。

罗守弘真正意义上的"处女作"当属其在1984年至1986年完成的湾仔峡道6号的一幢6层的住宅。这个项目原本是罗守弘的舅舅许灼勋的承建项目,因为舅舅移民加拿大遂由罗守弘代而完成。这项工程对罗守弘来说有着特殊的意义,因为罗守弘一直为可以协助父亲罗肇唐在建筑项目方面策划最有效的方案并付诸完成而自豪,这次练兵在事实上证明了他的实力。

这个项目中,罗守弘最要感谢的就是他的助手设计员李任强。因为是第一个工程项目,罗守弘压力很大。湾仔峡道的地理环境非常复杂,规划与施工很困难,也很难获得香港政府的批准。罗守弘多番周旋,东奔西走,终于令方案获得香港政府的认可,接下来,就要在规划和施工上下苦功了。罗守弘没有浪费这个来之不易的项目,他依据项目的周边特点,秉持一贯的简约建筑思维,把这里打造成了一个非常幽静的小区。小区远离大城市的繁忙和喧嚣,用三个"小"——小路、小径、小巷来凸显小区的非凡特色,使它们即使跻身周围的高楼大厦中仍不会被湮灭，反倒优势顿显。更难得的是，罗守弘在此项目的成本效益核算上也备得父亲罗肇唐的赞许。罗守弘终于松了一口气。

初战告捷对罗守弘来说非常重要，以上两个工程的顺利完成，训练了罗守弘的胆色，树立了他在香港建筑行业的自信心，为他日后在建筑工程中化腐朽为神奇，反繁为简，从挫折中勇敢突围注入能量，积累了经验。可以说，之后罗守弘在香港完成了过百幢高楼或小房子的设计和建造，都是从这两项工程开始的。

在这个过程中，罗守弘的建筑师事务所一步一步发展壮大。罗守弘建筑师事务所刚建立时所需要的费用并不高，初期只有5个员工，开办花费仅约10万港元。当时先进来的是罗守弘的秘书李美施，两人身兼数职，忙得不可开交，后来，梁志昌加入了，半年后，马亮奇和李仕强也来了。五个员工组成的罗守弘建筑师事务所继续向前进发，一直到1986年，又请了蔡田雄等两三个员工，事务所算是初具规模，客户也越来越多。在财务上，罗守弘建筑师事务所开始时也是入不敷出，收支难以平衡，周转出现问题，幸好最后都能化险为夷，顺渡难关。直到2016年，罗守弘回顾起建筑师楼的同事们和他一起度过了32年，大家共同面对每一天的挑战，还会深深怀念，并心怀感恩。

此时，罗守弘建筑师事务所的客户已经不仅仅是裕泰兴，还有名声赫赫的嘉华国际有限公司、大名鼎鼎的恒基地产有限公司、泛海地产有限公司以及很多社会企业、私人企业等。也是在1986年，罗守弘多了一个秘书谢玉英，此时，省躬草堂重建工程也正式动工了。1987年，黄英杰建筑师加入，同时多了杨慧祺等三个秘书及管理人员，至此，罗守弘建筑师事务所的员工全部加起来也不过十人左右。有意思的是，2016年，曾经在1984年5月协助罗守弘建筑师楼创建的秘书林美施竟然回到罗守弘父母罗肇唐和许洁珊的家中担任近身助理一职，这何尝不是一种缘分，也可见罗家人的真诚与受人爱戴。

就是在这段时期的工作，让罗守弘习惯了"人少事少，先胜后战"的管理方法。"人少事少"的字面意义是人员少事也少，而其管理上的科学创见，则是指"小团队出问题的机会也少，因而也比大团队更容易管理和运作",可谓小船好掉头。而"先胜后战"则指在取得小胜利的基础上再往前推进,由一两个人开始创造。从一个小班子开始成长,而不要好高骛远地用大班子起步,如此才不致积重难返。

罗守弘就是用这种看似简单的管理模式,带领罗守弘建筑师事务所由开始的三五个人的员工团队,发展到1990年左右30人的建筑师事务所,再由2002年创立文化村企业带动约50人发展到2016年400多人,并覆盖广东广州乃至山东烟台,稳稳当当地向前走。在这当中,加入梁立人建筑师,李大华建筑师也在1987左右进入,罗守弘建筑师事务所名称也改为"罗守弘/李大华建筑师事务所"。这时期的罗守弘延续了他学生时代"拼命三郎"的作派,一工作起来就忘记了时间,常常在办公室待到深夜,一早起床又往公司赶,连休息日的大部分时间都是在家里的书房里度过的。

直到1993年,一件事情轰然而至,罗守弘的工作才发生了一些改变。这是罗守弘一生难忘的日子。1993年12月24日,平安夜。这一天是罗守弘的女儿罗凯宁的生日,因为罗凯宁从小就喜欢听电车那种"叮叮当当"的声音,于是他带同全家策划了一个别出心裁的生日会。他们租了一架电车,把罗凯宁的生日会搬到了电车上,正在一家人欢声笑语、和乐融融之际,罗守弘忽然感觉心脏一阵绞痛,几乎晕厥在地,被家人及时送进了医院。在医院里,他还写了一首诗,祈祷自己恢复健康。

历历霓虹人晃动

盈盈痛爱在心中

星月争辉平安夜

浮世幻梦曾改写

家中每段儿歌颂

流暖人路静凡空

心连心续三生约

岂止三生渡船同

躺在医院的病床上,罗守弘忽然顿悟到"欲速则不达""罗马不是一天建成"的道理。身体才是革命的本钱,人生的意义也不只是工作。之后,罗守弘不再用超负荷的工作来换取事业的发展,而采取了更为稳健和按部就班的方式。

病愈之后,罗守弘把所有承接外面发展商的项目结束,只留下裕泰兴的发

罗守弘画于香港（1994年）

展项目，而建筑师事务所的人数也由1992年约25人缩减至10人。

1997年，李大华建筑师离开建筑师事务所返回政府工作，"罗守弘/李大华建筑师事务所"的名称重新恢复为"罗守弘建筑师事务所"。同年，张益权建筑师则由政府部门出来取代了李大华的工作，罗守弘建筑师事务所又再一次恢复1984年"小即大"的模式。

来来去去的员工当中，助手设计师梁志昌跟随罗守弘的时间最长，他从罗守弘建筑师事务所创建开始就一直跟随罗守弘，至今30年时间，期间合作无间，情同手足。林美施也是得力助手，她从1984年至1999年一直担任罗守弘的秘书，兼管行政工作，长达15年陪伴左右，与罗守弘建筑师事务所共同进退。

而在这三十多年中，罗守弘建筑师事务所的发展脚步或急或缓、或紧或松，但一直没有停下来，由罗守弘亲笔绘图、亲自设计建造的建筑工程也越来越多，其中不乏大获好评的经典之作。

1990年，罗守弘建筑师事务所完成了大埔省躬草堂道教寺庙的重建，这个项目经过了前后两次的重建，工期长，任务重，加之罗守弘的父亲罗肇唐信奉道教，所以意义重大，罗守弘也非常重视，本书已专门在后面开辟章节详述此项目。同年，罗守弘建筑师事务所完成的项目还有马宝道33号的商场、住宅两用楼宇。

值得一提的是1989年寿臣山道榛园住宅项目的圆满完工，这是罗守弘印象最深刻的建筑项目之一。

榛园是罗守弘和朋友潘政（今泛海集团主席）当年和裕泰兴共同发展的一幢二层高的住宅房屋。房屋从1987年开始设计，当时计算机还未像现在这么普及，所有的设计都是罗守弘亲手一笔一划勾勒，草图上还有罗守弘的铅笔印迹，经过别的建筑设计师前后反复几十次的修改方才定稿。但是，在此过程中罗

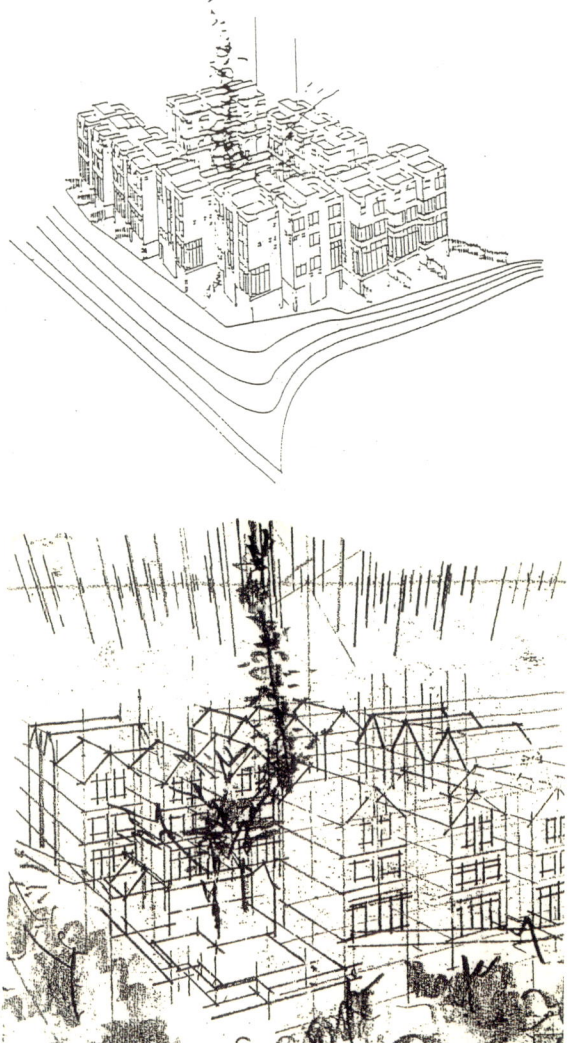

罗守弘1987年设计的榛园草图（上、下）

守弘并没有感觉到艰辛,在设计阶段,他反而常常兴奋得睡不着觉,不知道为什么,他总觉得这是他的DREAM HOUSE(梦想屋),他和它有着冥冥之中的缘分,甚至在梦中他还想着要在家里种很多的植物,最重要的是建一个室内球场,这样就可以在家里打篮球了!

没想到,三年后,罗守弘梦想成真!原来,1990年榛园完成后,因为市道不太好,房子卖不出好价格,罗守弘就"顺理成章地据为己有",和家人一起入住10号屋——仿佛这套屋子是为他度身定做的一般!这是何等奇妙的事情!罗守弘的兴奋难以言表,以致在1991年12月幼儿出生时,罗守弘还专门给其取名罗秉晋,"晋"在粤语里与"榛"发音相近,他对榛园的钟爱由此可见一斑。之后的日子里,罗守弘常常带着儿子和女儿一起在家里打篮球,闲暇时也乐此不疲地照顾家里的花花草草。2003年,罗守弘的父母罗肇唐和许洁珊也搬进了榛园9号屋,三代人成了邻居,一起居住至今。

住在梦想的家中,罗守弘的事业继续向前推进,罗守弘建筑师事务所开始参与更多的建筑工程。

1992年:建成洛克道313号商厦以及旧山顶道2号住宅。

1993年:建

罗守弘在榛园里养了小猫小狗,令生活充满了情趣

成碧荔道51-53号住宅；太子道234号住宅；德辅道中268号商厦；甘肃街33号住宅。

1994年：建成必列者士街18号商场/住宅；德昌里2号住宅；山林道8号商厦；碧

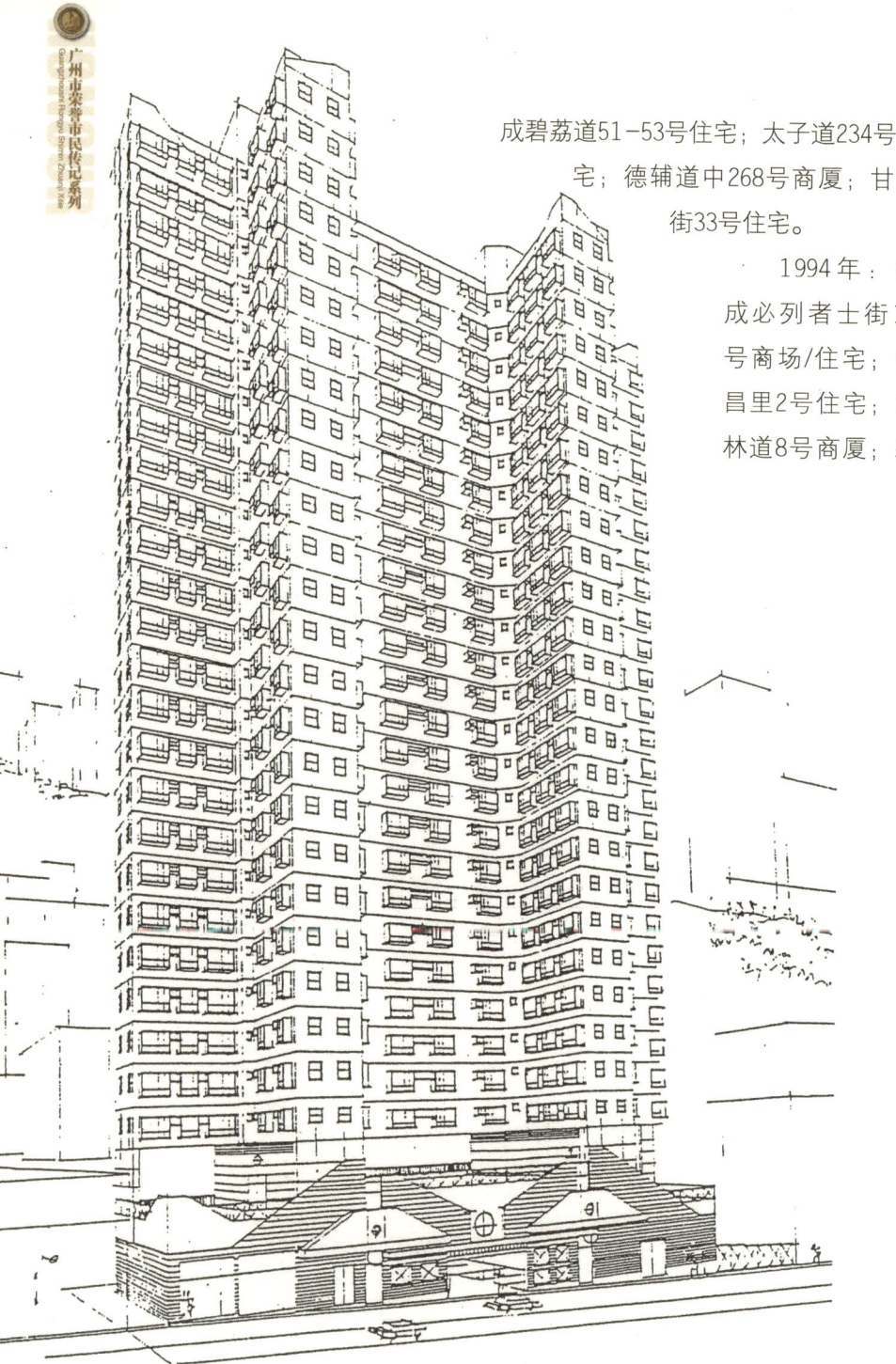

罗守弘为必列者士街18号（左）和碧街8号（右）画的设计草图（1990年）

街8号商厦。

1995年：建成赤柱滩道20号住宅；旺角道1号商厦。

这一年，罗守弘建筑师事务所参与的建筑工程——冠冕台21号的住宅特别

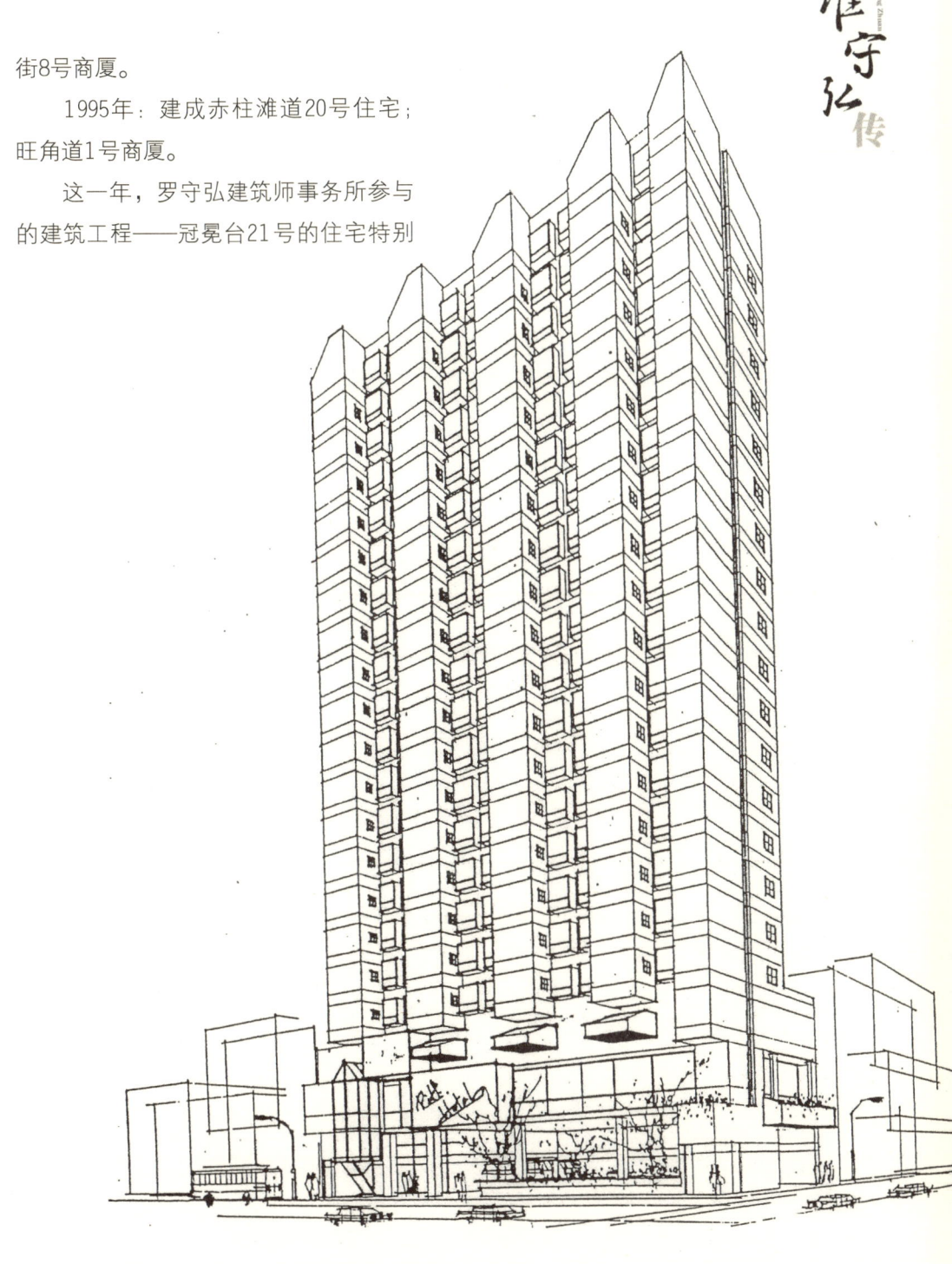

罗守弘为旺角道1号（左）、赤柱滩道（右）画的设计草图（1992年）

值得一提。

此项目在玛丽医院下坡的山边，旁边有一群住宅，罗守弘便因势利导，依据地势上的特色，把冠冕台21号的房子设计成和该住宅群连成一片，屋苑由两翼分展，使具有纵深感的街道和屋苑的空间具有悠远的律动感，空间亦由

罗守弘为冠冕台画的设计草图（1992年）

室内绵延到外界，通透清新。

　　针对业主对此项目的要求，罗守弘在设计上投入大量心血，虽然此项目只是针对高额收租而投资的项目，但罗守弘也倾尽全力，做到让建筑与大自然和谐共生。在细节上，罗守弘采用罗浮式（Art Nourveau）、德高式（Art Deco

罗守弘画于欧洲南部（2015年）

style）混同曼哈顿式的设计特色，用白色的外墙和砖墙进行对比，呈现出复杂而华丽的复性文化体主义，尖顶的屋顶则由西班牙砖砌成，具有异域风情。在冠冕台21号的建筑设计上，我们可以窥见罗守弘内心的浪漫情怀。

把旧式设计基于现实条件进行改良是罗守弘擅长的建筑设计风格，在后来的帝鎏阁的设计中，罗守弘也沿袭了这种做法，效果也让人眼前一亮。

在接下来的时间里，罗守弘建筑师事务所又承建了大量建筑工程。

1996年：建成景隆街7号商厦、轩尼诗道218号商厦及金巴利道62-62A商业大厦；

1997年：建成北盛街1号商场/住宅；大坑道26号住

罗守弘画的轩尼诗道218号（左）及金巴利道62-62A（右）商业大厦草图（1990年）

德辅道中268号商厦

宅；北角道10号商厦；太平山街1号商场/住宅；列拿士地台1号住宅。

罗守弘建筑师事务所参与的建筑项目还有：渭州道5、7号；谷巴道17号；为顺豪发展（华大）正在建设的港岛中班珊旧珊顶道2号；为泛海国际正在建设的位于铜锣湾香港耀华街12-21号的商业项目，还有位于香港筲箕湾道296-302号的住宅项目。更有内地广东省中山县的住宅项目。

除了以上项目，罗守弘建筑师事务所完成的项目还有很多，例如协助裕泰兴完成的深水埗区北河街44-48号，为岑氏家族在中环德辅道中264-270号完成的商业大厦，等等。

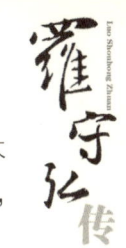

罗守弘还设计了很多项目但未能完成，有为泛海发展设计的尖沙咀商业大厦，以及罗守弘曾经住过的昭景大厦10楼A座，这幢大厦的重建计划早已批准，只是一直无暇开展工程。

一路走来，罗守弘表面上总是顺风顺水，依托父亲的裕泰兴和家族几代积累下来的事业根基，他不愁没有生意可做，也不用担心万一生意失败将要面对的失意和困窘，然而，没有一个人的事业是一帆风顺的，罗守弘亦然。在他的建筑师生涯里，也遭遇过很多的挫折和跌宕。

原来，一直以来，罗守弘除了在自己的建筑师事务所里承接工程外，也在父亲的裕泰兴集团担任一些商业以及行政性质的工作。在这个过程中，北角道商业大厦重建方案就给了他一个很大的挑战。在北角道工程建造的过程中，因为施工时工人不小心出了小事故，裕泰兴被告上法庭，因为工程一向是由罗守弘负责统筹，对于事故的发生罗守弘需要负很大的责任，罗守弘为此非常紧张，但是并没有逃避。在1993年年中至1994年年底，历时一年半的法律行动中，罗守弘总是及时向父亲罗肇唐报告事件的最新进展，并为此请示父亲罗肇唐的意见。后来，事情被圆满解决，而罗守弘也让工程及时完工。而在1993年12月24日，罗守弘还因心脏病发入院急救，当时"岑俞庆堂"的中环德辅道中270号商业大厦正在建造中，从中可见罗守弘在这期间的辛劳与不易。

事实证明，罗守弘的事业也跟平常人一样起伏跌宕，有顺境也有逆境，罗守弘之所以成功，在于他的不屈不挠，勇于承担，这样看来，他会在之后开辟更广阔的事业版图就不足为奇了。

## 3. 重建省躬草堂见实力

出世莲杯生瑞气
凡门道香承福祀
长庚仙履无轮廓
启明世代续延祈
渺小港堂同朴静
归同省躬奉神理
有己无己有天地
同亦大同同广基

罗守弘画的大埔省躬草堂设计草图（1988年）

这首诗详细描述了在1936年初建港堂以来,在1986年—1991年十年间省躬草堂殿观的重建事迹。省躬草堂重建项目也是罗守弘参与过的印象最深刻的建筑工程之一。

香港大埔旧墟汀角路相对于喧嚣的闹市来说是一个幽静的所在。这里没有太多的繁华和吵杂,只有整洁的街道和稀少的行人,每个人走到这里连心境也会不知不觉地变得平和,如同坐落在这里的香港省躬草堂。

香港省躬草堂是香港新界大埔区内历史最悠久的道堂。省躬草堂原本建于广州,在20世纪40年代末期不幸遭破坏。根据《省躬近录》所载,早在1933年三清殿陆座筹建期间,一群供奉广成祖师的弟子、信徒就向当时的港英政府提出申请,希望批准大埔兴建三层楼高的香港省躬草堂。

乙亥年历两中秋
将军也来当劫后
静理玄黄当睡着
得道醒来同勿药
如来佛道笺乩语
祖师符道施化两
遇劫方知神情重
余生格善颂洪蒙

1994年,罗守弘病后与家人摄于省躬草堂

至1936年,港英政府回复,准许不需补地价即可在香港把省躬草堂全部建成。于是,这一年,草堂在香港大埔汀角道完工,省躬草堂也得以移居香港。香港省躬草堂的建成有着重要的意义,它不仅是广大信徒在香港供奉广成祖师的地方,更是在香港正式注册成立的非谋利性质的社会福利性机构,此后,这群供奉广成祖师的弟子、信徒们可以以省躬草堂为据点在区内赠医施药广施善德了,实乃百姓之福。然而,第二次世界大战期间,香港省躬草堂惨遭破坏,甚至成为施行酷刑的龌龊之地。

　　至20世纪40年代末期,原本建于广州的广东省省躬草堂严重破损,香港省躬草堂的重要性更为凸显。所以,尽管条件艰苦,1950年,弟子们还是竭尽全力修好了香港省躬草堂,继续供奉祖师。并于1974年,初次尝试在草堂一旁的用地重建了一幢7层楼高的省躬大厦。其后,更把省躬大厦的地下改建成设备完善的西医及中医医疗服务诊所,分别在1991年2月25日及7月14日开业。至此,香港省躬草堂才算回归"正途"。

1991年夏,罗守弘夫妇与父亲罗肇唐参加香港大埔省躬草堂建成揭幕仪式

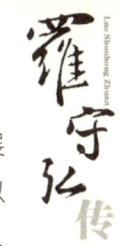

罗守弘的父亲罗肇唐对道教十分推崇，因此对香港省躬草堂的建设与发展一直非常关注，常希望能为香港道教的推广助一臂之力。他与香港屋宇署（以下简称屋宇署）屡次交涉，希望重建香港省躬草堂以表善心，后来得偿所愿，让裕泰兴参与了香港省躬草堂在1986年至1995年历时十年的重建工程。

罗守弘全程参与了香港省躬草堂的两次重建工程。

1986年9月8日，裕泰兴首次向屋宇署提交申请，请求批准重建图则。同年，第一期重建工程获批，准许裕泰兴重建香港省躬草堂的各个神殿以及附属楼阁，总共6个单元，包括大殿广成宫、三清殿、启灵殿、门公殿以及办公楼，还有两幢各25层，每层8户共400户住宅单位的住宅。

接下来喜讯频传，事情的进展越来越顺利。1986年11月18日，裕泰兴再向香港城市发展委员会发出申请，希望得到特许审批。时隔三个月后的1987年2月3日，香港城市发展委员会批准了图则，当月的26日，屋宇署批准了图则，其中包括允许省躬草堂南北两边缩地扩宽横巷（此类缩地需要经屋宇署特别批准才可计入地盘面积），3月24日，裕泰兴一次递交申请请求允许拆卸香港省躬草堂原有旧殿以及各附属的部分战前楼宇，4月10日，屋宇署马上致函批准拆卸工程。至此，香港省躬草堂在1936年建成约五十年后终于开始准备拆卸工作，省躬草堂重建工程迈进了一大步。

1987年8月10日，裕泰兴正式开工拆楼，并于同年12月8日完成拆卸工程，准备进入重建阶段。

然而，好事多磨，重建阶段又碰上了新问题。原来，在1987年5月至12月期间，香港政府出台投影限条例，对裕泰兴的建筑计划造成了很大的影响。因为省躬草堂地契还属大清时期的农地时代的契约，但重建必须按照现在的规范——现在的规范当然更严谨，更科学，在消防、渠务、垃圾清理等方面都有极高的标准，但是对于香港省躬草堂来说却是一大难题，其中最难解决的是楼宇高度问题——当年区内建筑一般只能建3层至12层，显然不符合裕泰兴的预期。无奈，裕泰兴不得不于1988年4月14日再次向政府请求加高大厦建筑楼层数，而此请求直至政府改例后才得到许可（届时按照规例香港省躬草堂重建可以加高至27层乃至30层），已经是当年区内批准的最高尺度。冥冥中如有神助，裕泰兴上下既兴奋又感慨。

1991年，罗守弘（右）参加省躬草堂开幕典礼

万事俱备，香港省躬草堂各位董事道长拜同广成祖师训示，加快速度，经1986年至1990年共5年多时间的赶工，第一期工程全部完成，而屋宇署也于1990年3月23日批出入伙纸（注：即占用许可证，由屋宇署发出，是一份证明物业符合标准的重要档），第一期重建工程圆满完成。在这一期工程中，罗守弘也采用了开先河的一些技术和方法：在1987年12月29日开始打桩工程时，采用了精心设计的预制混凝土打桩技术，使打桩工程于1988年5月19日圆满完成。这种技术的应用在当时的香港尚在初级阶段，算是开了香港建筑业的先河。

第一期重建工程完成后，香港省躬草堂已经焕然一新。道观中增加了由中国陶瓷大师刘传制作的若干个神像作品，包括高约3米的祖师像、镇坛神像以及三清殿中的各个神像，更有百余具缩小版的祖师像配予各弟子，让他们敬领回家中供奉。罗肇唐深感欣慰之余，罗守弘也松了一口气。

为了让香港省躬草堂发扬道教教义，承接瑞气，为众生造福，罗守弘的父亲罗肇唐马上把香港省躬草堂的第二期重建工程提上日程，毫无疑问，在第一次重建中表现突出的罗守弘被委任为第二次重建工程的设计师。

1994年6月，罗守弘代表建筑师事务所与省躬草堂陈兆英主席以及董事们钟景新（已故）、黄光祖、黄维、卢家骅、陈兆德、李晓孙、钟灼琪、陈海生初次会见，开始讨论第二期加建的可行性，研究如何有秩序地安排开展第二期重建工程，好为社会提供文康性及宗教性的各种设施及服务。在筹备工程阶段，因为大家心里都没底，所以刚开始设计的增建图则也是在试探政府批建的可能性到底有多高，并没有太多的细节考虑。当然，"到此地尘心尽洗，入其

1991年夏，罗守弘和省躬草堂主席陈兆英在开幕礼上

门敬意长存"被核定为香港省躬草堂第二次重建工程的最终目标，这一点不会改变。

果然，直到1995年，离香港回归祖国还有两年时间，屋宇署对二期加建图则还一直未予批准，父亲罗肇唐着急了，罗守弘也不由得惴惴不安。所幸，1995年9月7日，屋宇署终于批准了第二期加建图则，准予第二期重建第三座25层高的住宅，而且，基于一些特殊环境因素考虑，还特别准许香港省躬草堂沿南边界外已收归政府业权的私家巷地面积包含在重建地内计算，不要求拆除草堂范围内的各现有殿观建筑物，只需把原有厨房及厕所位置更换到现有办工楼内即可。当然，不许第三座住宅大厦建筑物高于25层。

从客观上讲，这当中关于1900平方米加建建筑面积的限制并非完全限制，而是为了保留现有香港省躬草堂殿观。将来若有需要，可全部重建香港省躬草堂范围内各低层殿观，并增建新的高层住宅大楼。也就是说，在拆去原有殿观之后，第三期住宅建筑面积在除去第一期以及第二期的建筑面积后可增建约5000平方米。这样的结果让裕泰兴上下欣喜不已。

10月15日，参与省躬草堂二期重建的建筑师与裕荣建筑公司代表罗国雄，会同陈兆英主席及各董事包括黄金泉、何干生、卢家骅、李晓孙、李广弟、陈其锵、吴秋庭、黄永贤等召开了一个重要会议，针对香港省躬草堂二期重建工程进行了一次细致的研究和深刻的讨论。

罗守弘知道父亲罗肇唐对省躬草堂的重建非常重视，所以进行省躬草堂第二期重建工程时，他也竭尽全力进行图则设计。罗守弘与道教有关人士多次讨论，每次迸发出新的想法就不厌其烦地对图则进行细致的修改，甚至推倒重来，还常常陪同父亲罗肇唐到工地视察工程质量和工作进度。罗守弘以及相关人员经过无数个日夜的辛勤苦熬，5年后的2000年，二期重建工程终于顺利完成。

经过两次重建后，一个中国古典庭园式的香港省躬草堂建筑群展现在了港人的面前。草堂内，六个新道堂观殿建筑物建设完毕，其中包括供奉广成祖师的广成殿、门公厅（入门大厅）、三清殿（三清观师神厅）、启灵堂（供奉阴生即弟子灵位的地方）、如意厅和一组办公楼层。在整体建筑设计布局中，香港省躬草堂以中国常规庭苑楼台设计为蓝本，沿袭考究古典宗教殿观模式，配合现代化建筑概念，为大埔市建造了一座代表中国古文化的地标式作品。殿观中保留了省躬草堂具有的传统特色，有几十年前就已雄踞在此的大石块，有从前保留下来的祖师训语对联，乃至大殿的长、宽、高，三清殿的位处，门公厅的深度，基本上都是仿旧从新，同时在设计上配合周边的环境进行改良的。

大殿朝东方向依旧保留无墙设计，这个设计很巧妙，虽然没有墙体遮蔽，几十年来无论什么大风暴来临，大殿内也未因没有挡墙而致内部受损。

草堂内各殿观的高度不同，在变化中寻求和谐，避免了平衡对比的平淡庸实，淡白色的墙高矮并列强调了殿观群的空间灵动，在平静中凭添生气。

庄严的宗教气氛中，香港省躬草堂各殿观建筑物错落有致，层次分明又有机融合，既清幽雅静，又飘渺轻灵。殿观面积虽小，却拟造出了深刻的建筑形态，自然而不花哨，灵动而不轻佻，主静亦主动。殿观群形成的小区环境清幽静谧，未受外界的凡尘喧嚣，让进来的人有安然的出世感，同时心旷神怡。

进入草堂，首先呈现在游人面前的是门口两旁木刻的祖师训示对联，上书：到此地尘心尽洗，下书：入其门敬意长存。步入殿观内，一株年代久远的大榕树在微风中招展，下面的龙虎碑和祖师训语石刻更是意境幽远。

香港省躬草堂的整体建筑布局是罗守弘在山东青岛的太清宫汲取灵感后，继承了中国古典建筑法中的亭、台、楼、阁、廊、榭、轩的理念，在草堂保存近百年的古旧殿堂的基础上设计完成的。

建筑着重整体布局以及特殊的视觉折射，形成曲回幽深、层次分明、虚盈相若的艺术效果。

罗守弘画于山东青岛太清宫（1988年）

盈空皎月无弯曲
尘拂庐山真面目
太清宫外云临竹
省躬堂处莲红绿
人间普渡由定数
善解未劫除三数
省躬道原忏悔道
道如丹宝如泽露

草堂采用了中国古典庭苑楼台的设计，用宗教殿观模式结合现代化的建筑理念，在庄严的宗教气氛中体现人性化的鲜活与灵动，罗守弘更把他1988年赴日本京都市清水寺学习的成果巧妙地运用于省躬草堂的设计与建造，使该项目看起来极具特色。省躬草堂整体建筑采用黄、红色为主，绿色为衬，黑、白、灰色为托，各建筑物单元，包括门窗，柱位，砖石，以三数为基术展开排列。殿观群形成的小区环境幽静清雅，凡尘喧嚣在这里见不到踪影，加之庭苑中种植的名花异草，让人心神宁静，安稳恬和。

1994年，罗守弘与太太、子女于省躬草堂室内留影

罗守弘画于日本京都市清水寺（1988年）

虽然建筑艺术和道家学术属于截然不同的思想、文化领域，但是香港省躬草堂的建设充分提炼出建筑艺术和道家学术中的相似点——以人为本的"人性化"与自然界浑然天成的和谐共融。在承袭了传统道观的浓厚的宗教气氛上，打造了一个道观精品。

殿观群带着浓厚的宗教色彩，混合中国传统建筑形态，营造出省躬草堂那份别具一格的道家品味——越是庄严、朴实的整体布局，建筑艺术越要回归自然，探求"无以为有""虚则为盈"的终极目标。

重建后的香港省躬草堂，里面殿观的外观却不是完全效仿原来的殿观群。罗守弘到太清宫亲身考察，了解及领会道教建筑的主要形态及实情后，并没有简单复制、盲目照搬，而是根据重建的香港省躬草堂所在位置的环境特点，对道观形态加以设计改良，使重建后的殿观群在布局上更自由跳脱，实现了传统与现代的完美融合。

香港省躬草堂整体布局庄严肃穆，风格朴实，建筑艺术以回归自然为导向，追求"无以为有""虚则为盈"的意境。更把道家思想融入殿观群空间中，当中的传统文化、壁画、雕塑和碑文、诗词题刻等，厚重而不乏生气，让人流连忘返。无论是道教徒还是凡夫俗子，身临其中，都会不知不觉地变得安心定志。罗守弘自己就是这里的常客。

或许是因为香港省躬草堂本身具有的宗教意味，所以在1986年至1995年草堂重建期间，还发生过多次匪夷所思的事情。1987年1月27日，更发生了一件让人惊叹不已的事，这天是开工做钻探工程的日子，建筑师在工作的过程中，亲眼目睹正午时分的阳光照射下来时恰好串联了八卦中心以及围墙上的圆珠的奇观，似乎是神灵对此工程庇佑的彰显。

多年来，香港省躬草堂推动道法修行，让弟子、信徒安身立命，亦为大埔小区谋求福利。在第一期重建工程完成时增办的廉价中西医疗诊所服务对港人已经是一大福音。二期重建工程完成后，香港省躬草堂更在不接受外界分毫利益的原则下继续规范运作，延续其"躬诚为宗教及社会服务"的宗旨，这是香港省躬草堂的福气，更是港人的福气。这些，都少不了罗守弘的付出。

## 4.拓展内地，建广厦

内地房地产市场的蓬勃发展，为地产开发商提供了更广阔的市场，也为罗守弘的建筑师事务所提供了新的舞台。

中国内地的房地产市场，总的来说经历了四个阶段，其中的起伏跌宕，罗守弘都会密切关注，或观望，或涉足，伺机而动。大多数时候，他都是把精力重点放在内功修炼的部分，让企业"修身养性"，韬光养晦，只求万事俱备，一击即中。

1978年，中国理论界提出了住房商品化、土地产权等观点。此时，罗守弘正在大洋彼岸的加拿大华尔顿大学念书，关心时事、喜爱阅读的他也捕捉到了这个信息，但作为象牙塔里一个思想单纯的学子，这个信息并没有给他太多的触动，他看了一眼新闻的标题，又重新埋首书香，为了能够顺利从建筑系毕业而殚精竭虑。

1980年9月，北京市住房统建办公室率先挂牌，成立了北京市城市开发总公司，拉开了房地产综合开发的序幕。1982年，国务院在四个城市进行售房试点。1984年，广东、重庆开始征收土地使用费。此时，罗守弘正处于离开舅舅许灼勋的建筑师事务所创立自己的建筑师事务所的起步阶段——可以说，罗守弘和中国内地的房地产市场是同时起步的。此时的罗守弘已经隐隐感觉到了中国内地建筑市场潜藏的爆发力，他也知道自己暂时还没有足够的勇气和能力到中国内地的房地产市场分一杯羹，所以他没有贸然行动，而是从此更关注内地地产市场的动向了，报纸、电视、广播每逢看到、听到中国内地时政方面的信息他都会侧耳倾听，然后认真思考。他期待着有那么一天，他会到中国内地的建筑市场一展拳脚。

1987年，罗守弘有了一次跟中国内地地产市场密切接触的机会。这一年，罗守弘代表客户以建筑师的身份设计"四川岷江上游"松潘市的酒店。到达河边目的地时，罗守弘忽然不见了，他是故意这样做的，意在让客户和内地的官员意识到选址的重要性。原来，客户原本的选址地很不理想，环境脏乱差，和图纸上呈现的完全是两个样子。最终，罗守弘的认真与坚持也促使政府答应另外选址，把酒店建在了环境优美的山腰上。

1992年，中国内地的房改全面启动，住房公积金制度全面推行。1993年，"安居工程"开始施行。1992年后，中国内地房地产业急剧增长，月投资最高增幅曾高达146.9%。与此同时，房地产市场在局部地区一度呈现混乱局面，在个别地区出现较为明显的房地产泡沫。1993年年底宏观经济调控后，中国内地房地产业投资增长率普遍大幅回落。非理性的跟风热炒后，市场趋于冷静，然后慢慢迎来健康稳定的复苏。

中国内地的房地产市场发展得如火如荼，身在香港的罗守弘看在眼里，表面上波澜不惊，内心却翻江倒海，按捺不住了。此时的他已经是在香港地产市场拥有将近十年的经验丰富的建筑师，他有足够的自信向中国内地拓展，他开始行动了。1992年4月，罗守弘与太太陈美仪的兄长陈志威参与重建中山县（现中山市）武山一带住宅区规划的建议方案，虽然最后未能完成合作意向，但可以说是罗守弘带领企业迈向内地各省市尤其是广州的第一步。

之后，随着中国内地住房制度改革的不断深化和居民收入水平的提高，住房成为新的消费热点。1998年以后，随着住房实物分配制度的取消和按揭政策的实施，房地产投资进入平稳快速发展期，房地产业成为中国内地经济的支柱产业之一。直至2003年，房屋价格持续上扬，大部分城市房屋销售价格明显上涨。随后，政府不得不出台了多项针对房地产业的调控政策，房价才回归到理性通道。

罗守弘眼见时机来了，于2004年在广州建立了建筑设计的分部，与马亮奇共同打理。与此同时，罗守弘建筑师事务所参与了广州芳村的建筑群发展计划，一步一个脚印地走向了内地。

如今，中国内地的房地产市场风起云涌，机遇与风险并存，经历过1998年金融风暴、2003年非典风波以及2008年金融海啸的罗守弘又一次放缓脚步，稳妥经营的他不贸然前进，也不故步自封，一边认真观察、研究内地的建筑市

罗守弘对拓展内地市场充满信心

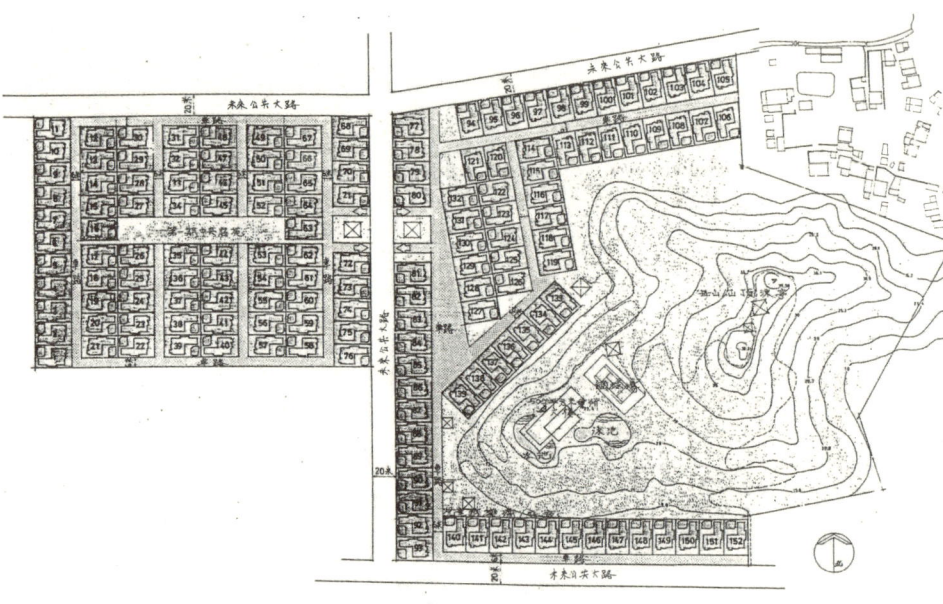

场,一边勤练内功。我们不知道罗守弘什么时候会忽然加快速度如饿虎扑食,挺进内地攻城略地,我们只知道,他一直没有停下前进的步伐,大刀阔斧只是迟早的事情。

多年来,罗守弘领导下的罗守弘建筑师事务所参与的工程项目是很多的,以上只是列举的一部分,但即使是在工程数量极多、事务所已经有些应接不暇时,罗守弘也不会让公司盲

罗守弘1995年为广东省中山县设计的草图

目扩张。多年来，他依然秉持"人少事少"的原则，走过了5年，10年，15年……一段又一段的时间。

而今，事实也摆在了我们面前，虽然人少，但是罗守弘建筑师事务所参与建造的工程个个都是精品。罗守弘建筑师事务所参与的工程项目大多属于中小规模，但在罗守弘的心目中，规模不分大小，只有"精"与"不精"的区别，规模不大也可以大做文章——在打造工程的高质量上，在追求细节的精致度上做到最好，出来的建筑一样是好建筑、好作品。建筑师事务所人员有限，但如果每人都发挥到极致，精品一样可以应运而生。

秉承"人少事少"的原则并不说明罗守弘是个墨守成规、故步自封的人，因应时势的变化，他也会调整。一直以来，香港的地产市场瞬息万变，跟随父亲罗肇唐的裕泰兴顺应市场变化进行的修正和改进，罗守弘建筑师事务所的业务侧重点也会相应地调整，最值得一提的是，以由密集多产的中价住宅的短期建设改为长中线建设，"做时间须长些的项目"，这成为罗守弘建筑师事务所后来的发展模式之一。

从1999年开始，罗守弘减少了建筑师事务所的工程承接量，此时，事务所里的员工常益全也回政府工作，罗守弘建筑师事务所的人员更精简，事实上，直到目前罗守弘建筑师事务所里的人员也维持在很小的数量，依靠恰如其分的人员配置，来维持事务所高水平的生产运作。罗守弘建筑师事务所的广州支部更只有马亮奇等几个人。

1996年，父亲罗肇唐把资金分拆给了长子罗守弘和次子罗守辉，罗守弘还被指派和罗守耀共同管理裕泰兴发展地产生意，至2016年已20年（期间的2000年，罗守弘和太太陈美仪也为下一代子女着想，将协助裕泰兴发展逐渐转到文化村企业发展上来，至2016年已16年）。罗守弘知道父亲罗肇唐此举的用意，父亲这样做，一是想秉承其"和而不同"的理念，希望下一代能在他的帮助下有各自的发展天地，二来是因为他做生意一直以稳健见长，裕泰兴应因市场的改变须采取"慢"的策略，以韬光养晦，持续发展，所以可以活用的资金倒不如分给后代，让他们灵活运用，说不定能创出另一番事业来。

其实父亲罗肇唐除了分拆资金外还有一个举动，就是安排一些资产转移至罗守弘的文化村企业，其中包括红磡盈采华庭一所服务性住宅，2000

罗守弘（左）与父母在裕泰兴周年联欢晚会上向员工敬酒

年，盈采华庭转给罗守弘的时候，只有50%以下的入住率，到很长时间之后入住率才达到100%。

跟随父亲罗肇唐的理念，在2000年，罗守弘也把自己的建筑师事务所进一步缩小，而在其他业务板块进行扩充，力图打造一个全新的企业化的生意网。

1995年，李大华建筑师离任，张益权建筑师加入，到1999年和2000年期间，罗守弘把建筑师事务所转成"文化村企业"。2009年3月，罗守弘建筑师事务所的运作开始由梁立人、建筑师梁志昌、梁逸娱和卢佩君等5人来支撑，同时也逐步把裕泰兴的项目进一步解放，请另外的建筑师负责，罗守弘则每天大多以电话"遥控"来参与工作。罗守弘只在每个星期三的早上才会与梁志昌、梁逸娱和梁立人等人进行一次工作会议。简单运作减少了日常的无谓消耗，罗守弘建筑师事务所也得以在香港地产市场波诡云谲的盛衰起伏中存活下来，看似停滞不前，实质上是内里的完美蜕变——由1984年至2009年的一直变动到返璞归真，罗守弘建筑师事务所的人员没有多大的改变，但是生产力和效能比以前要高得多。在"人少事少"的人员架构中，项目少了，人少了，梁立人、梁志昌、梁逸娱等人可以发挥自如，使罗守弘建筑师事务所的项目质量反而得到了提升。而广州这一块，则由马亮奇在广州代替罗守弘带领约十个人继续处理建筑师事务所承建工程的设计、制图以及策划事务，麻雀虽小，五脏俱全，"蚍蜉撼大树"也不是不可能的事情。

　　2013年，罗守弘保留一些裕泰兴工程由自己建筑师事务所完成，包括由裕泰兴转到文化村企业的屯门老人院（280位）豪宅大型住宅屋的设计，其余所有裕泰兴建筑项目则交由其他建筑师事务所处理，罗守弘自己则专注于作为一个建筑师的真正使命——在学术和实践中进一步拓展并维护好自己的生意网。至2016年，400多人的文化村企业已是一个伸展到红茶馆酒店以及长者销售网和日间中心，更拓展到中国内地的企业集团。在这当中，就包括由他亲手在市场上发掘并创建的香港特区第一间长者用品专门店。关于罗守弘的企业发展与事业版图分布，将在接下来的章节里详细介绍。

# 第五章
# 慧眼独具，连锁酒店抢先机

　　香港是全球著名的旅游城市，因此酒店业也非常发达。九龙香格里拉大酒店、富豪酒店、铜锣湾海景酒店、尖沙咀帝国酒店等，每一幢建筑都大气恢宏，每一间内部都富丽堂皇。然而，当你走过一些并不繁华的小街或者拐过某个十字路口的转角，还有另外一个名字会让你印象深刻，那就是红茶馆酒店。

　　纯白底色，衬托着红色霓虹灯组成的三个繁体字的简单招牌，但在你推开活动玻璃门抬脚踏入内部的一瞬间，或许还会感觉到惊艳。

　　这就是罗守弘在香港打造的经济型连锁酒店——红茶馆酒店。

　　罗守弘对酒店行业的关注始于他一直钟爱的一本书 *The Culture of Cities*，这本书为罗守弘描绘了一幅完美的蓝图，为他的"居住小区"理念奠定了坚实的基础。而红茶馆酒店不过是他蓝图里面的一朵简单而亮丽的云彩而已。

## 1.精准定位,打造红茶馆

机会是给有准备的人的。灵感也是如此。

罗守弘在建筑设计、建造方面的灵感,主要源自他在长期的旅行、阅读中积累的丰富的知识和敏锐的洞察力。红茶馆酒店的诞生便是如此。

一直以来,罗守弘都有一个习惯,就是背起行囊,行万里路。罗守弘去过美国、日本、澳洲、加拿大等许多国家和地区,数量多得或许连他自己都记不清了。在这个过程中,酒店成为他旅途的主要住所,重要栖息地。在无数家小型酒店中,罗守弘留下过自己的足迹。也是在步伐行进的过程中,红茶馆酒店的雏形——精品酒店群的概念在罗守弘的脑海中渐渐成型并逐渐清晰起来。

2002年,机会来了。这一年,罗守弘遇上了位于红磡的一幢四层高的旧楼,这幢楼完建于1954年,已经有近50年的历史。看着这幢写满了历史记忆的楼体,一股怀旧情怀从罗守弘的心底升腾,长久以来积蓄的灵感与这幢楼的历史年轮忽然在他的脑海中奇妙地融合,产生了一种难以言喻的共鸣,令罗守弘马上做出了一个决定,他要打造一系列由旧楼翻新而成的小酒店,然后形成一个酒店生意网!

感性的冲动少不了

罗守弘在澳洲悉尼的绘画作品(2005年)

罗守弘画于美国波士顿市(2008年)

理性的规划。打造香港经济型酒店的想法并不是罗守弘一时勃发的兴致，而是罗守弘营商理念的一个必然结果。罗守弘喜欢做小项目，低层楼宇甚至旧小低矮装修项目都是他所推崇的，而经济型的小型连锁酒店不仅与他的建筑理念十分契合，还非常符合他喜欢对老旧建筑进行精致打造、整修活化的兴趣。

主意打定，罗守弘开始考虑酒店的名字。然后，他想到了"家"。

在罗守弘的心目中，家向来占据着重要的地位，而"家"的涵义，绝不仅仅是一幢钢筋水泥建成的房子那么简单，更蕴含着祖辈、父母、儿女等亲人之间的温馨和暖意。随即罗守弘想到太太，想到了在香港结婚时的习俗，就是新娘嫁入夫家时亲手为公婆呈上的"心抱茶"（意即"媳妇茶"），"心抱茶"，Bridal Tea House，红茶馆？红茶馆酒店的名字由此而来。

Bridal Tea House，红茶馆，是新娘的家，于是，也就有了酒店后来以"庭苑中菜西食婚宴一条龙"为轴心的推广文案。

红磡极具特色的红茶馆酒店

罗守弘在旅行途中也不忘画画，图为2014年在日本

在红茶馆酒店从创设到营运的整个过程，"人"和"家"的概念都被罗守弘贯彻其中。他从"人"的概念开始挖掘，继而联想到人生旅程的唯一性——各人有各人的人生，各自有各自的精彩。人生需要自己亲手去美化。罗守弘还想起1980年他在日本旅行邂逅太太陈美仪时曾写下过一首现代诗，诗的名字为《红叶飘》，其中一句让他记忆犹新——"疾风吹不尽，红叶天外飘"，用来形容一个少女柔美动人的情怀。

美，成为罗守弘运用在红茶馆酒店上的关键词之一。此外，红茶馆酒店源自"新娘"，是新娘的居所，因此酒店的装饰装修也要延续新娘的概念，与新娘房相呼应。怀旧，中西合璧，这样才能契合主题。

于是，既有古典端庄的美丽，蕴含浓厚的怀旧情怀，又有着简洁明快的品位以及现代的生活设施的红茶馆酒店，就这样诞生了。

在市场定位上，罗守弘在香港众多豪华酒店中独辟蹊径，把红茶馆酒店定位于高级中下价即"高级的设施服务，中下价格的消费"，以吸引到香港旅游的中国内地游客。

其实，做出这样的决定，罗守弘也不仅仅是从商业上考虑，也是其固有的建筑思维使然。建筑在罗守弘的眼中向来没有"高低贵贱"之分：没有高层建

筑的恢宏大气,只要有自己的精致美观,也可以是建筑精品;没有贵重的装饰装修,只要有专属的简约气质,也可以是好酒店。同理,红茶馆酒店的消费虽然与同类相比很便宜甚至算得上是低廉,但客人同样可以享受高质量的服务。

从概念上来讲,红茶馆酒店的宫廷式理念是极高级的,只是罗守弘很聪明地让"平民"和"高级"进行了巧妙的嫁接和转换。他这样做并不是为了偷换概念,更不是以次充好,而是想让平民也能够轻易享受"高级低价"的产品和服务。

事实上,在现实中的建筑学术界,从来都会因为使用者的阶级不同而衍生出不同形态的建筑,但罗守弘规避了这一点,在红茶馆以及他后来创立的文化村企业中,他成功混合中西元素,使建筑既美观又实用,同时也在价格上让各层次的消费者都能够接受,其中也包括到香港旅游的中国内地的游客。

罗守弘的红茶馆酒店在一定程度上帮助了香港旅游业的发展。要知道,低收入的大众是缺乏资金外游的,而红茶馆酒店无论是住宿还是饮食都价廉物优,在一定程度上吸引了更多游客来到香港,为香港的旅游业做出了贡献。

在红茶馆酒店,罗守弘会一直将"高级中下价"的理念延续下去,让各个层次的消费者受益。只因为罗守弘相信人生来平等,任何人都是一样的,无论是住在屋村的市井小民,还是住在堂皇宫殿的达官贵族,都是平凡人。城市有时候就像一个超大型小区,无论是谁,都有责任给这个小区承担责任,付出关爱,同时也享受这个"小区"的无私馈赠。

然而,概念有时候只是空中楼阁,落到地面时,就要面对很多现实中的问题。在红茶馆酒店创立的过程中,罗守弘还是遇到了一定的困难。酒店创立初期,门可罗雀的情形也不时发生。其中的原因:一是香港人对西餐不太热衷,平时还是以吃中餐为主;二是因为红茶馆酒店外表装修看起来很高级,难免"蒙蔽"了消费者的眼睛,令他们误以为里面消费不菲,从而望而却步。

养在深闺无人知,红茶馆酒店陷入尴尬的境地。

罗守弘有耐心，没有客人上门，他就叫前线人员到街上派发宣传单张，并让每一个走进红茶馆酒店的客人成为贵宾。同时敦促红茶馆酒店的厨师抓紧中餐菜式的开发，他自己则请来亲朋好友试吃，提供意见，也常常亲临红茶馆酒店品尝菜式，为的是不断提高、创新酒店的食物质量。

付出总会有回报，时间能够证明一切。红茶馆酒店的货真价廉逐渐在香港打出名堂，迎来了越来越多的回头客，成为香港市民聚餐、休闲的必选去处之一，更在香港以及中国内地树立了一个经济和怀旧相结合的情怀酒店的良好典范。红茶馆酒店成了引领潮流的先行军，继红茶馆后，类似的经济型酒店开始在香港蓬勃发展起来，到2009年已经成了香港流行的酒店种类之———罗守弘比别人先走了十年，眼光可谓独到。

这里重点说一下位于红磡的红茶馆酒店。该酒店建设主要分为四期，其中第一、二期已经完成，第三、四期正在进行中。

红茶馆酒店是一项高瞻远瞩的工程，早在1997年香港回归祖国，地铁沙中线在香港全面贯通时，罗守弘就捕捉到了背后的商机并联同朋友完成红茶馆一期项目——把一所1954年的旧住宅楼改造成经济型酒店红茶馆，在当年，这是香港的第一家经济型酒店，开了业界先河。

第二期高层位红茶馆酒店是罗守弘在2006年完成的。在这个时期，罗守弘依然保持谨慎，在所有的高层位红茶馆酒店的选址上更不敢掉以轻心，开会商讨、实地调研是必不可少的事情。因为在他的计划中，从第二期开始，直至第四期建设完毕，红茶馆酒店将会在香港形成一个企业网，届时香港地铁网又恰好贯通这些地段，一定商机无限！在罗守弘的规划中，整个红茶馆酒店网络的成型可能需要2004年至2012年超过八年的时间才能完成，届时就能真正实现和红磡小区乃至全港一起成长，分享香港的发展成果。

同红磡一样，鸭脷洲红茶馆酒店也会分四期完成。其实，早于2002年，罗守弘就买入一间25平方米的小铺，就此开始了总楼面面积达8000平方米的建筑计划，这是罗守弘发展规划的重要组成部分，其中第一期就是长者用品展销中心。2003年开始，罗守弘在鸭脷洲大街完成大部分的收购计划。照着脑海中的发展蓝图，罗守弘在鸭脷洲的前、后街，海堤旁以

罗守弘设计的鸭脷洲红茶馆酒店草图（2009年）

及心脏地带，锁定、买入一定数量的物业，再配合小区的发展，重建一些新的小酒店，与此同时，把一些物业改建成商场、食肆以及供游客游玩、购物的商铺。

鸭脷洲项目也是罗守弘心中的一个梦想。多年来，在他的脑海中就一直存在着这样一个画面，那就是在欧洲中世纪的海边小镇，有高大宏伟的尖顶教堂，在幽静的小街里，有着繁忙的街道和悠闲的市场……这个梦想中的场景，罗守弘希望能在香港的鸭脷洲变成现实，因为鸭脷洲本身就有着相契合的土壤，这里的手信街和原区民的鸭脷洲渔村文化跟他想象中的也毫无二致，加之2015年，香港的地下铁路南线将穿越香港的地底蜿蜒而至，鸭脷洲的发展也值得期待。

鸭脷洲项目的第二期是建设文化村企业生意网总部，第三期是重建的四十多房的小酒店，至2010年完成后，会和鸭脷洲同期的新海旁公园带落成，预

2007年，罗守弘和太太陈美仪在香港鸭脷洲文化村总部开会时与员工的合影

计划将来鸭脷洲和黄竹坑一带会依托地铁南区线开通衍生的旅游区一起得到长足发展。2013年，第四期工程启动，即在附近再建一间20层高的红茶馆酒店，至2016年完成，此酒店会配合2017年南区地铁通车，发展前景可期。

罗守弘坚持打造的红茶馆酒店网独具特色，建成后的红茶馆酒店是服务式酒店，提供低价、高质量的住宿环境。酒店处于市区中心，交通便利，设施齐全，有专人收拾房间。酒店服务也满足了赴港游客以及商务客人的需求。

红茶馆以庭苑、中菜西食及婚宴一条龙为主题，市场定位于高级中下价。红茶馆能容纳160人至200人，可让客人于其贵宾厅举办婚宴以及各类喜庆事宜。红茶馆更推出罕有的每位9港元的团餐，除满足本地游客莅临外，也与旅行社一起配合服务外地的客人。

罗守弘的建筑风格以简单、实用为主，其中源自他对古典怀旧建筑风格古典主义和怀旧主义的推崇和学习，这种建筑风格也被罗守弘大量运用在红茶馆酒店的设计上。

红茶馆酒店颇具社区特色。2010年开始动工的香港红磡区红茶馆酒店（分三期，计划于2018年完成，拥有440间客房）更把这种特色发挥到了极致。

依循 Bridal Tea House——婚宴新娘的家的概念，红茶馆被打造成一个有爱的地方，颜色是白色为主的玻璃幕墙，纯洁白皙，清丽脱俗，如新娘的白色婚纱一般缱绻动人。

罗守弘的长子罗秉业也曾对他眼中的红茶馆酒店下过定义，他说：红茶馆的主题就是"新抱茶"，寓意新娘居住的地方，白色配上粉红色的维多利亚色调，就有了家

2015年，罗守弘与员工在鸭脷洲红茶馆酒店前拍照留念

的真实感，再配上怀旧主义带给人的英式风情和现代感，与21世纪的中国文化模式进出对比，一种专属于红茶馆的独特意味就出来了。

红茶馆酒店一直着意把庭苑中菜西食婚宴打造成"一条龙"的地方，因此项目除了拥有440间客房以满足中国内地的中价客人外，还打造了一个圣堂式的婚礼中心和一个大礼堂可供饮宴，让新人拥有一个简单而隆重的婚礼，给他们一生留下美好的回忆。罗守弘觉得，夫妇结婚就意味着组建一个家庭，他希望别人想到红茶馆时，就能马上体会到家的温暖。

当然，罗守弘也因地制宜，求同存异，令每一间红茶馆酒店既有相同的地方，又有各自的特点，并不是所有红茶馆酒店都是千篇一律的。

根据红茶馆酒店所在的位置特点，罗守弘除了打造位于红磡440房的红茶馆外，其他50房以下的一间又一间以及旧房改装翻新的100房左右的一些红茶馆酒店也早已开门迎客，这些红茶馆酒店就有着不同的格调。这是为了配合每一间酒店所在地的小区特色而特意进行设定的，比如在启德邮轮码头，拥有

二十多层高现代式渔人码头的新店虽然只有八层楼高，但已经深刻体现了旅游区度假村的浓厚色彩。值得一提的是，罗守弘在每一间红茶馆酒店的地下或者首层、天台都配备了一家餐厅，这是他围绕"家"做的文章。因为他觉得，餐厅可以给予酒店真正的"自己家"的感觉，让旅客宾至如归，减少身在异乡的迷茫和空虚感。

罗守弘对城市的观察细致入微，白天，他看到了城市的磅礴大气和市民的行色匆匆，夜晚，他看到了城市的声色犬马和行人的安闲悠然。因此，罗守弘也特别热衷用光和暗、日和夜的对比来展现同一幢建筑在不同时段的迥然风貌，其中，霓虹灯和招牌灯的配搭是他最常用的表现方法。而游历各地，感受各地文化汲取的灵感，也让罗守弘学会了基于不同人群的不同理念进行融会贯通，打造出别具一格的建筑风格，红茶馆酒店就是这种理念的突出反映。

红茶馆酒店设计上的灵感来源于罗守弘所读的一本书 The Culture of Cities 里阐述的理念，"Life the city take on the character of a symphony"，意即"城市的生活就像一曲交响乐"，时而高亢大气，时而平和淡定，时而雄浑奔放，时而沉郁婉转。2009年罗守弘着手兴建了两间新的红茶馆酒店，正如同罗守弘亲

罗守弘画笔下的日本（2008年）

手演奏的旋律，融入城市的交响乐当中。红茶馆外形像中世纪的高塔圣台，配合周边宁静的小街，康庄的庭苑，别有一番风味。把日本乃至全世界的建筑美带回了香港。

红茶馆是维多利亚式的房屋，象征的是宫廷式、贵族式的平民化。这种风格源于英国维多利亚女王在位即 1837 年至 1901 年时出现的一种特殊住宅风格。那时英国国力突飞猛进，工业革命使人民的生活水平大幅提升，对住宅也越发追求精美，同时物质也愈发丰富，形成了不同于以往的一种建筑风格，至今都还影响着住宅的设计。维多利亚式房屋有着明显的特点：圆形或方形的立柱；尖尖的屋顶；窗户伸出房屋的墙壁；屋外有栏杆围绕的走廊和阳台，而且有屋顶覆盖；外墙覆以鱼鳞般的木片；精细的装饰，等等，使整幢建筑物有着精雕细琢的精致感。这些特点，都或多或少地出现在红茶馆的建筑设计当中。

维多利亚式离不开家和女性主义的元素，在罗守弘设计的红茶馆中就大量运用了白纱帘布和碎花布家具等细节，白纱帘寓意着新娘的白纱裙，使整体效果如同一个女孩子的寝室，充满着女性化的华美和柔媚。连洗手间的设计罗守弘也颇具心思，在红茶馆的洗手间里，你会看见一张名为"红叶飘"的相架，其中的"红叶飘"源自罗守弘在 1980 年和太太陈美仪在日本邂逅时写的诗"劲草枝存力，寒梅曲节腰，疾风吹不尽，红叶天外飘"，当中的情侣浓情恰恰与红茶馆"家"的核心概念相呼应。

罗守弘虽然在红茶馆的装饰装修上注重细节，但在红茶馆的管理上并没有采用过于精细化的管理，而是运用了粗放式管理。

罗守弘的管理模式向来不会墨守成规，而是通过不断学习与时俱进。2010年，罗守弘开始了两年的 EMBA 行政人员管理硕士课程，而其长子罗秉业也顺利完成了管理硕士课程，女儿罗凯宁则完成了测量学硕士课程，罗守弘的管理模式开始更具"学术性"。实际上，2012 年，罗守弘就已经与子女一起对原有的管理模式进行了检讨与改善，并从理论到实践——包括新一代红茶馆酒店的设计方向、管理模式等——进行了一番有益的探索，目标是在 2018 年形成达到 2000 房以上的酒店网，为客人提供真正的"高级中下价"的硬件和软件服务——即在香港及中国内地市场，无论淡旺季都能做到每一天 100%的入住率，同时让客人有称心满意的服务。这种尽善尽美的理念也被罗守弘应用到了文化村企业的其他生意网上。

真正意义上的粗放式管理是在经济投入、成本控制、人员管理、质量监管等生产环节中没有一套合理有效的运行体制，管理中只是为了完成某一既定目标而没有一个科学有效的过程；精细化管理则恰恰相反，现代企业对精细化管理的定义是"五精四细"，即精华(文化、技术、智慧)、精髓(管理的精髓、掌握管理精髓的管理者)、精品(质量、品牌)、精通(专家型管理者和员工)、精密(各种管理、生产关系链接有序、精准)，以及细分对象、细分职能和岗位、细化分解每一项具体工作、细化管理制度的各个落实环节。"精"可以理解为更好、更优，精益求精；"细"可以解释为更加具体，细针密缕，细大不捐。精细化管理最基本的特征就是重细节、重过程、重基础、重具体、重落实、重质量、重效果，讲究专注地做好每一件事，在每一个细节上精益求精、力争最佳。

至于红茶馆酒店为什么既不采用粗放式管理，也不采用精细化的管理方法，原因显而易见。罗守弘对红茶馆的定位是"高级中下价"经济型酒店，其目标市场是一般商务人士、工薪阶层、普通自费旅游者和学生群体等，而不同于高档酒店以高端商务客人、高收入阶层、公费旅客为主要目标市场；虽然红茶馆酒店收入不高，但经营成本相比其他酒店要低两倍以上，即使房租只有50%甚至25%都有利可图。由此我们也可以见识到罗守弘在投资额度与投资目标上是早就胸有成竹的，才能取得合理利润。

为了保证高质量的服务和完善的设施，罗守弘不会在硬件上减少投入，只会从人员的配置上想办法，令红茶馆酒店的服务标准不断升级。在红茶馆酒店里的每一个人都有着明确的分工，但也身兼数职，在具体的工作上灵活机动，哪个岗位需要人员，其他稍微空闲的岗位马上来人补上。

这样的管理方法，令酒店有效地节约了人员开支，保证低成本运行，实现"高级中下价——虽然现在的房间面积比较小，但重建后的2000房到2018年会达到'国际水平'"；这也是罗守弘一早就制定的策略，他知道这样可以支持酒店的良性发展。

这种管理方法也从一个侧面反映了罗守弘善于随机应变，而不会墨守成规，如同他常常要求同事一样——要向他人学习但不要刻板的复制，是取长而舍短。很多大酒店的管理模式可以借鉴但绝不能生搬硬套，否则就是对企业的束缚。要知道酒店经营实属不易，红茶馆作为经济型酒店更应以简为主，采用植根于市场的、拥有高级服务但是价格中下的方式来抢占市场,才是上上之策。

### 2.高瞻远瞩,抢占香港酒店投资洼地

站得高,才能望得远,站得高并且布局好,才能为未来发展奠定基础。

罗守弘是一个高瞻远瞩的人,这一点从红茶馆的布点就可以看出来。罗守弘所有的企业投资项目包括建筑设计、建造及其生意网全都坐落在香港各交通网的要点,沿着繁荣的延长线一路布局:红磡区早在1997年香港回归中国时已被确定为集体运输中心(另一个是荃湾区),是香港下一轮的重要发展区域;启德区是香港未来的邮轮码头;而沙中线也在启德区和红磡区伸展成新的"城中城"。

此外,在2012年有西区地铁到达的香港岛西区,以及轻轨将接驳中国内地广大交通网的屯门区。交通是经济的命脉,以上两个地区在交通贯通后,本来要一小时左右车程到现在只需二十五分钟。早有先见之明的罗守弘于2004年就在港岛西区的水街,用翻新改用途的方式建了一间红茶馆酒店,而随着香港旅游业的不断发展,水街一年比一年繁华,时至今日,水街已经有美国帝豪酒店和华美道酒店两间国际性酒店在营业,可见罗守弘的远见卓识。

罗守弘笔下的香港流浮山渔村(2006年)

罗守弘画的香港荃湾(2004年)

罗守弘有一个习惯,他每天都会阅读十几份报纸,对于香港城市规划局发布的最新规划布局更会认真钻研,继而让红茶馆的

布局跟随香港的城市规划向前发展，跟随香港各区的旅游业不断推进。

而早在这些事实发生前，颇有远见的罗守弘已经洞悉了这些地区的潜力，在以上地区做好了充分的土地储备，在这些地区，罗守弘让四家酒店拔地而起，这些酒店总共拥有150间房，还有约100间房的服务式住宅套间。

罗守弘从2003年非典期间开始买入旧楼，计划改装成酒店。2004年，罗守弘在红磡开始了旧楼改建成红茶馆酒店的步伐，第一家是20房的红茶馆酒店，之后随着酒店数量的增加，形成了新的酒店群，至2009年已达11家。其中包括位于大角咀50房的酒店，另有最少6家新酒店会在之后三至十年间相继完成，届时，红茶馆酒店将由当时的582房增加至1300房，形成红茶馆服务小区。

一路走来，红茶馆酒店在香港遍地开花。2010年，两家各50房的小型红茶馆酒店会开张迎客，配合该区手信街和渔村博物馆在2010年启用，也推动着香港南区（海洋公园一带）的旅游业发展。油麻地的两家红茶馆酒店约130房也正式完工，在鸭脷洲和香港南区的香港仔也建了两家。

以上所有红茶馆酒店绝不雷同，而是各具特色。罗守弘会依照该红茶馆所在区域的特点和个性来确定风格和发展理念，使每一家红茶馆酒店都能与所在地和谐共存，绝不突兀。2015年，西南区铁路启用，此时的红茶馆已经成为香港城市的一道亮丽风景。

提早布局换来的是而今的一路高歌。2012年文化村企业旅游网在多区联机发布了多家红茶馆，九龙西区有两家红茶馆酒店（约100房）完成。2013年，红茶馆酒店再增加440个房间，规模不断扩大。

因为对未来发展充满信心，2009年8月，罗守弘已经出售油麻地弥敦地道铺连三层商场，以套现资金作为红茶馆之后三年的发展储备金。

事实也正如罗守弘所想，随着红茶馆酒店等一批精品酒店的崛起，经济型酒店在香港愈来愈受欢迎，红茶馆也乘着这股东风，运用小房间但价格低廉为卖点，在香港经济下滑、各大酒店普遍入住率下跌以及平均房价下滑的情况下，红茶馆仍然能够保持稳步发展的态势，即使在甲型流感横行，香港酒店经营举步维艰的大背景下，红茶馆酒店也能安然度过。

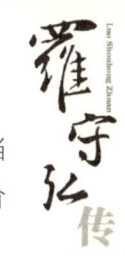

红茶馆酒店就像到达香港旅客的一个小小的"家",面积很小,设施档次更不能跟一些星级酒店比肩,但因为市场定位准确,服务优质,物美价优,红茶馆酒店的生意越来越好。

罗守弘用心打造了红茶馆酒店,红茶馆酒店用心使客人有"住在家中"的宾至如归感,身为精品、"型格"酒店的红茶馆,逐渐被人们熟悉及喜爱,品牌知名度也渐渐打响,无论是在香港市民还是内地的赴港游客、商务客的眼中,红茶馆都已经成了优质低价的代名词,成为他们留港住宿的首选之地。

## 3.稳扎稳打,立足香港发展内地

随着中国内地的经济发展,内地的酒店业发展也非常迅猛,香港众多酒店品牌开始到内地攻城略地,罗守弘看在眼中,心里也不由得起了波澜。

中国内地的酒店市场非常广阔,远非弹丸之地香港能够比拟,红茶馆进军内地发展红茶馆酒店是必然的,但远远未到刻不容缓的地步,因为相对于那些资金实力雄厚、品牌知名度很高的酒店来说,红茶馆酒店的基础还远远不够,中国内地的商业投资环境也还未完全适合他的企业。罗守弘认为,他的企业品牌还未够成熟,如果贸然行之,风险非常大。最稳当的做法,是让红茶馆酒店继续在香港扬名,进一步稳定企业基础,待时机成熟,才按部就班地进驻内地。

经过一番深思熟虑,罗守弘决定放缓进入中国内地的步伐。罗守弘认定,要在中国内地市场万无一失,首战告捷,就必须先在香港练好兵,稳住基础,先蓄势,再爆发!自然的才是健康的,顺其自然,水到渠成,才是发展的最高标准。稳健见长的罗守弘决定谋定而后动,接下来,无论是红茶馆酒店还是后来发展的文化村企业,罗守弘都不急于"北上",而是屏息凝神,伺机而动。关于文化村企业,后面会有章节详细介绍。

直到 2009 年,罗守弘的文化村企业才以长者用品开始一步一步进军中国内地,其采取的策略是先利用展销会把文化村企业的货品带进内地市场,以产品作为撕开内地市场的利器,并逐步形成品牌,待文化村企业成势之后,才会根据实际情况把红茶馆酒店推上中国内地。

2009年，罗守弘与文化村企业同事在番禺广场

　　从这里，我们也可以看出罗守弘不急不躁的生意方法，由点带面，环环推进，是他的取胜之道。用一个货做先头兵，让它流行香港民间，继而用长者用品推展到中国内地，再树立企业品牌，这样的方法最稳当。罗守弘计划，当文化村企业、红茶馆品牌自然北上之时，较大型的物业重建将由其下一代子公司（由其子女共三人总统筹）接手推进，到那时，无论是承建内地的建筑工程，还是发展文化村企业、红茶馆都不会是什么难事了。

　　一切皆在罗守弘的预料之中，他在香港的事业布局一切顺利。随着全球经济的逐渐复苏，香港会展奖励旅游市场的举措也在2010年年初取得显著效果，增幅引人瞩目，香港酒店业得到正面的推动，发展更为迅速。据统计，2010年第一季度的累积访港旅客按年同比上升16.5%，于3月份录得访港旅客按年同比上升14.4%至约280万人次。受金融危机及猪流感疫症影响而处于低迷的香港旅游业开始有所回温。在全球经济逐渐复苏下，2010年1—5月，香港酒店平均入住率达85%，每间可用客房的收益与去年同期相比上升约19%。

根据香港旅游发展局分类下的三个酒店类别，继 2010 年 3 月份录得平均入住率约 88% 后，访港旅客维持升势，于 5 月份突破纪录达 280 万人次，令 1 月至 5 月份平均入住率达 85%。

其中，中国内地访港旅客仍占最大份额，达访客总人数的 63%，于 1—5 月份录得按年同比升幅 23%。每间可用客房的收益率，也逐渐回升至金融危机前的水平，估计同比上升约 19%。可见，香港酒店业稳步复苏，好转迹象明显。

烟台红茶馆酒店效果图

在旅游业和酒店业在中国内地和香港发展良好的大势下，罗守弘的红茶馆酒店入住率也出现了明显增幅。对于红茶馆未来的发展前景，罗守弘很有信心。他经过分析认为，大多游客在住宿时都追求低廉的价格，虽然经济型酒店在中国香港乃至世界各地已经有所普及，但展望未来空间还很大，他看准香港会有更多经济型酒店的需求，所以顺势而为，一早开始筹备、布局、建造更多的红茶馆酒店，提供更多的房间给来港的游客，他计划之后的五至十年内，将红茶馆酒店的规模不断扩大，由当时的 11 家酒店提供共 582 间房增加至提供 2000 间房。这也包括 2015 年和 2016 年在山东烟台开幕的两家酒店共 130 房以上，此外还有广州番禺 2017 开设的两家酒店共 500 房。

番禺红茶馆酒店和服务式住宅效果图

创建红茶馆是罗守弘事业的重要里程碑,更是他开始跳出建筑行业,拓展事业版图的重要转折点。酒店经营属于服务业,需要的员工更多,所需要的领导人能力也更强,所以在红茶馆酒店的经营过程中,罗守弘开始更注重合作与沟通,学会了聆听团队的意见,特别是对于一些大刀阔斧、涉及面广的改革,例如在减少或停止一些工程时,罗守弘更会做到小心翼翼,步步为营。例如曾经历两年服务小区的村药房群在 2006 年完全取消就是罗守弘在集思广益后,忍痛割爱所做的决定。而红茶馆酒店因为企业庞大,当中涉及的财务资料多而复杂,也在财务规划上给罗守弘上了重要的一课,为罗守弘管理日益壮大的企业提供了宝贵的经验。

按照罗守弘的计划，在 2018 年完成 2000 房后，2019 年后又将有另外 340 房的大型酒店在九龙油麻地区重建（目前是旧有的油麻地红茶馆，仅有 130 间房），还有另外三家小型的酒店（各 50 间房以上）即将重建。其中，在红磡的 413 间房的酒店依旧是以红茶馆、婚宴、怀旧为基本概念，以庭苑中菜西食婚宴一条龙为主题的酒店，配备小面积房间以配合经济型酒店的营运，另外两间小型酒店（渔人码头或邮轮码头）除了配合红茶馆婚宴场外，更有旅游、怀旧、经典的概念可以发掘，发展前景看好。

待两大工程完成时，也是香港和中国内地的发展到达新阶段的时候，到那时，新一轮的旅游大发展将会呈现，而此时，相信罗守弘已经稳操胜券，属于他的企业网一定能在不久的将来"网罗"香港，也"网罗"内地市场。

# 第六章
## 另类投资，长者事业开先河

苏联作家高尔基说，书籍是青年人不可分离的生命伴侣和导师。对于罗守弘来说，他的生命伴侣和导师就是*The Culture of Cities*。

*The Culture of Cities*可以说是打开罗守弘事业之门的钥匙，不仅对他的建筑设计和红茶馆酒店的创建和发展起了不可或缺的启蒙，对他后来开拓、经营长者事业也起到了不可估量的作用。*The Culture of Cities*当中的一字一句，都像点亮罗守弘建筑思维的明灯，成为他建筑理念的重要基石，更激发他立志创建"真、善、美"、以人为本的红茶馆酒店和文化村长者事业。

罗守弘的长者事业——文化村企业可以说源自*The Culture of Cities*，而产自罗守弘智慧的头脑和勇敢的实践。

## 1.睁开"另眼"看世界

罗守弘第一次阅读The Culture of Cities（中译名《城市文化》）一书是其在加拿大留学时的1976年。The Culture of Cities是美国学者刘易斯·芒福德所著，他在书中以跨学科的综合研究方式以及细致的描述，向读者展现了他的城市理想，引起了罗守弘的强烈共鸣。芒福德是一位知识渊博的学者。有人说他是城市规划师，有人说他是作家，也有人说他是社会学家、人文学家、建筑学家、城市史学家……这些说法都是有根据的。他写过剧本、诗歌，评论过文学、时政，当过杂志编辑，当过大学教授。他教过建筑史、城市史、艺术史、宗教史、城市规划、美国文学……他那以多学科为基础建立起来的世界观，正是他学术魅力和人格魅力的高度展现。其实，后来的罗守弘的思想轨迹与这位举世闻名的学者有很多相同之处，当然，这都是后话了。

当时，罗守弘正在华尔顿大学攻读建筑，偶然在图书馆中看到了这本书，读后如获至宝。书中阐释的诗画般的城市给了罗守弘很大的触动，为他打开了一幅宏大、磅礴又柔软、细腻的城市画卷。"城市的语言"让原本坚硬的城市在罗守弘的心里彻底软化，他睁开了另眼看世界的那一只眼睛，这只眼睛让罗守弘看到了城市柔软动人的那一面：原来，城市是有生命的啊！城市不再是坚硬冷厉的钢筋水泥，不再是喧嚷的人群和充斥耳膜的吵杂喧嚣，而是历史、人文的和谐聚集。

罗守弘从The Culture of Cities中得到启发，激动不已，继续让思维往纵深处迸发，从而想到了Cities are for people，城市是为人而存在的，它的体内有着与有情生物一样的血管，奔腾着生命的血液，饱含摄人心魄的能量。罗守弘对The Culture of Cities这本书推崇备至，1979年，在他的大学毕业演讲稿上就多处引用了书里的文字，他的大多数建筑理念都是从这本书中直接汲取或衍生的。此后，The Culture of Cities的思想在罗守弘的头脑里扎根、发芽，终于长成参天大树，成为他根深蒂固的建筑思想基础。所以，当罗守弘意识到香港随着现代化的推进，人口年龄结构呈现的老龄化趋势日益明显，乃至成为全世界人口平均年龄最大的城市之一时，一个大胆的构想在他的脑海里成形了。

老人也是人，老人比年轻人更需要一个家，需要别人的关爱。那么老人院市场势必大有可为。这就是后来的文化村企业的雏形。罗守弘为自己的老人事业取名"文化村企业"，也是受到 *The Culture of Cities* 的影响。书中的英文Culture Homes意即"文化村"，那么，老人院也应该被打造成一个有文化的家啊！就叫"文化村企业"吧，打造一个有着浓厚人文关怀氛围的和谐小区，一定有着巨大的市场！

位于红磡宝其利街的文化村老人院

不错，老人院是罗守弘的文化村企业的重要组成部分。基于"文化村企业"的创建理念，罗守弘运用建筑师的智慧和才能把平凡的地方打造成老人的家，把旧的建筑物改变用途，建成了充满人情味的老人院。

2002年12月12日，罗守弘和太太陈美仪开始了长者事业的发展。第一间老人院名为"乐善之家"，位于香港红磡区，"乐善"二字是父亲罗肇唐的别号。这一年，罗守弘在红磡正式开设文化村老人院和第一间长者用品专门店，之后多次调整其经营范围，其中的文化村药房也由2004年至2006年经历了先扩大后缩小直至结束的一个过程。

这里有必要说一下文化村药房的由来。原来罗守弘在2004年6月去美国公干，发现美国的全国连锁店"WALGREENS"别具一格，这种店铺很小，药房是在小店铺里兼营的，此外还晒相及售卖一些小精品，而药房是24小时营业的，这在当时的香港从未出现过。罗守弘由此得到启发，回港后即筹备有关药房业务，并先后聘请多名药剂师参与，药房分别于香港中环、北角、油麻地、西营盘及鸭脷洲设立，并于2004年12月相继投入服务，其中位于中环面向四季酒店的药房更成为当时全港第一间24小时营业的药房。然而，药房的经营却不如人意，或许是直接照搬美国模式到香港地区导致水土不服的原因，药房收支总是不平衡，罗守弘不得不逐渐删减药房的业务，至2010年药房彻底关闭，按罗守弘的说法，就是药房的使命已完成。

这次经办令罗守弘从此以后更加尊崇父亲罗肇唐稳健、安全的营商方针，在老人院的建设上就可见一斑。高档而不高价是罗守弘打造老人院时的基本立足点，因此，在材料采购、建筑设计、室内布局、运作程序以及配套服务人员上，他都想方设法做好成本控制，同时保证高水平的建筑质量和完整的设计要素。设计老人院时，罗守弘一开始就没有往"奢华"上想，只是一直着眼于一个基本点，那就是要把老人院建造成一个让老人有"家"的感觉的地方。

家是什么？家是在你踏入门口的时候感受到的温暖，是在你落寞的时候窗口上映现出来的那盏昏黄的灯。虽然老人院只是老人暂住的地方，但也要让他们宾至如归，住在这里跟住在家里一样舒坦。家未必是奢华的，但必须是有着浓浓的人情味的。罗守弘也注意到，老人们对居住环境通常都不会追求华丽的装饰装修，他们只要住得舒服，住得安心就已经很满足了。他们的心灵深处真正渴望的是拥有和年轻人一样的尊严，他们需要快乐，也需要尊重。所以，在

老人院的设计上，罗守弘采用了简约而不简单的设计风格，在细节上进一步人性化。

老人院在空间设计上极富特色。在老人院休息的区域，老人们的房间被设计成整齐排列的屋中屋，每一个屋子里住一位老人，让老人家有属于自己的私密空间。同时，屋子又不是完全独立的，走出小屋马上就可以看见别的老人，因为每个屋子的门口都有一条走廊，走廊两边就是一个又一个家的排列，就像很多房子连成一个微型小区，老人们彼此照应，互相关怀。住在这里的老人就像在自己的家里一样，可以一个人静静地待着，也可以与左邻右舍聊天谈笑，生活得轻松愉快。

对于住在这里的老人来说，老人院又不仅仅是一个家。文化村企业老人院的口号是"老人家是我们的文化，文化村企业是您的家"。在这里，老人可以享受到比家里更好的环境和设施：这里有全新的院舍酒店式装修，光线充足，亮堂舒适；这里有视野开阔的高级单人套房，而且全部单人房都配备了电话、电视以及空调，每一层的独立空调可以每小时15次交替更换新鲜空气；这里有比其他老人院强3倍的抽风系统，大大减少微生物的存留，降低疾病的发生率。

除住宿外，休闲也是老人们不可或缺的活动。文化村企业老人院针对老人所需，特别搭建了平台花园，还配备了长者电影院、图书室、康乐室等各种文化娱乐设施供老人们平时休闲娱乐，还定期动用私家的豪华院车接送老人出外饮食或旅游。

人们常说：健康是幸福的源泉。对于老人来说，健康尤其重要。文化村企业老人院想老人之所想，配备了专业的护理服务。在老人院里，有中西医诊疗室为生病的老人治疗，并定时为他们体检，更有专门的救护车以备老人疾病突发时急用；有长者专用的运动器材/康复器材为老人提供物理治疗。文化村企业老人院的服务还包括：高度、中度、低度护理照顾；24小时悉心护理；个人护理计划，每周西医护诊；注册西医、中医、护士、保健员、物理治疗师、起居照顾员专业护理照顾；腹膜透析（俗称洗肚）设备；每周为院友进行身体检查、量血压；由中文大学脑智慧心理学博士主理，定期为老人进行老年痴呆的评估和治疗，此外，还附设日间护理服务。

为了保证老人们的饮食营养，文化村企业老人院聘请了拥有丰富经验的厨师，提供不同种类的健康菜单，更专设糖尿病人的糖尿餐或其他特别餐食供罹患糖尿病的老人专用，连老人饮用的水也是经过液渗透的净化水，杜绝了病菌、病毒传染疾病的可能。

2015年，新的能容纳290位老人的文化村企业老人院如期动工，新老人院投入一批新的设施、设备，其中包括老人痴呆症中心和住房。将在2018年投入服务的全新文化村企业老人院能为香港屯门区的老人提供最新的选择——主题是"长者成长的地方"（Aging in Place），延续了老人院"长者成长，乐善颐年"的宗旨，能让老人们住得更安心舒适，让罗守弘备感欣慰。

将于2018年落成的屯门长者住宅草图

对于老人所需要的用品，罗守弘也一直非常关注，除了有品牌要求外，还根据老人们的需要不断丰富，这些产品除了在自有的长者用品展销中心销售外，还往外经销。文化村企业初期产品只在自己据点售卖，2006年9月开始引入澳洲货后，就尝试拓宽经销管道，如"黄金鲍"开始于百佳超级市场正式上架，之后快速铺展到廿多个不同分销商的货架上，其中包括日本城、惠康、千色店、大昌、新世界百货、实惠、华润、一田、屈臣氏、万宁、先施以及部分油站等，此外产品也不断丰富，除鲍鱼外还销售有着长者标记的老人奶粉、二合一早餐、麦片、燕窝文化面等，之后，文化村企业再引进了秋冬用品、家庭用品、衣食住行日用品、医疗用品等，至2010年，文化村企业的龟苓膏、浴缸已在香港市场中占有一席之地，奶粉也进入中国内地市场。2015年9月，日本产品吞乐美也在罗守弘的计划下正式亮相中国内地。2016年5月，广州番禺文化村(日间长者中心)销售中心暨会员计划开启，伴随着中心于同年11月推展到山东烟台，其遍及全中国的销售网也应运而生。

2015年，罗守弘与山东烟台红茶馆酒店的同事合影

2015年5月文化村企业在广州举办展览会

文化村企业老人院就是这样，它给予老人全面的服务和关爱，在老人保健、老人心理、老人生活、老人健身、老人疾病、老人用药、老人饮食等方面做到面面俱到。当然在罗守弘的眼中，他给予老人的远远不及老人们给予他的多。他把自己的感悟一张张贴在了老人院的很多地方，楼梯口、房间的木墙壁上，到处都可以见到他对老人的关爱和鼓励，其中"百载卢峰，狮子山下，给我人家，教我文化"充分表达了他对老人们的尊重与感恩之情。

是的，罗守弘对老人充满了敬重，他一直记得朋友关松伟说过的一句话"夕阳无限好，美景在黄昏"，这个朋友在2009年已经75岁了，还拥有"美景在黄昏"而不是"只是近黄昏"的豁达情怀，他的这种积极乐观的心态何尝不是代表了绝大多数老人的呢？他们辛劳一生，为家庭、社会做出了贡献，到年老时也应得到应有的尊重。正因为这样，罗守弘心甘情愿地为文化村企业老人院付出心力，让它成为"美景"当中的一部分。

罗守弘对老人院的创建和付出，让作为建筑师的他在"家"的设计上更有心得，也了解了香港医疗制度的演进和发展。

罗守弘于欧洲南部的画作（2015年）

  罗守弘对老人院的经营如此上心，源于他对老人生意有着一种早而有之的使命感。这种使命感就是在他的脑海中整天呈现的三个字：真、善、美——这从屯门新开张的老人院被命名为"乐善"，红磡的老人院取名为"乐善长者之家"就可以看出来——文化村企业老人院的品牌标志是一个圆拱门内有一个家，家中有小孩也有老人，寓意"长者成长，乐善颐年"，这正是罗守弘着力缔造的老人文化。

  罗守弘把"乐善颐年，以心建家"的理念在文化村企业根植，并从上到下传达到每一个员工心里。自2002年文化村企业老人院开业后，院里的每一个员工都成了"有心人"，老人院每一次进行防火演习，每一次带老人们到外面吃东西或者看医生，他们都会细心体贴，照顾周到，让老人和老人的亲人备感温暖。

  文化村企业现在已经初具规模，在香港有了一定的品牌知名度，但当初要打造时，还是遭遇了现实中许许多多的问题，其中不乏难以解决的困难。所幸，罗守弘的坚韧帮助他自己一步步地走出了困境。

在经营伊始的1984年，文化村企业每月需要罗守弘支出大量现金，由原来的五六千港币至1986年的两万港币，至1993年更达至每月约支出100万港币（高峰期）。这一年，更因为罗守弘突发心脏病而不得不减少工程数目，公司的员工流失严重，让罗守弘陷入进退两难的境地。

直至1997年，文化村企业每月的支出减少到40万港元左右，至2009年减少至30万港元以下（包括广州支部的支出），罗守弘才从捉襟见肘的财务危机中解脱了出来。从中也可见，罗守弘从1984年开办建筑师事务所时费用不多于十万港元，至2009年罗守弘企业发展至单月支出就不少于200万港元，发展幅度可谓巨大！

从企业规模上可以看出来。在不知不觉中，文化村企业已经由一间三四人开始的小公司发展成2016年400多人团队的中型企业。如今，罗守弘在香港岛的西区已经拥有两家老人院，加上红磡盈采华庭的老人院，一共可以为香港当地提供200院位，2018年屯门区完成新院又增加290个院位，其中60间还是单人房。

与此同时，与老人院配套的文化村长者用品展销中心也铺展到了香港的各个角落，其中包括：鸭脷洲、西营盘、中环、跑马地、红磡等，这些展销中心为香港的老人群体提供种类繁多的老人专用品，大至老人专用的浴缸，小至形形色色的营养保健品，以至牙刷毛巾等小物品，展销中心都应有尽有。

文化村企业更创立了自己的两个品牌，其中包括"文化村"和"红茶馆"，其中老人用品以"文化村"品牌为主，而"红茶馆"的产品涵盖的消费群更广，包括儿童营养保健品、日常罐装食品，等等，同时，还自行生产质量上乘的营养保健品和相关食品，供入住红茶馆酒店的老人们挑选，为老人们打造了一个专属于他们的用品采购中心。

其实，文化村企业对罗守弘来说，其意义并不仅仅是为自己开辟了另一条事业发展的路子，更是他对父亲罗肇唐的一个交代。原来，1997年11月19日即罗守弘太太陈美仪生日当天，罗守弘的父亲罗肇唐和罗守弘以及弟弟罗守耀一起参加了香港特区政府的一次公开拍卖，这是1997年7月1日香港回归后的第一次土地拍卖。在这次拍卖中，罗家直接拍下两块地皮，而让罗守弘印象最深刻的，是以往低调的父亲罗肇唐在接受媒体访问时说到的"香港好，国家好"，让罗守弘也心生感慨——事实上，这句话至今仍被港人津津乐道。

大角咀红茶馆酒店

那一刻，罗守弘想起了自1980年初开始，父亲罗肇唐就不时对儿女们表达这样的心愿，就是要他们成材成器，为香港、为祖国做贡献。拍卖当天，罗守弘坚决不接受采访，当时表面平静的他其实内心非常激动。父亲罗肇唐说过的话让他感觉浑身充满了力量，也给了他一个很大的启示。他再一次坚定了自己的想法，那就是除了做好一个建筑师，还要义无反顾地拓展其他商业领域，而 The Culture of Cities 一书在他脑海中构建的一个完美小区是他必然要走的一个方向，这当中，就包括文化村企业——罗守弘始终认为，城市是"以人为本"的地方，文化村长者事业的"老人小区"也要讲究人与环境共生。

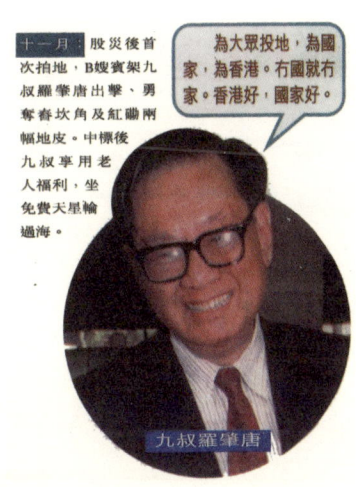

罗肇唐勇夺春坎角和红磡两处地皮后，香港媒体的相关报导

于是，罗守弘一边低调地做着一个建筑师，以建筑师的身份在自己的事业路径上探索，一边寻找机会构建自己的事业蓝图。到了2002年，罗守弘终于在盈采华庭创办了文化村企业生意网中的第一家老人院和长者用品专门店，其中盈采华庭的控股公司裕泰兴建筑有限公司也是其父亲罗肇唐于1975年完成红磡火车站的公司。因此，罗守弘对盈采华庭极其重视，他本人也一直认为，红磡是他的企业网的旗舰物业。

罗守弘深知，长者事业是一项长期的事业，有着远大的发展前景，作为领路人的他，同时也是一个拓荒者，后续发展需要更强大的中坚力量，需要提早为未来做好准备，这当中，就包括人才的集聚和资金的积累。

位于鸭脷洲的文化村长者用品专门店

罗守弘看中三个人,就是自己的三个孩子:罗秉业、罗凯宁、罗秉晋。他认为罗秉业头脑睿智,谦卑稳重;罗凯宁真诚仁勇,机警好学;罗秉晋冷静沉实,有宽宏远见。他们都是可造之材。

三个孩子成为罗守弘相中的人才是有其必然性的,罗守弘绝不是用人唯亲。首先,罗秉业很好地继承了父亲罗守弘的领导作风,特别是"教练教练"的理念得到了他的强烈认同和坚决实施。所谓"教练教练"指的是在工作上领导和员工之间的教学相长,从而使每一个个体的能力都能得到充分发挥,每一个平凡的个体都成为最重要的人。

其次,罗秉业在管理上常常以"信"为先,这是罗守弘最欣赏的。"信"是商业伦常里的第一要义,也是从罗家祖辈经商传承下来的良好的工作习惯,信任员工,信任下属,信任同事,做到"用人不疑",企业的发展才能得到保证。

事实上,罗守弘的女儿罗凯宁从2009年开始就已经成为罗守弘的左右手,至2016年已长达7年时间。在这7年里,她成功领导文化村企业(包括"文化村"和"红茶馆")成为香港的知名品牌。罗守弘对此非常满意,他知道在2016年全球陷入经济低迷,中国内地的发展也蒙上了一层阴影的年头,罗凯宁可以带领文化村企业团队的每一个人逆流而上,实在是难能可贵。她一定付出了常人想象不到的努力,才做到了"精诚所致,金石为开",罗守弘为此对罗凯宁满怀信心。2016年3月,罗凯宁在英国结婚,举行注册典礼时,罗守弘看到罗凯宁脸上的笑容,自己更是备感安慰,他知道她会把心中的快乐带进生

2016年5月，罗秉晋在美国完成建筑学硕士学位课程，图为毕业照

幼子罗秉晋硕士毕业时，罗守弘夫妇和他的合影

活，也带进文化村企业里每一个人的心上。

其实，有这样的结果，也是罗守弘早就定下的计划，在他的策略下，他的三个孩子即将拧成一股紧密无间的绳，为他们共同的事业版图齐头并进。早在2007年，罗守弘就安排罗秉业进入文化村企业担任管理职务，2009年罗凯宁加入，2016年罗秉晋也将完成硕士学位回归工作岗位，届时定会令文化村企业百尺竿头，更进一步。

在2007—2016年的9年时间里，罗秉业和罗凯宁没有让罗守弘失望，把文化村企业打理得有声有色。罗秉业和罗凯宁取得的成绩也得到了公司同事的认同，2009年8月12日，在罗秉业26岁生日当天，文化村企业的行政人员就对罗秉业做出了很高的评价，2009年8月17日建筑师事务所成立二十五周年的纪念晚会上，罗守弘也当众表达了对罗秉业和罗凯宁在文化村企业发展上的期望。也是在这个晚会上，罗守弘提议由罗秉业负责审查企业中各单元的"悭资源"（意

2009年，罗守弘与女儿罗凯宁在日本

即：节省资源）计划，罗秉业也用以下的评审标准选出了得奖单元——由马骏荣领导的物流部，同时为下一步的"悭资源"做出安排，其中包括：

1）安排更多全职或兼职的员工负责送货，减少使用外判；

2）外判继续采用竞标模式，价低者得；

3）严格控制送货时间表；

4）外展货品会加工处理，避免出现坏货情况；

5）把货仓存货空间提升，可存放更多货品；

6）增加旧纸箱使用量，可循环再用；

7）每月跟进半年期期货表，通知单元尽快处理；

8）每日跟进到仓翻货表，安排送货给各单元。

为了让罗秉业继续为家族事业的未来出力，罗守弘已经准许并支持罗秉业从2009年下半年开始在香港科技大学攻读工商管理的硕士学位，他相信重归后的罗秉业，一定也能为自己的企业注入更科学的管理理念，为未来的文化村企业带来更大的活力及更持久的推动力。

2010年，罗守弘与太太及长子罗秉业在香港科技大学合照

## 2. "文化"发起"联动效应"

2002年，罗守弘与太太陈美仪成立了文化村企业有限公司，标志着罗守弘的生意网也初步建造起来。在这个生意网中，有罗守弘建筑师事务所，有红茶馆连锁酒店，也有文化村企业有限公司，而文化村企业又包括了老人院和长者用品展销中心，其中部分业务已经与红茶馆连锁酒店有机地融合在一起，实现了良性的共生和互动。

与此同时，罗守弘继续把文化不断渗透进生意网，其中包括健康文化、长者文化、旅游文化、渔村文化、怀旧文化、婚宴文化、High Tea文化、冰鲜文化等。文化的注入，让这些看似风马牛不相及的行业紧密地联系起来，相互依存，相辅相成。这样的结果看似离奇，实际上也是作为建筑师的罗守弘在他的事业上自然而然地衍生出来的——建筑师的身份，令罗守弘打造出了独具特色的红茶馆连锁酒店，而红茶馆连锁酒店的资源又为长者用品展销中心的事业发展提供了天然的土壤，文化村长者用品展销中心的产品可以利用红茶馆连锁酒店进行推广，而长者用品的不断丰富无疑是必要的，从而又衍生出面向一般消费大众的冰鲜批发以及零售。

这种看似无意为之的策略，实际上正契合了市场需求，从而使罗守弘的生意网成功拓展。从2002年罗守弘创建文化村企业生意网到2004年红茶馆连锁酒店的品牌确立，"长者用品"随着长者的不断增加和旅游业在香港的不断蓬勃发展，加上中国内地到达香港的旅行团越来越多，带动了文化村企业品牌向中国内地各省、市、地方辐射，直至2009年，"文化村企业"和"红茶馆"品牌在香港以及中国内地已有一定的知名度。罗守弘"扎根香港，自然北上"的发展方向也进一步明晰起来。

　　同样是2009年，罗守弘开始计划以红茶馆酒店为媒介，在将来以发展商的身份进入中国内地市场，同时带动文化村企业的长者用品在中国内地全面开花，而他未雨绸缪的举措，就是在2006年至2010年期间在福建买入店铺，2010年前则在广东一带买入住宅，随着这些铺面和住宅的租金的增长，罗守弘也为下一代在中国内地发展打下了一定的基础。

2007年2月28日，罗守弘和太太陈美仪在鼓浪屿的合照

2009年，罗守弘与员工在番禺广场考察周边环境

2010年，罗守弘经过分析，把目标设定在创建文化村长者用品、红茶馆酒店两大品牌上，2016年这两大品牌已经在山东烟台、福建漳州和广东广州的文化村进行推广，产品也已经正式上架。而在此发展过程中，罗守弘依然沿用之前在香港的做法，即山东烟台、福建漳州、广州的物业运用方式都是由收租开始，然后自用、出售，这样可以让企业的收益最大化。

2011年，罗守弘看到山东烟台在未来旅游业和服务业上的潜力，于是携文化村和红茶馆正式北上，此举也标志着罗守弘进军内地市场的计划开始逐步深入。

广州番禺基盛项目D区红茶馆酒店效果图

2014年，罗守弘在山东烟台和广州番禺成功开办四家酒店，此举沿用了香港"旧楼翻新"的办法，通过购买地权和现有物业来改装成酒店群，同年，罗守弘在山东烟台和广州番禺购买或租用了十多家店铺、高层写字楼或仓库，把它们设计、改装成为文化村企业的支部指挥点、长者日间护理中心、销售中心及供应链仓库等。

罗守弘与女儿罗凯宁（左）及香港自家品牌家恩素奶粉代言人苏玉华（中）合照

2015年6月初，由香港本土著名女影视演员苏玉华担纲主角的文化村企业电视广告正式播放，包括家恩素奶粉等纽西兰进口货品、新几内亚的冰鲜产品在文化村企业的销售日益火爆，中国内地也以此为契机上架这一系列的货品，依托着宣传攻势的不断加强，也被越来越多人所熟知。

2016年是文化村企业"北上"的重要一年，罗守弘在山东烟台和广州番禺广招人才，实践文化村企业"扎根香港，自然北上"的路线，依托中国内地"银发市场"

位于烟台芝罘区（上）和莱山区（下）的红茶馆酒店

和酒店市场的强大需求，建设了遍及全国的销售网，在中国内地强劲的内需市场中蓬勃地发展起来。同年，广州番禺和山东烟台各一家文化村企业的展销中心开幕，这些中心既是日间护理中心，也是罗守弘把生意带到全国内地的销售网的重要节点——中国老龄化趋势日益严峻的形势催发了"银发市场"的巨大潜力，配合网络时代的跨境电商概念，文化村长者中心意图用会员计划来使触觉覆盖全国。这一年，红茶馆酒店也顺利登陆内地，两家红茶馆酒店分别在山东烟台莱山区及芝罘区先后开幕。

能够势如破竹地进军内地市场绝不是偶然，是源于罗守弘的运筹帷幄，太太陈美仪的全力辅佐，子女罗秉业和罗凯宁的积极参与，加上企业上上下下的员工共同创造的成果。

将于2017年开幕的番禺大龙街红茶馆酒店

不错,至2016年,罗守弘的企业依托着"中国梦",以"一带一路"为翅膀,"跨境电商"等一系列的策略与行动为助力,在中国内地正式起飞。随着包括奶粉在内的"长者用品"陆续在广州番禺上架,香港、山东烟台、广州番禺三地各自发展的蓝图已经初见雏形——随着香港鸭脷洲文化村企业和红茶馆连锁酒店逐渐被中国内地部分城市所熟知,红茶馆连锁酒店成为内地赴港游客的首选,罗守弘在中国内地打响了一定的知名度,离他设定的目标已经不远,很快就会变成现实。

2014年,罗守弘与长子罗秉业、女儿罗凯宁、幼子罗秉晋在公司开会

# 第七章
## 建筑理念，城市文化

　　尽管罗守弘的事业版图已经不仅仅局限于他的罗守弘建筑师事务所，还有他的红茶馆连锁酒店以及文化村企业，但谁都不能否认，建筑师是罗守弘最重要的身份，回顾罗守弘参与过的建筑工程，我们不仅可以厘清他的事业脉络，更可以从他的建筑设计、建造风格中窥见罗守弘这个人的本真，从某种角度上看来，他的建筑风格也正是他的人格魅力所在。

　　在罗守弘的眼里，城市是一个供人表演的舞台，一个供画家挥毫的画布，一台紧密运转的机器，而他作为建筑师则如同导演，画家，机械工程师……

　　罗守弘的建筑风格融合了简洁与精致、理性与感性、单一与多面，与他个性上的多面性完全相通。

## 1.异域理念的影响

日本可以说是罗守弘的福地,与罗守弘颇有渊源。1980年,罗守弘远赴日本东京探望当时还是他女朋友的陈美仪。2009年,罗守弘的女儿罗凯宁又在日本的早稻田大学毕业。而且,几乎每一年,罗守弘都会到日本一趟,或旅游,或工作,或探亲访友,日本或现代或古典的建筑物常常是罗守弘流连忘返的地方,随时都能激发他的建筑灵感。

罗守弘最推崇的建筑师是日本人安藤忠雄。罗守弘曾专程携太太陈美仪和幼子罗秉晋去过日本东京,到达安藤忠雄设计的朱古力展览馆观赏他的作品。

安藤忠雄是日本著名的建筑师,未受过正规科班教育的他,却开创了一套独特、崭新的建筑风格,成为当今最为活跃、最具影响力的世界建筑大师之一。安藤忠雄是很平凡的一个人,但他的每一个设计都能打动人心。安藤忠雄运用自然光的方法非常巧妙,简单而洗练,精致而不庸俗,对光的把控和运用让人叹为观止。在罗守弘看来,安藤忠雄的作品就像一个漂亮女人的躯体,有着至真至纯的光芒,因此非常推崇安藤忠雄的设计手法。可以这么说,是安藤忠雄催生了罗守弘简约、实用的设计理念。

罗守弘觉得,

罗守弘画作

2006年5月，罗守弘和太太陈美仪在日本神户市

"楼一间"就是建筑元素，不需要繁复的累赘，不需要张牙舞爪的盛气凌人，不需要浮夸，更不需要一个生僻难懂的"某某主义"的名词点缀。建筑并不是高高在上的，由数目大到让人瞠目结舌的财力、物力堆积而成的生硬物品。

罗守弘非常重视工业化和工业的意义，对小区的蜕变和优化改良也非常敏感。The Culture of Cities 一书中所述有关工业和城市的共存、平衡，加上由此衍生出来的现代城市的人性和谐以及由人的小区群体营造的经济原动力，深深地影响了罗守弘。于是，罗守弘就在香港各小区分别由一个小的点去发展小区，再由点带面，引出民情和商业性的互动共生。

罗守弘选择发展企业的地点未必是最令人瞩目的，比如尚未成熟的穷乡僻壤如鸭脷洲，甚至一些颇具历史的旧住宅区，都会成为罗守弘的选择。在他看来，如同 The Culture of Cities 中讲述的小区、村落一般，看似貌不惊人的荒郊野外其实比大城市更具生存能力和升值潜力，更容易逃脱被淘汰的厄运。从罗守弘的生意网，我们可以清楚地看见他的思想脉络。

香港蓬勃发展的旅游业吸引了中国内地大量旅客，于是罗守弘选择并不繁华的地段打造出以高质中下价为主要卖点的红茶馆连锁酒店，为游客提供住宿以及配套的饮食服务，再由酒店业配合饮食业的基础和物业再发展，把旧的物业重建成新的酒店群。与此同时，长者用品也随着酒店的不断扩张而形成品

位于香港红磡的红茶馆酒店

牌。如此稳健的小区扩张战略，正源于他对小区的优化、改良以及蜕变具有的前瞻性的敏感。

当然，每个人的思维都是多种思维的混合体，罗守弘亦然。他的建筑风格中不仅包含了日本建筑学派的作风，也能看见荷兰抽象主义建筑学派的影子。荷兰抽象主义当中最有代表性的是荷兰画家蒙得瑞安·皮特(Mondrian)，蒙得瑞安·皮特的作品喜欢用交错的三原色（红、黄、蓝）为基色，运用垂直线条和平面构建画面，他的新造型主义对抽象艺术的发展有着重要的推动作用。受他影响，罗守弘的作品也喜欢用一些基本色，除了红黄蓝外，他还加入黑白灰作为设计的基本色调，作品简约凝练。

罗守弘的建筑作品之所以能紧跟流行又比流行更持久，有些历经几十年也不会让人感觉过时，正在于他能集古今中外建筑风格于一身，合世界各地建筑思维于一体。可以说，是融合，然后提炼，造就了罗守弘和罗守弘的建筑。

罗守弘的建筑思维源于他的不断学习、融合与创新

## 2.以人为本——建筑的舞台说

1974年,罗守弘刚进入大学时,就以舞台设计完成了他的第一个建筑方面的课题。

在舞台设计的过程中,罗守弘领悟到,建筑设计、制造就是一个舞台搭建的过程,不一样的是,建筑师搭建的舞台不是传统意义上的表演场所,而是"戏剧人生的一个平台",生活在当中的人就是舞台剧的演员。罗守弘眼中演员的范畴很广,主角也不止一个,他认为舞台剧的主角不仅仅是作为演员的每一个人,还包括每一个道具、每一个布景,甚至连当中的光都是重要的角色。而建筑师的责任就是搭建一个又一个舞台,让在舞台上的人们可以快乐地生活。从本质上来说,如果建筑只追求华丽的装饰装修而忽略了人向往幸福、追求舒适的基本需求,那就是本末倒置。

城市和建筑的特色是无形的资产，它比人的寿命要长久得多，当"物是人非"的时候，它会留下来给你讲述那些过去的人、事、物。城市就像一个博物馆，博物馆里的草、木、花、树、建筑可以一起给你讲述街道的故事，把城市历史里的过客的足迹呈现给你看。于是，城市就有了人的灵性，成为了"人"。"人同环境共生"，罗守弘如此看待人与建筑的关系。所以，罗守弘一直着力在建筑上面带给小区以及小区中的每一个人一种和谐感。

在室内设计上，罗守弘擅长运用细节来组成各种各样的空间结构，运用各种各样的对比来营造迥然各异的视觉空间感受。大至墙壁，小至一件家具甚至桌面上的一个花瓶，都会被罗守弘用来作为体现景观的道具。因此，罗守弘对自己负责的所有设计方案都会精益求精，对细节方面的要求堪称苛刻。一扇窗、一幅悬挂的油画乃至天花板上面的一面浮雕，他都要求一丝不苟、天衣无缝。这正符合罗守弘"室内的庭苑，室外的庭堂"的要求。

罗守弘对楼梯的处理特别考究。因为建筑在罗守弘的心里从来都不是一个住所那么简单，而是一个"家"。家里的每一个地点都是家的重要元素，楼梯当然不会例外。在楼梯的设计过程中，罗守弘的脑海中已经有了一些画面：简单的徒步；父母牵着小孩去餐厅或小孩牵着父母的手离开家去上学；孩子挽扶着年迈的父母走向房间……总之，楼梯，成了家元素不可或缺的构件。

所以，在楼梯设计上，罗守弘妙手生辉：美利海湾有一条顺延至沙滩的楼梯；红茶馆酒店每一入口都有崭新意念，几乎每一个入口都各不相同，扶梯或人行的楼梯时而弧形，时而直上直下，时而弯曲。这些都是以"家"为概念衍生出来的别具匠心之作。

罗守弘画于澳洲（2005年）

为谁道入气千根

为何梦月追凡人

未知春曦美无限

青鸟站树仪赏君

写段平凡心上事

早课宜家父母恩

如画大地静爱我

璇雨天后有缘尘

美利海湾是罗守弘夫妇退休后的理想休养地

  罗守弘对细节的注重也体现在他运用花卉、树木对建筑进行空间布局上。罗守弘热爱大自然,在过去的几十年里,他一有时间就会约黄光照神父一起去观鸟赏花,探秘寻幽。就连在家中见到一些小鸟在阳台上的木棉树上跳跃、攀爬,也会激发他的无限灵感。事实上,在罗守弘的诗歌和绘画作品中,就有不少是以林木和花卉为题材的。在罗守弘的眼中,一棵树就如同中世纪欧洲城市的一幢钟楼,充满历史感和神秘感,在21世纪的现代社会中,城市中的一棵年代久远的老树就已经是一份文化遗产。罗守弘的每个设计作品都十分注意树木和花卉的布局,2009年设计的屯门区290位老人院,罗守弘就让花卉成为此新院舍的主题,把这里打造成了花卉院舍似的所在。同年兴建的屯门豪宅区型小屋也是用花、树来构建自然美态。

  在进行室内软环境设计时,罗守弘也非常注意用花卉、树木来点缀、美化,每逢节日,花卉更是不可或缺的主角。例如,罗守弘知道香港人对建筑物和城市空间的要求上不高,而是追求真实、随性的生活氛围,所以在设计时尽可能采用树木来营造庭苑式的幽雅。罗守弘自己的各个企业据点也少不了树木的点缀,樟树,洋紫荆,影树(即凤凰树)等,常常成为提升其企业建筑品味的点睛之笔。

  也许是内心的浪漫主义情怀使然,罗守弘比一般的建筑设计师更关注美,热爱美。在1971年写下的"人间温暖薄亦千层,天做我来美化此生"正体现了他身处商业社会，作为企业领导人对建筑艺术"美"的一份难得的坚持，也是他赋予自己的建筑师使命。

罗守弘对自然主义和浪漫主义上的推崇和热爱，也体现在他把水、雨、风甚至声音作为建筑要素上。

在对"水"的处理上，罗守弘碍于香港地域面积狭小，客观上要求建筑简朴实用，因此比较少采用，但他在适当的地方还是不忘设置几个水族箱，并在水族箱里养一些鱼，种一些水草，打造人工微型景观，其中不乏由小养大的热带鱼，它们未必是珍稀品种，但一定是自然的、充满生气的，一如花卉树木一样和谐而生动的！是的，罗守弘在建筑学术上专注的是人与环境、自然三者的共生，自然不是狭义的草木山水，而是广义上的大自然。

自然，生气，和谐，这些镌刻在罗守弘建筑思想上的核心关键词，皆来自于他"以人为本"的建筑理念。城市是人生活的地方，城市、城市的建筑以至城市的每一个设施，都是为了彰显人生命的精彩。城市不是冰冷的建筑群，不是水泥牢笼，而是人组成的共同群体。罗守弘常说："地方空间中的每一个人，每一堆人就是建筑的元素。"一个没有人的地方，即使华贵雍容，堂皇富

丽，也是空乏而无味的躯壳。而人一旦存在，就会给这里注入血液，人的衣服颜色，人的多少散聚，都会让这里生机勃勃——罗守弘喜欢在设计建筑的时候就会想象这里有人的样子，一个两个，聚散合离，都是建筑的近景或背景，这样，建筑就不是一个僵硬的冷物，它有情绪在了。

接下来，罗守弘就顺着建筑的这种情绪，在已经活起来的建筑里加入电器、家具等等诸如此类的配套设施。

罗守弘画于日本（2010年）

2014年5月19日是建筑师事务所30周年纪念日，罗守弘在榛园家中画下了窗外黄竹坑区全景与海洋公园前景

所以，罗守弘的建筑设计图是充满生命力的。他不是在画设计图纸，而是在创作一个故事，故事里有人，有色彩，有对话，有喜怒哀乐。为了做到这一点，罗守弘甚至在画设计图时都喜欢远离生硬的计算机，而采用传统的手绘，只因为手绘更具有生机感，更具人情味。

罗守弘画于日本（1996年）

红绿蓝是一色种

缺一不是人间梦

红瓦绿树豪诗堡

碧海蓝天影相同

木兰携梦飞家燕

晋美弘业拍宁松

白天之外黑天外

一色大地彩虹东

  有人的地方就是人间天堂,罗守弘如是说。为了人,为了人的生活,在大的方面,罗守弘不会设计那种仅仅为了商业效益而影响城市发展的屏风楼。而小的方面,让我们回头看看红茶馆和文化村企业。红茶馆和文化村企业无论大到整体色调、布局、楼宇外观,小到家具陈列、桌椅造型,无一不是体现以人为本的基本原则。尤其是在临街的露天咖啡座,这里不豪华,不奢靡,不张扬,当你身在其中,你的心会突然平静下来,因为你发现自己所处的不是闹市而是一个静谧精致的世外桃源,在这样的地方,你感觉到了温暖。

  受安藤忠雄的影响,罗守弘也非常善于利用光线来突出建筑的轮廓,使建筑看起来更像是一座雕塑,一个独一无二的艺术品。安藤忠雄对光的处理一直很简洁又恰到好处,受此影响,罗守弘的建筑风格也是简单而朴素。罗守弘善于运用自然环境的光来打造"人与环境共生"的和谐住所,例如:楼梯的采光面会随着光的不同来源而采取不一样的设计;在晚间,设置在红茶馆酒店门口和外墙的霓虹灯管既起到照明的作用,又是不可多得的完美点缀。罗守弘对于光的最大运用,是使用玻璃幕墙来建造大厦的外墙,因为玻璃幕墙可以反射附近的市容市貌,既让附近的大厦成为自身建筑设计的一部分,又可以做到最好的采光,使自然光和室内光更好地融合——在罗守弘眼中,这是建筑和大自然的对话,例如罗守弘于2009年在鸭脷洲大街开始建造的红茶馆酒店就有一个七层高的雕舵式(Tudor Style)大玻璃幕墙,而美利海湾的设计更是把玻璃幕墙进一步艺术化,融合了古典和雕舵式设计的建筑佳作——美利海湾坐落于一座小山上,可以俯瞰脚下的风景,窗户虽然未能捕捉中午的阳光,但朝西的玻璃幕墙反射的夕阳的余晖,落在邻近小区里,形成美丽的光影效果,令人心旷神怡。

美利海湾

  不奢华，也不贫乏，在时间和空间上追求平衡点，就是罗守弘的建筑目的所在，也是他的建筑心。罗守弘之所以能打造出文化村企业生意网，就是因为他秉承以心建"家"的理念，而红茶馆酒店营造的温暖红叶表达的也是他以人为本的"家"的寓意。

  罗守弘不喜欢在建筑设计上体现太强烈的个人风格，称之"Non Style"亦不为过，但是，有时候，没有风格也就是一种风格，前提是要看你要表达的是什么。

  罗守弘很了解自己要表达的是什么。罗守弘要做的，是平凡人能看得到、能理解的建筑艺术。他认为一座楼宇仅仅是"楼一间而已"，而不同的楼或者同一栋楼里的不同窗户才是需要去了解并且做好的整体城市的大系统。建筑师要做的，是用心使这个城市的大系统和谐共生。在这当中需要思考，需要实验性的探索，更需要实际的行动，没有坚定信念和顽强毅力的建筑师是做不到的。罗守弘希望自己能做到：他要在城市的一幢楼、一个角落、一块空地、一个广场乃至一扇门窗上细致地做好，如在香港，他做的每一幢建筑，都要体现香港的文化和历史，这已经近乎偏执，但是他乐此不疲。

  问题就是答案，错对也能出成果。这是罗守弘说的。

  建筑大师们是寻找楼宇的灵魂的。这也是罗守弘说的。

红茶馆酒店内部

罗守弘很谦虚地说自己不是大师。但是，他的行为已经是建筑大师的行为。他费心尽力地去为平凡的人打造平凡的艺术。他在城市的每一个景观中看到自己的责任，在城市的不断变化、重建中寻找建筑的答案，他甚至有些诚惶诚恐，因为他知道，城市不是一个画板，可以随意地泼墨涂鸦然后擦掉推倒重来。城市不是由建筑师建成的，建筑师不容许出错！

罗守弘知道建筑不是为他而建，是为了有生命的城市而建，所以他宁愿丢弃自己的个人喜好，而根据街道的地理环境、历史渊源以及人文氛围缔造诗画般的建筑作品，不浮夸，不突兀，和谐共生。从这点看来，虽然罗守弘的设计是被动的，但他成功地把被动变成了主动，而促使他马不停蹄的动力，就是四个字——以人为本。

### 3.多种建筑学说的融合与统一

画卷学说是罗守弘针对建筑设计的细节提出的一种崭新的理念。

在罗守弘眼中，城市是一幅连绵不断的画卷，每一条街的每一个街角，都有不同的景致，不同的景深。当人在城市走动时，眼前的景观会不停地变化，让旅程也变得有节奏起来。

行走时不知不觉地观察街道两旁的建筑景观，是罗守弘多年建筑师生涯养成的习惯之一。罗守弘观察细致，特别注意每一个拐角或斜坡，因为每一个拐角或斜坡的后面，都会有让人意想不到的景致。如远处模糊的大教堂逐渐在眼前清晰，如忽然跃入眼帘的一幢白色的木制房屋，都会让他会心一笑，心中充满喜悦。当然，见到一些建筑的败笔，他也会遗憾地叹息一声，继而给自己出一个考题，如果是他，他会怎么做才可以让行人行走时看到另一番充满着美妙节奏感的景观。罗守弘觉得，这是建筑师的重要工作之一。

罗守弘画于法国巴黎（2006年）

在罗守弘的眼中，建筑还是一曲跌宕起伏的交响，一阕平仄曲折的诗词，他的一些建筑灵感是直接来自于音乐——耳边响起的一些旋律、一道休止符、一些节拍都会令他的建筑灵感迸发，并运用到他的设计里。他说，音乐是看不到的，建筑是听不到的，但是两者却可以在自然环境中产生联系：例如一场瓢泼大雨激起的雨声，雨点打在建筑上的美妙声响就正如音乐的旋律。诗也是如此，诗中的文字或直白，或缱绻，给予人的强烈的画面感，也是建筑设计的灵感来源。

罗守弘就是这样，从画、音乐、诗里理解建筑，并在建筑中读懂画、音乐和诗。

罗守弘认为，一个好的建筑师，在建筑设计的时候要由点及面，由小至大地考虑好，使建筑和周边环境完美呼应，保证城市每一段景观的连续性，让行人在街道上行走时，看见富于动感的建筑景观像一篇散文一般的起承转合、腾挪跌宕才是最高境界——建筑师首先就是一个平凡的市民，建筑师只有用平凡人的眼睛看建筑，设计出来的作品才是真实而有生命力的，也是贴近生活的。这与画画不一样，在绘画领域，画作可以是艺术家纯粹的个人创作，但建筑不

罗守弘画笔下的欧洲南部（2015年）

可以。从罗守弘广义的建筑理念中看来，城市是活的，每一个建筑都是城市中人们共同的结晶，个人无权去改变它——这也是罗守弘不刻意追求个人风格的原因。

罗守弘眼中的建筑常常会有很多不同的映射。

除了画卷、交响与诗，罗守弘还把建筑看作是一部运行中的机械。"楼宇是机械"的概念，也使罗守弘更坚持简约、真实的建筑设计风格，以"满足人的需要"作为建筑设计的终极目的。

当然，任何事物都是变化发展的，建筑亦然。建筑是进化

罗守弘关于解构主义的构思草图

得很快的学科，而且，不同时间、不同地域的建筑概念、建筑结构就会有完全不同的地方，特别是随着经济的发展，每天，甚至每时每刻都会有崭新的设计理念诞生，旧的理念消亡，

罗守弘关于自然主义的构思草图

唯有不断地创新，才能顺应潮流，跟上发展的步伐。2016年，罗守弘开始在设计上融入自己对佛家"禅修""净化"的思考，从现实主义中衍生出"对比解构""形而上"的建筑艺术观。

是的，求变，也是罗守弘在建筑设计领域一直致力的方向。一直以来有着大量阅读和旅行习惯的他，也在不断地接受新的知识，其建筑理念也在不断的变化进步当中。但是，有一点，相信他是永远不会变的，那就是尊重自然，和谐共生。

## 4.不要得奖要奉献，建筑业界开先河

从1984年5月19日开设建筑师事务所，至红茶馆连锁酒店的日益蓬勃，到文化村（长者事业）中老人院以及长者用品展销中心的实践成果，罗守弘为香港以及中国内地建筑业的服务已超过30年，设计项目达162项。从1979年开始直接协助和执行裕泰兴事务至自行承接工程进行设计建造，到重新回归裕泰兴，罗守弘在建筑设计界可谓经验丰富，其建筑设计、建设经验也值得我们探讨和学习。

在这个过程中，罗守弘对香港建筑业也提出过很好的意见和建议，其中更有引领业界先河的创见，因为对业界发展很有意义，部分已被香港建筑行业沿用。

香港的屋宇署是香港建筑物修例的管理政府部门，罗守弘从1984年第一次上交图纸，到1985年3月得到首两份图纸批示，是元朗区合益街的两个裕泰兴地盘。这件事对罗守弘来说值得纪念，因为罗守弘是1984年5月18日才开设的建筑师事务所，到当年12月31日就是旧香港建筑条例的最后有效日，所以罗守弘与当年12月才新加入的同事马亮奇一伙，在全公司只有5个人的情况下，居然用极短的时间内完成了复杂的设计图，其中一份图纸更是包括戏院在内各20多层的建筑图纸——也是从那时候起，马亮奇成为罗守弘的左臂右膀，而他也不负所望，除了一直在公司里兢兢业业外，还于2006年开始为罗守弘的建筑师事务进行绘图部分的"计算机化"并带上广州，成为罗守弘施行"扎根香港，自然北上"的先锋。至2016年，罗守弘提交过许多具有独创性的方案和建议，如以下的七个案例是罗守弘身为香港特区专业建筑师处理发展商重建项目时，在"增加物业产值"方面开创先河——主要是在增加"容积率"（注：容积率(Plot Ratio/Floor Area Ratio/Volume Fraction)又称建筑面积毛密度，是指一个小区的地上总建筑面积与用地面积的比率），在下述的每一个案例中，罗守弘都突破了当时特区政府的限制，增加了"容积率"的"可建楼宇面积"。

其中的计算资料、背景和细则就是罗守弘作为"专业建筑师"在提高香港特区地产重建时的经济效益做出的有益的探索，他提高了发展商的回报，也令特区政府修正了重建后建筑面积计算的方法及其相关的政策，为香港特区地产重建的发展做出了突出贡献。

般含道38号（住宅，1988年批准）

在此项目中，罗守弘提倡在一个弧形地盘中，以街道面积自"交回政府使用权"增加"容积率计算"与"空间计算"以及各不同复杂的香港楼宇建筑条例"破茧式分体批核"（注："破茧式分体批核"是罗守弘自创词，意指突破以往的、前所未有的分不同部分批核的办法。下同）的一个方案，开创了业界先河。

——当时香港有关部门并未批准此增加经济效益的方案，但如今已采用。

洛克道（住宅，1985年批准）

在此项目中，罗守弘提议用私家巷计算土地面积，也是经香港政府部门特许批准，以后巷面积从"交回政府使用权"增加"容积率计算"及"空间计算"，开创了业界先河。

——当时香港有关部门并未批准以此增加经济效益的方案，但此后沿用至今。

吴淞街（住宅，1990年批准）

在此项目中，罗守弘提议用私家巷计算地积，也是经香港政府部门特许批准以后巷面积从"不用交回政府使用权"增加"容积率计算"与"空间计算"，以此增加经济效益。

——当时香港有关部门并未批准此方案，但如今已沿用。

鸦打街6号（红茶馆酒店，2004年批准）

在此项目中，罗守弘提出把商业楼宇用途改为酒店用途的方案。因当年香港经历"非典"事件经济低迷，提议在香港市区增加酒店数目，把闲置的"写字楼楼宇"改成"酒店楼宇"。在此项目之前其他发展商或建筑师从未获批。

——此后"旧楼改酒店用途"在香港市区开始出现，很多经济型酒店应运而生，方案至今仍被沿用。

甘肃街33号（住宅，1988批准）

在此项目中，罗守弘提供"把密度加多了一倍以上"的方案，从而放宽及增加"容积率计算"与

鸦打街6号建筑图

甘肃街31-37号项目图

"空间计算",开创了业界先河。

——在此项目之前未有先例,获批后沿用至今。

沙宣道60号(住宅,1986年批准)

提议把一所楼宇分解成众多楼宇来适应地契不应有的限制,经香港政府部门特许批准以"花园用途地"面积增加"容积率计算"及"空间计算",开创了业界先河。

——批准后沿用至今。

湾仔峡道6号(住宅,1986年罗守弘第一个完成的项目)

在此项目中,罗守弘在无街连接地的复杂环境上提出"消防安全方案",经"消防处"和香港政府部门特许批准一系列"容积率计算"及"空间计算",开创了业界先河,方法获批。

——是当时政府极少批准的,之后沿用至今。

可见,罗守弘在建筑设计和建设方面的很多方式、方法都是首创的,也是极具前瞻性的,而当时能获得批准是因为罗守弘的提案合理合法,且他也对此坚持不懈,一直争取,才令提案被承认并沿用。实际上,直至2016年罗守弘申请被批准的酒店中,也有很多是政府特别批准,现在仍在沿用的。这应该不是每一个建筑师都能做到的,只是谦虚的罗守弘从不为此沾沾自喜,他觉得这是

自己的分内事——建筑师有责任对一个城市的规划和发展贡献心力而无论问题有多复杂，或需要怎么样的大胆和挖空心思。从这一点看来，罗守弘无论是在建筑设计、建设方面的智慧，还是本人平和、大气的人格魅力，都值得我们钦佩。

建筑师能得奖不是一件容易的事情，因此在建筑设计业界来说，作品获奖意味着自己的水平得到了专业人士的认可，可以拥有更多的资质去发展自己的事业，然而，罗守弘对自己的作品是否获奖却不怎么在意，更不会强求。

事实上，罗守弘的建筑设计作品少有获奖的，只获过一家日本公司给予的友谊奖。那是日本的一家广告公司，当时罗守弘建筑师事务所代他们向政府各部门申请建了一个"纽计色"（注：粤语，意即奇怪的难以形容的颜色）的机械广告活动变色变样板，建好后会设在香港海底隧道口的出口端。罗守弘交出的方案最后获得了认可，夺得了该奖项，这极不容易，因为此项目难度极大，而且是全港第一次有此类项目。后来，这个项目更启发香港政府开放了在美化市容方面的一些限制，罗守弘也为此深感欣慰。此外，岑卓鑫法官在美国内华达州死亡谷也有街道用了罗守弘名字命名。事实上，罗守弘从来不看重奖项，他只是把它们看作是他工作上的鞭策和鼓励而已。而且与获奖相比，罗守弘更看重的是他所完成的

2006年10月，罗守弘在美国亚利桑那州施工地盘的工作照

建筑得到了业主的认可,并送给他一些礼物,这些礼物被罗守弘放在办公室里,时时激励自己。

当然,即使没有得过极具分量的奖项,罗守弘在建筑上的思维与学术成果依然值得肯定,也得到了业界的认可。

从罗守弘对建筑的"舞台说""画卷说""音乐说""诗词说""机械说"可以看出,罗守弘的建筑理念都是基于一个理念基础,那就是系统。《现代汉语大词典》是这样解释"系统"的:系统是"自成体系的组织",是"同类事物按一定秩序和内部联系组合成的整体"。可见,系统是整体的,统一的,并不是割裂的。不错,在罗守弘的眼中,建筑师的责任和义务绝不仅仅是设计一幢楼房,建造一个场景,而是基于建筑周边包括地理、历史、人文等环境,利用自己的妙手巧思,设计建造出人性化的建筑作品。

可见,罗守弘希望自己不仅是一个建筑师,同时也能成为一个舞台导演,一个出色的画家,一个机械工程师,一个有着人文主义情怀的浪漫诗人,这看似复杂,实际上与罗守弘本身理性与感性共融、单一与多面交错的性格特征也是相通的。

罗守弘于欧洲南部的画作(2015年)

# 第八章
# 营商智慧，人性管理

作为一个成功的企业家，少不了过人的营商智慧和科学的管理方法。

出生于商业世家的罗守弘，罗氏家族的智慧在他身上有着淋漓尽致的体现，如勤奋努力、安全稳健、远见卓识、量入为出等，但又不仅于此。

在管理上，罗守弘更是承前启后，成功地把家族沿袭下来的管理智慧与自己的学习、思考、实践融会贯通，最终形成了他独具一格的管理体系。

罗守弘的管理思想里有明显的东方文化的影子，他对《孙子兵法》、道教、佛教、儒家等中国传统文化的理解，对基督教等西方传统文化的汲取，再加上对"九型人格"等西方先进管理哲学的吸收，使他的管理思想完整细密，并自成一家。

## 1. 罗氏商风

常言道，富不过三代，而罗氏霸业非但傲立数代、纵横多行，时至今日，还呈现出更加欣欣向荣的局面，在坚守裕泰兴主业房地产的同时，罗肇唐的子女还分别开启了属于自己的事业：大儿子罗守弘早期创立了罗守弘建筑师事务所后，又利用自有物业创办了红茶馆酒店和文化村企业老人院，建筑、酒店、长者事业，兵分三路，路路告捷；二儿子罗守辉创立"尖东广场有限公司"，单枪匹马，频频扫购住宅、商厦，战绩惊人；三儿子罗守耀一方面以裕泰兴董事总经理之职坐镇家族事业，一方面努力追求电影梦，他入主银河映像，执导了多部反响巨大的影片，为香港电影事业做出了重要贡献；大女儿罗咏述以巾帼不让须眉之势，在教育事业大展拳脚；小女儿罗咏璇在家中为兄弟姊姊和父母劳心劳力，在2013年喜得麟儿马启邦，生活幸福美满。

不同的行业，相同的经营智能，虽然各有所属，却又一脉相承，罗氏家族数代经商的积累到底为子孙后代留下了怎样的"真经"？罗氏几代人之间拥有哪些相同的特点，以致在不同的年代、不同的行业均能脱颖而出？而本书的主人公罗守弘，又受到了罗氏商风哪些方面的熏陶与锤炼？

**（1）勤奋、投入。**

罗守弘等人从懂事起，就发现父亲罗肇唐总是在忙碌，他似乎从来就没停止过工作，导致那时候的罗守弘以为人应该都是这么忙的。而如今，尽管身体状况大不如前，父亲罗肇唐还是坚持不时到办公室视察，对儿女们耳提面命。受其影响，罗守弘的勤奋也是有目共睹的，如前所述，他在大学时就创造过连续72个小时没有睡觉的纪录，工作以后，他每天早早到办公室看报纸，晚上还要熬夜加班，就是坐在车上也忙着通过手提电话运筹帷幄。根据文化村企业中医师所言，罗守弘已经有点超负荷工作了。不过还好，智慧的罗家人都懂得劳逸结合的道理，罗肇唐喜欢到新界等地游山玩水、品尝美味。罗守弘喜欢通过诗词歌赋来释放压力，平时也会忙里偷闲让自己沉浸于美妙的音乐之中，陶醉在动人的戏剧里，这或许也是罗家人事业通达的同时健康长寿的原因。下面附罗守弘于2016年正月十一于公司一年一度的开年大会上所写的诗，诗中可见他对"天道酬勤"与佛法联系的思考与见解：

如来真命不我相
因果菩提修心上
色即是空尘五妄
离苦有佛父母祥
静抱孙儿得般若
忏悔如实观慧象
发愿宣恩一乘孝
天道酬勤十戒良

**(2) 做实业,不做投机生意。**

　　罗敏璘、罗裕积两代以当铺经营为主,罗肇唐事业前期以当铺为主,后来专注于房地产业,当铺经营降至家族生意中的次等地位。尽管几代人还从事过故衣等方面的生意,却不热衷于炒股、期货等投资。受祖上影响,罗守弘也是把精力倾注到建筑、酒店、安老等行业,仅执微不足道的少量股票,并不将主要心思耗在投机上。罗守弘自言他做生意的窍门是本着"满树桃花一棵根"的原则,强调基础的扎实稳健,长做长有,这也从侧面反映了他立足实业,远离投机的营商理念。

罗守弘画于欧洲南部(2015年)

**(3) 做中低档生意。**

以罗氏家族在商界的成就，即使有心低调恐怕也难以达成。但罗肇唐、罗守弘、罗守辉、罗守耀等人都成功地做到了这一点。这很大一部分原因取决于他们所选择的行业与项目往往远离舆论的焦点。众多商人趋之若鹜的项目他们都能谨慎地规避，而选择不为人知、不为人喜但具有潜在价值的生意。这样不仅能避开强大的竞争，降低了风险，也提高了成功的机率，增强了企业的生命力。

罗家人做生意向来不慕虚名，只求实效，如在当铺生意节节攀升之时，仍插足于故衣生意，并从中淘到了宝。即使进入热门的行业，也不会好大喜功，而是多从小项目入手。如裕泰兴在香港承建的两百多个项目中除了红磡火车站等极少数焦点项目外，所承建的大多为中低层次的楼盘。同样，罗守弘在经营文化村企业和红茶馆酒店的策略亦是以中低价为主，提高性价比，满足客户需求，而不会盲目追求高端高价。

**(4) 做多个项目，降低风险。**

这一点其实与上一点是相辅相成的，很多人都明白把所有鸡蛋都放在同一个篮子里是危险的，但在实际操作中，又不可避免地把所有鸡蛋都挤在了同一个地方。这是因为，首先，当局者迷，心存侥幸，总以为背水一战、毕其功于一役便可遍收硕果。其次，实力有限，虽然明白道理，却没有造篮子的实力，只能孤注一掷，无可奈何。罗氏家族稳健地走过了商业长途，拥有了足够的资金与经验积累，因此有能力把成功模式一次次复制，如罗肇唐的当铺曾经达到20多家的规模，罗守弘的红茶馆酒店也正朝着这个目标挺进，他的敬老院数量也在不断增长中。此外，罗守弘之所以让文化村企业"扎根香港，自然北上"，由香港复制到广州番禺和山东烟台，就是源于他要开展更多的项目，把风险降到可以承受的范围甚至不用承受任何风险之内。

**(5) 有耐性，有远见，不着眼于眼前利益，而是选择潜力大的方向发展。**

"股神"巴菲特曾说，他成功的秘诀是"在别人贪婪的时候恐惧，在别人恐惧的时候贪婪"。正所谓英雄所见略同，尽管行业不一，东西方有别，但罗氏家族的经营理念却与巴菲特所言极度吻合。要做到这一点，需要超人的耐心与远见，如刚刚创立裕泰兴不久，房地产业即一片萧索，但正是在人人自危，望风而逃的时候，罗肇唐坚定地撑到了花开时机，打开了局面。2003年"非典"肆虐之时，罗肇唐同样无惧疫情，如常出席拍卖会，收购旧楼，改装成新

酒店群，至2009年已达11间。2003年以后收购的部分旧楼价格迅速飙高，升值达10倍。而在2009金融海啸之前，市道繁荣，商家频繁出手，此时，文化村企业却悄然出售了不少物业，当困难排山倒海而来，此前志在必得者叫苦不迭，文化村企业却早已窝身于安全地带。与之相应，罗守弘对宏观局势的把握同样举世难觅，在没有任何信息的情况下，他常常能通过一张香港地图，看透香港未来的发展趋势及热点区域，并提前埋下伏笔，这种洞穿局势的能力，无疑是其驰骋商场数十年的重磅武器。2016年，文化村企业和红茶馆酒店开始北上中国内地投入服务，计划到2018年，文化村企业销售网可以由广州番禺和山东烟台的销售中心辐射到全中国各地，酒店房间数目在香港、广州番禺和山东烟台将不少于2000间。这都需要耐性和远见，如果只着眼于眼前利益，就不可能挖掘潜力大的方向并提早布局其中。

**（6）量入为出，做力所能及的事，做有把握的生意。**

罗氏家族生意经，稳字当头。罗肇唐、罗守弘都是个中典范，他们只对力所能及的生意下手，对于难于切割的蛋糕，绝对不通过高价借贷等手段进行。罗肇唐一生营商，仍旧时常感叹，"什么款都不如现款"，资金链的健全才是最重要的。罗守弘亦承继了这一做法。

**（7）策略决定行动。**

罗肇唐认为：世界日新月异，要成就一桩事业，决不能学了再做，否则机会将从指缝中溜走。他的营商策略可以归结为六个字："看大势，略小节。"如当年决定进入房地产业之前，罗肇唐并没有这行业的经验，但在看准局势之后，他果断地进入这一行，即使中途遭遇坎坷，仍矢志不改。经过多年的摸索，裕泰兴终于超越了诸多前辈，成为行业黑马，如今的裕泰兴早已是香港老牌地产公司。罗守弘同样信奉"策略为王"，为了吸引内地旅客，香港开放自由行，罗守弘从中嗅出商机，立马强势推出极具针对性的红茶馆酒店，并大规模地招兵买马，而此前，罗守弘从未接触过这一行业，他的属下里亦无酒店专业人才。如今，训练有素的红茶馆兵团，俨然是一只虎狼之师，但这一切，全是罗守弘根据自身企业文化打造而成。

**（8）做正常商品生意。**

罗守弘的父亲罗肇唐说过，"在好市道、坏市道都可以做到生意的行业，就是大押"，罗肇唐口中所说的无论市道好坏都能做生意的商品，其实就是经济学上定义的"正常商品"（normal product），因为"低档商品"（inferior product）是只有在市场繁荣时才能做好的。罗守弘意识到这一点，同时考虑到中国香港和内地贫困线较低的附加因素，所以决定让文化村企业和红茶馆酒店走"高级中下价"路线，令他的生意没有在2016年世界经济不景气的背景下深受其害，反而出奇制胜，令人钦佩。

以上八点，或许并不足以概括罗氏家族的经商理念，因为战场上风云莫测，变幻无常并且极端残酷，捧着兵书上战场的将军，其归宿必然是惨遭淘汰。主帅的指挥能力与部队的综合实力才是决定胜负的关键因素。罗氏家族走到今天，一路凯旋，只在于罗氏家族的决策者总能做出正确的决策，这才是罗氏霸业的真正力量。

## 2.亲力亲为，和时间赛跑

生在罗家的罗守弘，在工作上自然会有与罗氏家族一脉相承的理念和方法，勤奋为其一。

罗守弘是个很有冲劲的人，能力也很全面，最重要的是他有高度的执行力，可以很快地做一个商业决定，并迅速采取大量行动。对于一个企业家来说，这点是不可或缺的。

在许多人眼里，罗守弘就像一节永远满格的电池，不知疲倦，总是匆匆忙忙，雷厉风行。在罗守弘的眼里，一天不是24小时，而是1440分钟。时间的分隔，不是这一小时，下一小时，而是，这一分钟，下一分钟。

让我们来看看罗守弘经典的一天。

不论春秋，不论晴雨，不论是工作日还是休息日，也不论前晚是什么时候睡的，早上六点钟左右，他的一天就开始了。雷打不动的晨跑之后，他会到鸭脷洲的文化村企业找中医师黄红势，享受一下正宗的中式按摩，顺便清醒一下经过一夜的休息稍显混沌的头脑，让自己严阵以待。这一个小时，也可能是他一天中最放松最无忧的时候了。

九点钟左右，跟随罗守弘几十年的菲律宾籍司机会载着罗守弘游过汹涌的车河，来到皇后大道的威享大厦。这里的十六楼——文化科技有限公司和罗守弘建筑师事务所，就是罗守弘在香港的事业根据地。

大厦的管理员已经熟悉这个每次提着几大袋报纸的人。进入办公室后的第一件事,是罗守弘坚持了几十年的读报。《东方日报》《星岛日报》《苹果日报》……全港十几份报纸,罗守弘都会一一看完,这是他获取信息的最主要管道。上面密密麻麻的方块字在他眼里是最丰富的矿藏,可以提炼成"金"。政府规划、经济动态、行业信息……从眼前一一滑过,同时激发他一个又一个的商业灵感。这个过程,一把剪刀,一块纸镇,几个大小各异的透明活页夹,是罗守弘不可缺少的工具,他会选择值得收藏的报纸或信息,剪下来或者直接放进档里,留待日后品读、查询。

读报时间结束后往往是会议时间。在以"策略行动"为指引的这家公司里,会议往往不是讨论"我们该做些什么",而是"下一步该做什么,怎么做"。几个平方米的会议室里,最显眼的是一块夹着白纸的画板,这张画板,既是建筑师出身的罗守弘的标志,也是他开会时随手涂写的媒介。罗守弘常常会站在画板前,用笔在画板上勾画他的意念和规划。员工挤坐在会议室靠墙的椅子上,抬头看着罗守弘在画板上规划出来的雄图伟略,听着他滔滔不绝,有时候会难免好奇,这个以"工作狂"著称的老板,为什么身上拥有永远用不完的精力,脸上总是见不到一丝倦容。

不是所有人都能立刻明白罗守弘在说什么,事实上,很多人,包括一些跟随罗守弘几十年的老员工都不能立刻消化罗守弘的指导。但是你可以从他们的眼神中读到一种令人敬畏的力量——坚信、不疑。这大概不仅仅是因为他们有一个威严的老板,更多的可能是,这个老板有着让人为之倾倒的规划力和执行力。

在同事眼里,罗守弘最不浪费的东西就是时间。他总是竭尽所能地用尽他的每一分每一秒。

——他决定一件事不快,但一旦决定了,就马上做出部署,你做什么,他做什么,架构明晰,条理清晰。

——去某地的途中、候机的时候……这些原本支离破碎的时间,都变成了罗守弘的电话会议时间。

——他语速很快,比他的语速更快的是他的思维,即便是跟他共事多年的同事也少有人能跟得上。罗守弘解决这个问题的绝招是写"纸仔"(注:粤语,意指小纸张,小纸条),这张纸会告诉你该干什么。而且,当你要问什么的时候,他可能已经起身走了。

随手写"纸仔"的习惯,成为罗守弘与众不同的工作"特色",以至于后来他的小儿子罗秉晋还说过,如果不是父亲天天写着"纸仔",他们就不会那么容易赚到钱。你可以说罗守弘是一个工作狂,但你不可据此下"罗守弘不是一个好老板"的结论,或者,他是一个不懂得生活的人。罗守弘做事认真,亲历亲为,这也是建筑师这个特殊职业的要求,因为建筑师不是光画图的,而是亲自去看的,看是否和规划中设想的有偏差。

虽然个人惜时如金,工作起来像拼命三郎,但在时间上,罗守弘是"厚此薄彼"的。他非但要求同事个个准时下班,还不许他们把东西带回家做,鼓励他们多休息。遇到必须需要加班的时候,他也会贴心地主动给员工放有薪假期。

罗守弘也从不吝于给自己放松。夜晚的榛园小书房,便是这么一处妙地。小小的书房,被书柜划成工作区、休息区几个区域,尽显罗守弘的实用设计理念。每个区域刚够转身,显得十分局促,却又充满张力,让你觉得自己身处知识的海洋,却又能够自由地呼吸。书柜上贴着的一幅幅素描,无一不在提醒你这里是一个建筑师的领地。一张简简单单的工作台上,从左到右错落有致地依次放着计算机、老式CD机,刚读了一半的书籍等。几张布艺沙发是这个房间唯一的亮色。如果不是亲临,很难想象这就是罗守弘的书房。连他的太太陈美仪都常常埋怨,太紧密了。但或许这就是罗守弘,他喜欢这种密密匝匝的感觉,喜欢这种被书和音乐包围的感觉。他喜欢这里,因为这个时间,这个空间,是真正属于自己的。他喜欢这里,因为这里包容他的恣意和感性,这里让他开怀,让他伤感,也让他更有安全感。

有人说,罗守弘是在1993年之后才这么勤奋的。而更准确的表达或许应该是,罗守弘在1993年之后更勤奋了。

从某种意义上讲,1993年确实是罗守弘人生旅程中的一个分水岭。那一年他心脏病发,虽然最后有惊无险,但刺眼的手术灯却从此成为他心中一个无法忘却的梦魇。此后,他转速更快了。这场突如其来的大病像一个大棒把他敲醒:一个人的时间是有限的,要用有限的时间做更多的事,不留遗憾。

在老友们的眼里,罗守弘从来都是勤奋的代名词。

"他很小就知道自己家境很好,但是他有个概念——他觉得这些是上天给他的,所以他不能辜负上天,应该更加努力。他有责任做好自己的东西。想多谢老天或多谢爸爸。"

在榕园的木棉树下休憩、放松是罗守弘多年的习惯

"他常说,要不断令自己进步。他小时候读书时,8点上课,他7点就到了,帮人家温书。他还说,只有自己先懂,才能教会别人,教别人,自己也是得好处的。"

"放假自己会看书,看到什么都会带回来分享,包括他的心得,有什么就说。"

"他连看到一部让他深受启发的电影,也会请我们去看。"

……

怪不得有些罗守弘的同事说,应该颁一个最勤奋员工奖给这位不知疲倦的老板。

作为一个建筑师,罗守弘的工作和休闲常常很难泾渭分明。他爱好旅游,尤其喜欢在中国内地城市旧区的街道徜徉,边看边想。看到战前战后的楼宇,必要时他会马上用纸笔画下来,此时的他是喜悦的。他这样,到底是在工作还是休闲?或者两者兼而有之吧!

罗守弘画于日本（2013年）

2008年4月，罗守弘和幼儿罗秉晋在嵩山少林寺相处了五天，这五天里的每分每秒都让罗守弘回味不已，更让他高兴的是，罗秉晋在这个时候决定修读建筑系，继承他的衣钵——2010年，罗秉晋也通过自己的努力考入美国罗查威廉氏大学，将在2016年5月完成硕士学位课程。

2008年10月，罗守弘和太太陈美仪在美国麻省酒庄前留影

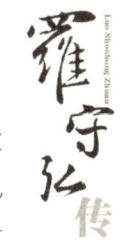

　　2008年8月，罗守弘和幼儿罗秉晋再次共游河南省嵩山禅武医研究院。父子二人经过两小时的天梯急行，一级一级爬到禅武医禅院时已经疲累非常，也体验到劳动工人把水泥、石头搬上去的辛苦，要知道，工人因为负重，上山时间可是正常时间的两倍。

2008年11月，罗守弘与幼子罗秉晋在美国麻省

2009年，罗守弘和太太陈美仪（右）摄于嵩山禅武研究院

罗守弘画于嵩山（2008年）

禅武医禅院是由释德建大师从2002年到2015年历时13年时间完成的，罗守弘和太太陈美仪共捐资超过300万人民币修建禅院，这次捐建更让附近的村民有机会参与禅院的建造，多赚一笔，罗守弘对此还感到欣慰，这不正与他从建筑中看到"人的善心"、看到"布施"不谋而合么？

无我相心静得灵
得禅定悟诗则正
戒定慧无九横死
美善爱万千意境
一念善佛相慈悲
外离相见正心明
再念南摩药师佛
经百劫作业不惊

对佛教、道教都颇有研究并极为推崇的罗守弘对河南省嵩山禅武医研究院的重建项目非常重视，一直给予很大的关注，项目完成后，他非常满意，常常对这里魂牵梦萦：当地险峻的山景，辽阔的天空，设计精妙的建筑，都让他流连忘返。

其实，寓工作于娱乐是罗守弘的特长。是工作还是休闲对罗守弘来说并不重要。

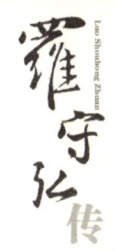

说到禅武医,其实罗守弘接触禅武医纯属偶然。2012年,罗守弘向陈瑞燕咨询有关老人痴呆症的问题,两人结识后,来往得多了,讨论的问题也越来越广泛,罗守弘也从陈瑞燕教授口中知道了禅武医,并引起了很大的兴趣。

禅武医也叫禅医、少林禅医、中华禅医。是在印度医学文化和中国文化的基础上经两千年实践融合后形成的医学流派。它在继承发扬中华传统医学理论的基础上,突出以"禅定"为基本法门,以呼吸、观想、气血、经络、脏象等学说为基本理论,运用"气化""导引""点摩"等基本手段进行诊断、治疗、调养。少林"医禅"的养生方式表现为:以功法为导,以医药为用,以禅修为髓,以提升生命力为归,其作用在于激活潜能,锻炼脏腑,改造体质。禅武医多彩多姿的气功健身疗法,历代高僧珍藏秘传的丰富验方,结合超绝凡俗的武技功夫,或养生延寿,或济苦活人,成就了无量功德。

梵行净空无我性
无无明又不知知
悲智并重一佛乘
自利利他如来定
因变果现惑业苦
离苦得乐从八正
爱因受而有心轻
缘聚生缘散灭明

罗守弘在台南旅行期间不忘阅读禅修书籍《安心之道》(2014年)

罗守弘认识陈瑞燕教授15年，在陈瑞燕教授的启发下，从2008年开始持戒修行，至2016年已有7年时间，在这7年时间里，罗守弘获益良多，他知道"无明是一切苦的根源"，明白人生的目的是"不为自己来安乐，但愿众生得离苦"。而且，罗守弘更把自己当企业领导的责任当作"自利利他"的修行。2016年是罗守弘的长子罗秉业犯太岁的一年，罗守弘和一行人等到洪圣爷庙祈福并摄太岁，罗守弘在许愿时就希望自己能坚持，不再在持戒修行路上有任何偏倚的借口，可见他对修行的重视。

菩提真如能自问
真身我相力善因
三业意业一念善
无我应身形五蕴
弘道养正如来佛
修禅众生十乘人
大爱同心由己做
六尘背后海容恩

陈瑞燕教授发展出来的德建身心疗法，也让罗守弘的身体深受其益。德建身心疗法是在少林禅武医学的基础上，配合现代心理学及科学而发展出来的临床治疗方法。疗法建基于中国禅学思想，并融合中国文化，主张以修禅、内养功、饮食及通窍四个元素相辅相成为治疗方法，其初步的研究结果已于美国学术期刊发表。

从此以后，罗守弘就坚持学习，认真修习，亲身体会到禅武医的益处后，他开始坚持每月一次去听陈瑞燕教授的禅武医共修班，并一直依照禅武医的方法(修心、修行、内养功、饮食、通窍四个元素)修行。罗守弘确实因为禅武医而深受其益：因为禅武医，2013年5月，罗守弘的睡眠窒息症痊愈了，而且成功戒烟，成功减肥。减肥成功后，他的血压也降了下来，他更从禅武医的修行中进一步观照自己，体会到做人应该无分别心，从而更加平和淡然，轻松自在。在禅修这几年，罗守弘也把自己的感悟写成了很多诗歌，这里摘录一首，以飨读者。

2009年，罗守弘在嵩山与释德健大师（前排左三）及陈瑞燕教授（前排左二）合影

放下，
无悔的心，
无心法来，活在当下；
想念或意马，
或眼近黄花。
少言话，
阵痛真假，
慈悲行，行意禅，
可以吗？
修心性，正品德，
乎理开怀。
看破，
大小参差，
笑容一天静下；

因果得恒业，
大德大道吾家。
那些年，
真心留下，
不了情，看，
禅学修漫天风雨；
修心无话，
一个心连一个人；
这是我，
是我千年血
万里黄沙。
看，再看
山村年月留下我
有天吾也归家。

正因为在禅武医里深受裨益，罗守弘一直关注嵩山三皇寨禅院的修建，2013年6月1日禅院终于在历经9年时间后修建完成，他也为此深感欣慰。因为禅修，陈瑞燕教授曾送给罗守弘一块古玉，之后他还遵从"君子无故玉不离身"的说法，一直随身携带至今，已有二十多年。

### 3.稳健发展，安全第一

走在时间的前面，永远看到最前面，甚至看到别人看不到的地方，把握更远的局势，是罗守弘事业成功的第一个法宝，也是他行商原则之一——"先胜后战"的有力诠释。但罗守弘能做出今天的这番成绩，靠的自然不仅是勤奋，不可或缺的，还有罗氏家族传承下来的一些特质。

任何家族精神的传承都离不开潜移默化四个字。从小到大，听着父亲罗肇唐讲祖父罗裕积的故事，亲眼看见父亲罗肇唐把自己锻造成香港数一数二的典当大王，罗守弘不知不觉复制了他们身上的一些营商特点，其中就包括安全、稳健以及节俭。

罗守弘的祖父罗裕积和父亲罗肇唐都是量入为出的人，无论收入有多少，他们花钱都从来不会大手大脚，而是攒下来作为投资的不时之需。在他们的影响下，罗守弘也成为实用主义的倡导者，一切都要节约。生活上节约自不必说，在企业的运营管理上，罗守弘也是量入为出，从不过分追求奢靡，也不盲目扩张。

罗守弘少年时，父亲罗肇唐更教导他象棋心法——先想好下三步步骤才行动。胆大更要心细，这种极具前瞻性的思维模式，也让罗守弘养成了"稳健"的行事作风。像父亲罗肇唐一样，罗守弘在地产发展时也喜欢一些看似偏僻的区域，对这些看似毫无前途的地域进行改造，建成现代化的建筑设施；为了安全，罗守弘把注意力集中在旧物业的重建和改造上面，活化旧的，变成新的。就连他自己的红茶馆连锁酒店，基本上都是利用旧楼翻新，在室内装修也是用最节约的方法打造出最好的效果。这一点也在客观上帮助了很多客户，因为罗守弘的节俭为业主节约了大量费用，成为罗守弘建筑师事务所的核心竞争力之一。

罗守弘一直本着小心为上的商业手法，也从未考虑让企业集资上市，所以

他的财务计划既保守又稳健。罗守弘主观上不希望企业发展过快,他相信欲速则不达,所以情愿在不上市集资的背景下稳定地发展。正如2010年3月24日早上,罗守弘报读商业管理硕士学位面试时说的,"商业并非财务","商学是学问"。

罗守弘的"慢"不仅源于其自身对商业的认知,而且来自于内心深处对合作者以及员工们的一种责任感。罗守弘觉得,作为企业经营者,获取利润固然重要,但更重要的是在企业成长的每一个阶段把握好财政和资金的安全,而慢发展就可以让自己做到这一点,可以让合伙人和员工们不至于陷入危险的境地。

罗守弘在身边见过太多失败的真实事例,都是因为领导者眼高手低,未能稳守一个领域造成的,所以他走每一步都很小心翼翼,还提示手下不要好高骛远,踏实地把基础工作做好。这样"慢发展"的做法看似过于保守,长远看来却潜力无限。因为"慢发展"并不意味着原地踏步,反而说明他们花了更多时间做了更细致的市场调研,拥有了更准确的商业分析,提高项目的成功率。要知道,"慢发展"也是要选择在未来有需求的领域,这样才能保证未来能获得丰厚的回报。2008年开始的金融海啸,罗守弘的企业网能够屹立不倒,正源于他一直采取的稳健策略——2009年6月,文化村企业在全球经济衰退的背景下生意额反而有所上升,成功在香港市场取得突破,开始形成品牌,而老人院新的二百八十度(屯门区)、沙中线红磡400房大型酒店也确定开设,与此同时,邮轮码头区(启德区)、渔人码头区(鸭脷洲区)两家小型50房酒店也如期兴建。罗守弘看似保守的潜伏策略在这次金融风暴中取得了引人瞩目的好成绩。

能够很好地说明罗守弘"稳健"作风的还有他采取的"人弃我取"的策略。父亲罗肇唐做事谨慎,也特别要求罗守弘要买入低价的项目,这些项目大多在旧区,看似很难发展,但很安全,罗守弘一一照做。2000年,父亲罗肇唐把裕泰兴这一类物业以分家的形式交给罗守弘(其中多如般含道38号一类的物业)时,罗守弘已经练就了一个好眼光,明白了只要改变一个方式,这些看似偏僻的穷乡僻壤也能被打造出商业宝藏的道理。而手法,就是改变用途,或者用中长线的发展来赚取利润。之后,罗守弘开始习惯沿用父亲罗肇唐的保守作风,他把低地价的地段发展成经济型酒店,一区一区,一项一项地为公司的稳固发展添砖加瓦。事实证明罗守弘做得很好,他利用手中的资金一路调换物业,而留下的精品物业则用重建、改造的方式去活化和发展。

　　此时,由建筑师事务所衍生出来的企业方向也渐渐明朗。罗守弘先把小物业翻新成老人院,再是酒店,之后是餐饮和零售、冰鲜批发点等,而当一切准备就绪时,文化村企业、红茶馆经济型酒店就随着香港旅游业的发展吸引了大量的中国内地游客,罗守弘当初设想的生意网就自然而然地形成了。这绝对不是一件容易的事情,但是罗守弘做得极轻松,似乎一切都在他的掌握之中。

　　罗守弘一直谨记父亲罗肇唐的一句话——虽有智慧,不如时势。意即即使有多大的智慧,也不能逆势而行,而应顺势而为。

　　罗守弘的稳健风格也让他的企业能够安全地渡过危机。

　　1997年,罗守弘眼看香港楼市由兴盛转入小增长时代,炒风也由住宅转向写字楼,于是决定采取以退为进的方式,在持有的住宅写字楼中选择了两个进行出售套现,其中的住宅项目香港薄扶林道33号嘉乐台于十年后的2008年才卖出,约4亿港元。这次的果断放盘,帮助罗守弘储备了足够的资金去做好文化村企业的投资,让更多的物业组合顺利诞生,更多的重建物业项目得以开展。

2004年夏季,罗守弘和太太陈美仪、女儿罗凯宁和同事摄于文化村香港九龙区总部(弥敦道503号)

　　2003年"非典"期间，香港房地产市场十分低迷，罗守弘凭借自己累积多年的经验和眼光，在各区有前景的地方买入大量小型物业和小型地盘，并且串联成一些地段，然后等待市场复苏，而很快，他就获得了可观的回报。

　　2009年7月，罗守弘的企业又要面对一大难题。原来，这一年7月，因经过三个月的猪流感，世界经济有衰退的迹象。这足以令罗守弘忧心，因为这一年他要建设的工程很多，其中包括鸭脷洲大街的一个区域，以及另外两个正在建设的旅游区，同时还要预备充足的资金，为2010年中红磡区的430房酒店以及启德区50房的酒店开工做准备。此时，建筑费的大幅提升令罗守弘的公司有些入不敷出。形势尚未明朗，如果一般企业家或许会再看看，再等等，再拖些时日，但是罗守弘为了安全，于同年8月就卖出了九龙弥敦道的二十四房酒店和商铺，换取了现金。

　　2010年，罗守弘决定把北角道商业大厦和其他香港的物业群留下做长线收租用途以稳定财务基础，没有盲目地进行重建新商业大厦的计划。北角道商业大厦成了罗守弘进行商业重建的一个阶段性的句号，这也是罗守弘稳健的营商

文化村企业每年都会参与香港工展。图为2014年香港工展文化村表演台

风格的体现。他觉得，在此时的香港，他已经很难在城市规划里找到方向，也难于找到适合的地域。土地（物业）买卖是可遇而不可求的，有时候用上五年甚至十年的时间去等待一个机会也是常有的事，所以他并不着急。后来，儿女罗秉业和罗凯宁由2007年至2016年参与文化村企业发展，罗守弘和太太陈美仪才破天荒地向银行融资，由2010年开始了17项以上的重建或翻新工程；2016年，收租物业在香港取得满意的回报，而在中国内地开设的四家酒店中，山东烟台开始有盈利；2017年，香港荃湾区11层整幢"兴业工贸大厦"将翻新开幕招租，两家酒店会在广州番禺开幕。2018年，香港屯门区290位的文化村"现代化老人院"也将开门迎客。

罗守弘在公司中环总部办公室

文化村企业发展喜人，少不了罗守弘的踏实稳健，步步为营。其实罗守弘早就做好了两个十年计划，至2018年，他的第一个十年计划可以画上圆满的句号，让我们回过头来看他的第一个十年计划：

| 2009—2012年 | 避难所 |
| 2012—2015年 | 少借钱 |
| 2015—2018年 | 慢发展 |

罗守弘的这个十年计划，是因为看过太多次香港地产市道的起跌，与其冒进，不如退而待之，即使因此而失去更好的机会，起码不会打乱了原本的计划。正因为依此计划，他将2009年2月后的三年作为企业的避难所时间，在往后的几年的财务规划中采用更紧缩的政策，以准备充足的资金去韬光养晦，才有了后来的厚积薄发。

第二个十年计划

|  | 2019—2020年 | 顺势而出 | 准备 |
| 事 | 2020—2023年 | 轻易而出 | 交数/全权益 (full equity) |
| 人 | 2023—2026年 | 及时而出 | 人少事少 (放大缩小) |
| 环境 | 2026—2029年 | 脱颖而出 | 新中国建立80周年 |

稳健需要定力，需要在面对外界的诱惑和恐惧时能心无旁骛，"我行我素"，罗守弘做到了。无论外界发生了什么，他都有条不紊地施行着自己的计划，之后，他带领企业配合南区地下铁路以及沙中线地下铁路的延线，在香港南区和九龙南区继续攻城略地，扩张自己的生意网。

2009年罗守弘建了四家酒店，到2016年已增加到17个重建或翻新的项目。未来，酒店房数将由582房增至2018年的超过2000间房。同时，罗守弘也得到了父亲罗肇唐的支持，由裕泰兴向文化

罗守弘2005年画的美利海湾草图

2009年，罗守弘和女儿罗凯宁在美利海湾

2014年，罗守弘在裕泰兴集团联欢晚会上发言

村企业提供多一些项目，包括在香港屯门区新建一幢式290位的第一家免补价的院舍型老人院，在屯门海旁发展美利海湾豪宅大型屋，等等。

2016年，17个项目重建、翻新则是向银行融资用以向裕泰兴买入新一批产业。这已经远远出乎罗守弘及太太陈美仪意料之外，但似乎又是意料之中，因为这是他稳健策略带来的阶段性成果，是偶然，也是必然。

当然，罗守弘与太太陈美仪设定的这两个十年计划，也有别的因素考虑，那就是三个儿女。罗守弘希望可以和子女罗秉业、罗凯宁以及幼子罗秉晋在2016年硕士毕业回港后，一起有条不紊地推动文化村企业的发展。在罗守弘看来，长子罗秉业在2008年至2010年在香港科技大学完成商业管理硕士学位，女儿罗凯宁在2010年至2012年在香港大学完成测量学硕士学位，同样是极为重要的文化村企业发展里程碑。

到2016年止，罗守弘已经在香港度过超过32年的建筑师生涯，在这三分之一个世纪的时间里，他在香港规划和政府批建程序中不断摸索，但总不忘记"稳健"和"安全"四个字，一直按部就班地在香港各区的重要旅游点静候，出击，收获，取得了突破性的成果——立足香港旅游业，罗守弘打造出了崭新的小区服务圈，包括酒店业、批发业、零售业、长者事业、物业买卖以及冰鲜批发零售事业等。

当然，罗守弘也有胆子大的时候，但这样的时候极少。1983年，罗守弘把握历史性低价，买入罗便臣道84号住宅，近年租出（罗守弘岳母李宝曾在此居住，现已故），获利颇丰。现在回想起来，如果没有当天的果断出击，就没有今天的良好形势。可见，罗守弘的保守和稳健是相对而言的，如果有了很高概率的把握，他也会使出一招"猛虎下山"，迅速出击，当然，这种看准机会及时出手的行为从某种意义上说也同样是稳健的做法。

对于罗家来说，由于罗守弘的身先士卒，裕泰兴开始由单一的兴建分层住宅，开始扩展到兴建全幢酒店以及服务式住宅等。而对于香港地产业来说，罗守弘的出现，令小型经济型酒店满地开花，而其翻新项目的发展效果也有目共睹，更促使香港出现新的法例，从而帮助香港房地产业迈向了新的时代。相信在未来的再一个二十五年，罗守弘会带给罗家和香港地产业更多的惊喜。

## 4.以量求胜，中低档抢占市场

罗守弘偏爱做"中低档生意、做多个项目"，也是深受罗家商风的影响。回溯罗家的经商史，我们不难发现这一点。

他的曾祖父罗敏璘在二十出头的年纪进入典当行业，此后积极参与过很多项目，只是典当业是其最成功的项目而已。

他的父亲罗肇唐，开过故衣铺，做过手表代理，还把当铺生意发扬光大，更成功地把家族事业拓展到香港的地产业。

这些行业都是从小做起，积土成沙。做潜力大的项目，着眼长远利益，父亲罗肇唐才在地产业打开了局面。另外一个很重要的因素是眼力和耐力，他常常避开那些炙手可热的地区，选择去未成熟却又发展潜力大的地区置业。罗肇唐的从商金律第一条便是"轻松"。简单来说，就是多做小项目，不把鸡蛋放在一个篮子里，这样做对资金的周转和安全都有好处。

对于父亲罗肇唐在香港地产行业沉浮数十载提炼出来的经验或教训，罗守弘向来是认真吸取和引以为戒的。在地产业发展，罗守弘一直战战兢兢，如履薄冰，这也源于父亲罗肇唐很早以前就对他提过的一句话：地产是小偏门。这句话或许有些言过其实，却从一个侧面反映了地产市场的风险。在香港，地皮和物业价格的浮动用瞬息万变来形容也不为过。

罗守弘"愈小才大"的概念，也正是父亲罗肇唐多年教训的衍生。"愈小才大"指的是大企业、大公司越做越大也就意味着要面对更大的危险，因为大项目问题多，完成难，很容易就陷入"积重难返"的困局，而且大项目出售困难，资金套现耗时费力，其中涉及的庞大的资金也会导致银行融资的行为沦为自欺欺人、还本无期，极易引起资金链断裂。小企业就不一样了，因为小，所以灵活；因为小，所以机动，这不正是"愈小才大"么？

罗守弘非常喜欢做各种小项目，做小项目受资金掣肘小，就算稍有挫败也容易翻身，不至于在风险来临时元气尽失，从而把压力减小很多，更利于自己全心做事，让他游刃有余，这也是罗守弘当初会选择在鸭脷洲置业的原因。如今，当时那个不起眼的50平方米的商铺，已发展成今日近2000平方米的商业中心。而当初那个在港人眼里显得有些偏远的鸭脷洲也一如罗守弘所望，成了香港新兴的旅游点。2001年,罗守弘开香港业界先河,率先开设经济型连锁酒店红茶馆,故而先机占尽。"后来居上"一样可以胜利,毕竟营商是马拉松,而不是短途赛跑。

"小是我故意的,你不小就不省钱,大就难管理,反而不容易。"罗守弘不刻意求大,也不要做贵,别人做大,他就反其道而行之——做小的给别人大的做配套。这不是偏执,是另辟蹊径。罗守弘的红茶馆连锁酒店与普通的便宜酒店相比有一个明显区别,那就是"高级中下价",虽然装修不贵,收费也很便宜,甚至在成为低价旅馆之前只是一幢大厦里的一部分,非常不起眼,但是给人很高级的感觉。因为他知道很多旅客到香港后,白天基本上都是外出做商务会谈、参加会展、观光旅游或者逛街购物,晚上回到酒店仅仅需要一个舒适、卫生的住宿场所而已,对于他们来说,酒店是用来住的,不是用来享受的。所以,一要价格便宜,二要高级,装修简单即可。可见,红茶馆酒店正是罗守弘践行的"小才大"的现实范本。

其实,这个简单而深刻的营商智慧,并不只是来自于父亲罗肇唐的耳提面命,也来自于罗守弘自身的实践。毕竟,正如罗守弘父亲罗肇唐所说,"乜款不及现款"(意即,什么款都不如现款,形容现金极高的安全性和在商业运营中的重要性)。父亲罗肇唐说:"钱亦不是最重要的。"意思是相对于很多东西来讲,钱并不是最重要的,有时候懂得做人做事更重要。这两句话,罗守弘一直铭记于心。之后的2007年,罗守弘和陈瑞燕教授共修"禅武医",行佛家持戒、布施之道,就更懂得金钱并不是人生的全部,而是生慈悲心,舍己为人的道理。从此,他便把生活与事业当成了自己修行的道场——"心平何劳持戒,行直何用修禅",直到2016年,他依然鞭策自己要"精进",要"心平行直"。

罗守弘画的香港(2009年)

若天禅茶能得道

如来佛法少林武

感悟一己知因果

寄回前事真心路

而静片洗香大地

滴品茗春象意到

善美从何杯中物

放下嗔痴还父母

事业版图扩展后，罗守弘的营商理念也没有变化，甚至可以说，正是这种理念，让他从很早开始就计划把事业版图从地产业逐步扩展到其他行业。早在1994年，罗守弘的父亲罗肇唐病愈，罗守弘也刚刚从心脏病中脱离危险时，就开始构想企业的长远发展方向，而同年父亲罗肇唐安排裕泰兴企业分家后，罗守弘更坚定了自己的想法。

1994年，罗守弘在日本

分家后，罗守弘和弟妹们在事业上"和而不同"，五人各有不同的发展方向，他们运用同样的理念，在市场上拓展出了不同以往的罗氏家业品牌。

## 5.仁字当先，奖惩分明

罗守弘对人的个体和群体做过深入的探究，在企业管理时尊重每一个员工，爱才惜才，而他一直坚持的"静坐常思己过，闲谈莫说人非"的自省，令他在公司得到了员工的爱戴和感激。

罗守弘公司的一个员工说过一句话："出钱的老板不难，出钱出力的也不难，但要找到一个出钱出力又出心的，很难。我碰上了，所以我觉得我们是很幸福的。"这句话可以从侧面反映罗守弘在企业管理上的深得人心。

在工作上，罗守弘是一个勤奋的人，但他从不要求员工加班，在用人上，罗守弘也是唯才是用，用人不疑。虽然自己是名牌大学毕业，但罗守弘并不看重员工的学历，他对员工的要求就是专业和严谨——玩的时候要开怀，做事的时候也要认真。员工被任用，他就给予无比的信任，相信员工有能力把工作做好，做不好他不会责骂，做到后他会很开心，比员工还开心。

罗守弘喜欢帮助人，在学生年代，身边的同学都没钱，家境优越的他会拿出自己的钱和大家一起花。做了老板后，罗守弘也很关心员工工作外的生活，对有困难的员工会主动施以援手。罗守弘很重视员工的身体健康，有时候觉得某个健康课程不错也会建议同事去上一下，并经常在公司会议上告诫员工注意身体。罗守弘公司里有一个员工发现身体有肿瘤，罗守弘得知后马上叫员工暂时放下工作，叫另外的同事帮忙协调好这名员工的休息，并提供资助帮他请医生，让其安心治病。得知员工家庭需要照顾，罗守弘还特意安排用人帮他照料家里。员工养病期间，罗守弘怕他闷，更安排同事拿杂志给他看。或许正是因为罗守弘的善良感动了上天，后来那个员工的病竟然奇迹般地痊愈了。

罗守弘不仅关心员工本人，还关心员工的家人，常常和员工的家人见面，一起吃饭，交流，关系如同深交已久的挚友。罗守弘还会在公司里安排丰富的业余活动，如定期举办篮球、足球、乒乓球的比赛，也会一块儿聚餐，在卡拉OK里放歌玩乐，每次有活动，罗守弘都会叫员工携家人出席，最好全家一起出动，共叙天伦。

罗守弘不是一个刚愎自用的人，从来不会为了面子而刻意坚持自己的意见。有时候，即使别人的意见未必是最好的甚至可能会导致走更多弯路，罗守弘也会接受别人的意见，采取"以和为贵"的解决办法。

罗守弘和员工打成一片，从不会想着自己是老板，而是和员工平等交往。罗守弘喜欢与不同阶层、不同年龄的人交朋友，他说这样能够帮助更多的人，也能使自己不因长期困于同一个圈子里而导致想法僵化。罗

2008年夏天，罗守弘夫妇在香港鸭脷洲文化村乒乓球比赛上拍照留念

罗守弘夫妇在公司举办的篮球比赛中担任裁判

罗守弘夫妇在篮球场上与参赛的员工合影

2009年，罗守弘与参加公司足球比赛的员工合影留念

2009年，罗守弘与长子罗秉业、幼子罗秉晋在公司的足球比赛上合影

守弘甚至时时提醒公司的领导人员在"跨层"沟通时要主动"降低身份"，和基层人员全面接触，且处理时不可"过分黑白分明"，他说，每个人都有尊严，都值得珍惜和尊重。

"三人行，必有我师""一个人都不能（心灵）受伤"是罗守弘常常挂在嘴边的话——他不想伤任何一个人的心，包括员工的——这种对员工的极度尊重和他内心的慈悲与善良令人感动。"我对我这个老板很佩服，很尊敬，世上难求的老板。""这份工会是我的终生职业。很幸运，幸运过中六合彩。"员工的这些总结说明了一切。

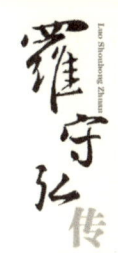

罗守弘这样的好老板，员工们都很愿意跟随。所以在罗守弘的公司里，很多员工都是工作十几二十年的老将，例如梁志昌、马亮奇自1984年就在罗守弘身边辅助，不知不觉已经超过了四分之一个世纪。

罗守弘一直相信小才大。所以他不会为了讲求排场而聘请太多的员工，这就要求每个员工都能独当一面，竭尽全力。罗守弘一直在竭力打造一个"以人为本"的企业氛围。在罗守弘眼中，进入公司的人，无论是基层人员还是高级行政人员，都有最高的尊严。因此不一定高级行政人员就能受到器重，也不一定因为是基层员工而被轻视。职位、薪水的高低多寡，都不是罗守弘重视的。

只要是用心工作的，就会被提拔，被重用。1984年12月就加入罗守弘建筑师事务所的马亮奇，就是一位通过自己的努力成为罗守弘公司的高级领导者的基层员工。罗守弘至今仍记得，在1984年12月31日晚的新年前夜，马亮奇和梁志昌、李仕强、张永祥、邓志俭等几位员工，为了在1985年1月1日政府改例前买入元朗的两块地皮而通宵达旦地干了一夜。对于这样的员工，罗守弘不仅赞赏有加，更心存感恩。也因为拥有一颗感恩的心，罗守弘能自然而然地，就记住了所有同事的名字、样子和职位。2013年12月31日的下午，罗守弘公司的一名年轻员工言语上得罪了罗守弘，结果经过一番沟通后，员工竟然得知他已经在之前获得罗守弘器重，准备委任升级，这位员工心里非常忐忑，怕这次的冒犯会影响到他升迁，但事实证明他的担心是多余的，罗守弘还是对事不对人，提拔了这位同事。此外，更有因为身体抱恙的原因离职的同事特意给罗守弘写感谢信，感谢他的知遇之恩，并为离开公司表达深深的不舍。

罗守弘本人做事很用心，这是他个人性格所致，也是做建筑设计工作养成的职业习惯，他要求员工也要用心工作。建筑师事务所的工作需要团队合作，如果团队里有人不用心就会影响整个流程。"用心"在服务性行业也非常重要。罗守弘的红茶馆连锁酒店和文化村企业做的都是服务，如果员工不能用心待人，那企业发展就无从谈起。因此，罗守弘重视自己企业网内的每一个据点，每一个前线的员工，要他们做到"把客人当成是自己人"，让客人看到自己是有心人。罗守弘自己有空时都会跑去老人院和老人家吃饭，树立了很好的榜样，因此员工对罗守弘的核心概念都非常认同并乐于施行，这样，罗守弘的企业网得以不断扩大，而企业网的扩大又为员工们提供更多的升迁机会，一种良性循环就这样形成了。

对于生意上的伙伴，罗守弘也是以心待人，从来不把尔虞我诈这一套应用在他的生意圈里，在这里有一件事特别值得一提。罗守弘特别喜欢金鱼，2009年12月10日，罗守弘忽然发现刚死去的金鱼奇迹般地"复活"了，后来才知道是他的生意伙伴、建筑商郑稳荣见罗守弘的金鱼死了，特意去选了品种、颜色都相同的金鱼买回来放进罗守弘的鱼缸里的，由此可见二人的关系已经远超生意伙伴，已经发展成为挚友。其实，郑稳荣与罗守弘合作已经有二十五年之久，工作中二人通力合作，生活上彼此互相照应，罗守弘多次说起郑氏，都说他们兄弟很有家教，受人尊敬，所以平常连开关车门都不会让他们做的。从这一点也可以看出罗守弘善于发现他人的优点，并以诚待人的为人宗旨。

用"心"的领导群加上用"心"构建的行政架构形成了"以人为本"的罗守弘的企业网，"小才大"的效应就发生了。罗守弘的建筑师事务所、红茶馆连锁酒店、文化村企业的品牌开始深入民心。

当然，仁字当先并不代表放任自流甚至姑息养奸。2010年2月11日晚，罗守弘的公司发现一名高级行政人员利用职务之便，有计划地谋骗公司财物，该员工在事情败露后已有悔过之意，但因为事态严重，罗守弘还是把员工辞退了，这件事让罗守弘非常痛心，他想自己一直以诚待人，为什么还会有员工有这样的想法和行为，第二天晚上，他在会议上跟员工探讨了"归属感"的问题，他希望员工能有真正的归属感，不会再做出危害公司利益，让他痛心的事。

从此事也可以看出，罗守弘是一个非常自省的人，出了问题总是先自我检讨，这个习惯促使他的成长比别人快得多，或许也是他在商场能屹立不倒的原因。

对于员工，罗守弘强调的是"自信"，践行的是有章可循。罗守弘一直重视通过会议来培训和引导员工，从2010年年初开始，他就在培训子女和手下行政人员时强调对自信的认知和重视，他所说的自信是要每一个层面的员工都能发挥最大的能量：对外，对产品有自信，努力向客户推广产品；对内，为公司发展大胆建言，力求创新。而对于员工的过错，罗守弘也制定了一系列准确、直接的处分，处分分为下列五大类：

类别A： A1 重复延缓、耽搁及延迟

　　　　A2 持续延缓、耽搁及延迟

A3 不可原谅的延缓、耽搁及延迟

类别B： B1 不愿意的态度

B2 不服从的态度

B3 不可原谅的不愿意及不服从等态度

类别C： C1 轻视、藐视或欺骗行为

C2 中伤、诽谤

C3 不可原谅的轻视、藐视、分化或混乱的行为

类别D： D1 骚扰性的行为

D2 破坏性的分化或混乱行为

D3 不可原谅的骚扰、分化或混乱的行为

类别E： E1 无能的态度

E2 故意无能的态度

E3 不可纠正的无能态度

其中，罗守弘也强调要把A3-E3抄牌制度强化，势必做到不冤枉好的员工，但也不可以有不好的员工留下来，此举旨在留住精英人才，惩戒害群之马。

2015年，文化村企业培训在番禺"历奇山庄"展开

就是这样，罗守弘一直以来都把企业的管理简化成"老板评分、确定工作范围、公平公正支付薪酬"三大单元，遂有了"十戒、十乘、十因"。罗守弘认为，做老板的贡献在于"恩威并重，节省资源，手中有剑，心中有剑"，事实上，罗守弘所施了的"恩"要比他践行的"威"要多得多，他总是不断要求自己对下属的照顾要有始有终，并时常检视自己的领导方法是否正确，而在现在看来，他的方法是对的。

## 6.中西合璧，取长补短

罗守弘本身并不是学管理出身，他的管理经验主要源于三个途径：一是罗家祖辈的经验教训，特别是父亲罗肇唐的耳提面命；二是通过阅读大量书籍（特别是中国传统文化书籍）以及观看电影等，从中得到启发；三是在自己的实践中摸索、总结出来。

罗守弘从电影《赤壁》的字幕中看到过一段话，后来一直记在心上，还因为这段话向公司的同事大力推荐这部电影。这段话就是"其疾如风、其徐如林、侵略如火、不动如山、难知如阴，动如雷震"。

这段话的前面四句是"风林火山"，说的是行军和攻守的转换——军队快的时候要如风一般，队伍要整齐；攻势的时候要像烈火一样猛烈，防守时应当像山一样巍然不动，难测时像阴天，不动时像山岳，发动时像疾雷闪电。这段话体现的是一种治军的严谨和将帅决策的果断。其实，这段话之所以让罗守弘印象深刻，是因为它源自《孙子兵法》。

罗守弘在1995年已初读《孙子兵法》，至2006年，他已经对里面的战术有了深刻的领悟，并运用在他的商业运作上：2007年年中，罗守弘建议长子罗秉业小心、平稳、守而储粮，适时止损而慢发展；2008年年中，罗守弘从"难知如阴，动如雷震"中得到启示，制定出2008年2月至2018年2月的十年计划，其中指出第二至第三年"少借钱"，慢发展，延续到下一代子公司再进取，而2018年至2030年则退而不休，与下一代顺利交棒，持续发展；2009年罗守弘忽然顿悟"知己不知彼一胜一负"这句话，而警醒自己在做任何商业决策之前都务必要做好万全的准备。

罗守弘从《孙子兵法》里悟出的道理还有很多，如"不战而屈人之兵，善之善者也,故上兵伐谋"被他解读为"以退为进",所以他的经营策略一直是以"小才大"为核心,以小搏大,稳健安全;"兵贵胜,不贵久"则促使罗守弘不再急于一时,步步为营;"故用兵次法,高陵勿向,背邱勿逆,佯北勿从,锐卒勿攻,饵兵勿食,归师勿遏,围师必阙,穷寇勿追"则令罗守弘领悟到了和而不同,和谐发展的真谛。

在中国传统文化中,道家的学说对罗守弘的管理思维也有着重要的影响。

罗守弘对《道德经》里论述的"归根曰静,静曰复命,复命曰常,知常曰明"感受颇深。这句话的意思是万物纷纷纭纭,各自返回它的本根。返回到它的本根就叫作清静,清静就叫作复归于生命。复归于生命就叫自然,认识了自然规律就叫作聪明,不认识自然规律的轻妄举止往往会出乱子和灾凶。罗守弘从这句话了悟到,人会发现环境永远在变,包括竞争对手、消费者、政治环境等,能掌握到这个变化背后的原因及规律才算明"道"。

《道德经》中说的"以身观身,以家观家,以乡观乡,以国观国,以天下观天下。吾何以知天下然哉?以此"。则让罗守弘明白,只要能用自身的情况来体察身边人,以自己的家庭来了解别人的家庭,如此类推,就可以知道天下的情况。

当然,罗守弘也从《道德经》上学到了"为学"的道理。"为学"追求从经验得来的知识,但它们只是表象,是片面而短暂的,随时日过去有可能不再适用。所以为智者该追求"道",即透过真象来取得深入和全面的认知,从而掌握永恒不变的真理。罗守弘2010年开始在香港城市大学修读EMBA工商管理硕士学位,得到了愈来愈多的信息,但当他内化了这些知识,将它们变成他认知的一部分,所有理论忽然变得很简单。他领悟到"明道"和"悟道"要用"心"。"知者不博,博者不知","博"即"广阔",意指真正有智慧的人未必有广博识见,而学识渊博的人也不一定在个别范畴有深入的理解。老子提过的"无知之知"和"不知之知",都是学习应有的态度。能否随环境改变而应用这些知识,就是症结所在。

就管理来讲,罗守弘知道随着环境的不断改变,管理知识会变得过时,曾经有用的管理知识现已不适用,而真正的管理智慧应该具备三点:第一是具有洞察力,领导者必须看得深、看得真,不被表象蒙蔽;第二是拥有前瞻力,能预测未来;第三是创造力,也就是看得新。要成为杰出的领导者,必须分清管理知识和管理智能。管理人要明白损、益之道,掌握什么有损、什么有益,才能迈进管理智慧的境界。

有意思的是,罗守弘从电影中得到的启发也不少。他喜欢看的戏种很多,中西皆宜,庄谐皆好,其中尤其喜欢战争影片,像他在《西线无战事》里,看到战胜一方的一个士兵在战壕里阵亡,是因为想画一只小鸟而挨了冷枪,就得到了这样的启示:"不要以为赢了就可以松懈,要继续赢才行";"赢一场并不代表什么,要继续赢下去才行";"不要把枪摆后边"等。正如罗守弘常常说的,失败是成功之母。可见经验有时候不一定要亲身去经历,只要你用心,任何东西或事件都能让你醍醐灌顶,电影于罗守弘亦然。

影响罗守弘管理思想的因素有很多,除了上述的古籍、电影外还有心理学。从大学毕业回港后,罗守弘对心理学越来越有兴趣,开始不断地寻找相关书籍自行研究,还参加了很多心理学课程培训。心理学对罗守弘的管理思想造成最大影响的当属九型人格心理学研究。

九型人格又名性格型态学、九种性格。"九"是婴儿时期人身上的九种气质,包括:活跃程度;规律性;主动性;适应性;感兴趣的范围;反应的强

罗守弘画于美国乔治亚州(2004年)

度；心景的素质；分心程度；专注力范围/持久性等。九型人格是近年来备受美国斯坦福等国际著名大学MBA学员推崇的人格分析学，已经成为现今最热门的课程之一，风行欧美学术界及工商界。全球500强企业的管理阶层均有研习九型性格，并以此培训员工，建立团队，提高执行力。

2000年，罗守弘在香港结识了九型人格大师唐·理察和拉斯·哈德森，从此开始深入研究九型人格，并于后来报名参加了美国乔治亚州亚特兰大市举办的九型人格5天专业培训。到达亚特兰大后，罗守弘把自己禁闭在酒店内超过72小时才进入课程，可见他对培训的重视，当时培训班里有三十多名心理学家和心理医生，罗守弘从他们身上学到了很多，现在依然记得其中几个老师的名字，而且十分尊重他们。

罗守弘对九型人格的运用已经十分熟练，他甚至不用通过测试题，只需要与被测试者进行十分钟左右的聊天就能知道被测试者的性格特征。他用这种方法揣摩每个员工的不同性格，根据员工的性格来统筹管理，让每个员工做最适合其性格特征的事情，岗位分配得当，从而人尽其才。如此一来，企业运营的效率就高了。

九型人格对罗守弘的影响不仅仅是在管理上，对他日常的为人处事也有帮助，他可以在了解自己的同时更了解别人，给予别人更大的帮助。罗守弘有做义工的习惯，就是受九型人格等心理学理论的影响。

此外，罗守弘还坚持活到老学到老，常常寻找机会到学校进修，学习最新的科学管理方法。2010年10月，54岁的罗守弘进入香港城市大学攻读工商管理硕士学位，2011年8月期间还随课程到上海家化参加十天学习，期间两年的理论与实践的结合让罗守弘受益匪浅，"我学习透视自己性格的黑暗面，知道了'服务原是对心灵的体贴'"。在"管理架构"方面，梁觉教授又不断启发他去反思、自省，令罗守弘重新思考由"学术人生"迈向"人生艺术"的人生走向，更懂得对自己和身边的人包容、仁慈。2012年8月，罗守弘参加了城市大学EMBA游学团访问美国旧金山。

在香港城市大学进修的那几年，各种思想在罗守弘的心底奔突，消解，融合，然后逐步成型。经过这一次学习，罗守弘这种融合了《孙子兵法》、道教、佛教、儒家等东方传统文化、基督教等西方传统文化以及西方先进管理科学的管理哲学将会更加完整并自成一家，一定会给我们带来更多的商业启示。

## 7.建筑师的思维

建筑师是一个特殊的职业,从事这个职业的人,既要有感性的思维如想象力和外在的表现力,又要懂得理性的分析,精通物理力学、结构学等,所以,作为建筑师的罗守弘,就兼具了感性和理性的思维特性。而这种特性,也让他受益匪浅。

罗守弘很擅长把具体的东西概念化,并将概念变成实物,这需要极强的结构概念。很多人想象力丰富,但是不能把想象的东西变成实物,就是缺乏了结构概念,而罗守弘拥有这个能力。大多数时候,罗守弘都会先有个结构的概念,再根据概念去处理事情。这点让罗守弘尤其受益,例如在人事管理和架构管理上,他的探索和实践就会比一般的管理者深刻得多。

领导领导,创造创造,训导训导,这样的词组,你见过吗?这就是罗守弘的结构观念。这段词组的意义可以通俗地解释:一般开一家小型的公司或者开一快餐店,一个经理领导下边的人,下边的人效仿你,照做就行了,不需要再有多层次的领导架构,但如果你是一个大机构,领导分成好几个层面,上一层,再上一层,这些人就是领导人的领导人,这就是结构的概念,领导领导就是这个意思。创造创造与训导训导同理。所以,结构概念讲的是一种衔接,一种向心力的构建,凝聚力做起来了,层层复制下来,整个结构就会很稳定,而且效率惊人。

罗守弘运用这种结构概念,于2009年8月把自己的生意网架构化,企业运作也更高效,更具竞争力了。

至2016年,身为建筑师的罗守弘或只保留十个以上的重建工程项目,此时的罗守弘在建筑设计、建筑学术以至建筑工程的实务上已经有了突破性的进步,要求也变得更高了。罗守弘已经从"禅静"中学会了"虚则为盈"的对比性思维,领悟到越平凡、越自然的设计反而越能体现人文,符合人性,即"人和环境共生"的道理。罗守弘体悟到佛家里面说"开觉知见,示觉知见,悟觉知见,入觉知见"四觉与建筑非常契合,在很多时候,建筑都需要见到"自然":自然的光、自然的空间、自然的门窗、自然的起居室,而这一切所谓的自然也正如六祖所言:"若能正心,常生智慧,观照自心,止恶行善,是自开佛之知见。"此外,罗守弘推崇的"无格律款式"(Non-style),也深受佛家"四圣谛"的影响。佛家里说的"明心见性"更成为罗守弘在建筑上追求的终极目标———一切随心,回复本源,找到自己真正的家。

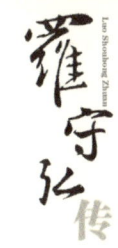

　　高山流水漫春秋
　　一叶顺景有船舟
　　月色如来云如是
　　无声日夜何成就
　　身心母父平安路
　　再问前程有要求
　　修行无量人大有
　　佛法普渡众生佑

　　对于同样学建筑的幼子罗秉晋，罗守弘给予了很大的期望，2016年是罗秉晋建筑学硕士毕业后的第一年，罗守弘就把自己总结出来的建筑理念倾囊相授，就是四个字："感恩""惜福"，同时他还给儿子写了一副对联："秉晋羊岁建筑师，毕业猴年志胸襟"。

　　关于建筑，罗守弘也写了不少诗歌：

　　城市若文化光阴
　　设计有意业黄金
　　秉晋羊岁建筑师
　　毕业猴年志胸襟
　　远苁十载麻省月
　　北星缘份斗南林
　　高山流水你照亮
　　海纳百川同方向

　　随着形而上的学术思维和建筑概念的不断完善，罗守弘依然在前进着。如文化村企业中经济酒店的发展，就兼具了实用、自然，建筑设计上也达到了国际水平，其中包括屯门区290位现代化老人院，荃湾区"兴业"工贸大厦翻新，广州番禺和山东烟台四家酒店重建、翻新和装修，以及红磡分三期重建的440房红茶馆酒店等17项工作——罗守弘把建广厦当成佛学里的"布施"，也是他发菩提心利众生的一个管道。

罗守弘画于欧洲南部（2016年3月）

事实上，红茶馆酒店和文化村企业与罗守弘的建筑理念是最契合的。这两大项目都是罗守弘在小旧楼的基础上，巧妙地利用地域和空间进行切割、重组，最后拆建成一幢又一幢的酒店和服务式的住宅，以及商铺、餐厅等，从而组成新的生意网。

然而，罗守弘的事业航道已经比一个简单的建筑师要宽广得多了，他已经不仅仅是一个建筑师，更是包括红茶馆、文化村企业在内的大型企业网的管理者，而且这个企业网根基稳固，前途无限。

将于2018年落成的红磡红茶馆酒店效果图

2016年是香港在1997年回归祖国后的弟十九年，罗守弘回想在过去的十九年里，他成功地完成了父亲罗肇唐的裕泰兴传承给文化村企业的部分工作，担负了应该担负的责任，取得了阶段性的成果，更把建筑师事务所带上了一个新的"小才大"的时代，用最小的资源创造了最大的效益，做到了四两拨千斤，令人钦佩。

# 第九章
## 心存大善，公益之路薪火传

　　慈善事业是从慈爱和善意的道德层面出发，通过实际的自愿捐赠等行为和举动，对社会的物质财富进行第三次分配的行为。因此，慈善事业也可以说是物质文明、制度文明与精神文明的综合体现。

　　慈善事业无疑是社会利益的调节器，是和谐社会的重要力量。它既起着安老助孤、扶贫济困的作用，又能疏理社会人际关系、缓解社会矛盾、稳定社会秩序，因此具有深远的传统性和广泛的群众性与社会性。

　　罗家的慈善事业，从第一个离开番禺傍西村往香港发展的罗敏璘开始，从一个普通农民蜕变为一个成功的企业家开始。在他的带领下，罗家整个家族的人都在慈善事业上做出了无私奉献。而罗守弘的慈善心，除了有受家族影响的因素，更是其天生的慈悲心以及感人至深的悲悯情怀使然。

## 1. 承接慈善薪火

和一般白手起家的企业家不一样,罗守弘出生即在大富之家,当他呱呱落地、发出在这个世界上的第一声啼哭时,他的父亲罗肇唐已经是香港典当业的名流翘楚、地产界的隐形富豪。

所以,罗守弘并没有经历过穷人缺衣少食的生活,对底层市井人家的贫乏窘困也没有感同身受。然而,罗守弘是一个天生就具有悲悯心的人,和一些因为家境殷实而趾高气扬目中无人的子弟不一样,他反而从小就会因为自己家里有钱而受到一些同学或者旁人的排挤而难过,那时候的他真希望自己与别人没有什么不一样。也许正因为这样,罗守弘常常希望自己是个平凡人,更把"平凡"二字常常挂在嘴边,经过与平凡靠近,设身处地地感受平凡人的困惑和苦恼,罗守弘拥有一颗敏感而善良的心。

于是,"付出"就成为罗守弘的习惯,慈善公益不过是此习惯的延伸而已,于他说来再自然不过。

在罗守弘的眼中,慈善从来就不是一个仅限于捐钱捐物的狭隘定义,慈善中的"慈"和"善",也涵盖着身为儿女对祖辈包括父母的孝顺,身为长子对弟妹的照顾和关爱,身为富人对穷人的同情和帮助等。归根结底:怀有仁爱之心谓之慈,广行济困之举为之善。慈善应该是仁德与善行的统一。

虽然罗氏家族从罗敏璘开始就已经家境殷实,但是罗家人还是非常传统,加上罗家重视教育,所以罗家上下德行兼备、仁和谦恭,母慈子孝,一片和气。在罗家,长辈对后辈都关爱非常。罗守弘从小就得到父母罗肇唐和许洁珊的言传身教。一直以来,如非事态严重,父母对罗守弘极少责备,对他和其他弟妹提出的要求也基本上都会满足。耳濡目染之下,罗守弘在对待自己的三个子女时也是如此,他对他们照顾有加,更成为儿女们的朋友,除了督促他们学习,更多的时候他会和他们一起玩耍,家里的室内篮球场常常撒下他们的欢声笑语。

当然,慈与善,远不止这些。

罗家慈善事业,从罗守弘的曾祖父罗敏璘基业初建就已经开始,历经几代人,并一直传承至今。

因为家乡遭天灾，家里生活穷困，罗守弘的曾祖父罗敏璘10岁就跟随同村的难民外出谋生，辗转到过越南及香港，后在香港创办"荣昌大押"，事业逐步走向通达，功成名就之余，他没有忘记家乡的乡亲父老，常常提携乡亲父老，并不遗余力地发展家乡的慈善公益事业。而他的两个儿子罗诚积和罗裕积，在继承父业的同时也传承了父亲的善心仁意。他们把家族的当押业发扬光大，在生意如日中天的同时，也不忘主动为家乡村民、为粤港两地的社会公益事业捐钱捐物，受到了乡民们的爱戴。

慈善事业就此成了不灭的火炬，从罗敏璘的手中点燃后，一直代代相传，而罗诚积、罗裕积兄弟俩的后人——罗肇康、罗肇唐、罗肇章、罗肇群、罗肇珍、罗志勤等，在纷纷继承祖业的同时，亦传承了祖辈对慈善公益事业的那份热情与执着，在香港、内地行善如流。

罗守弘的父亲罗肇唐在早期经营当铺和故衣铺时，大多会聘请番禺的老乡，也不忘给家乡父老捐钱捐物。罗守弘受家族影响，对外人总是以礼相待，常施援手。一直以来，他给人的感觉都低调谦和、毫无架子、助人为乐。虽然自己不是在番禺傍西村出生，但是罗守弘一直很关心家乡的发展，一有机会就捐资捐物，无私地奉献自己的力量。从20世纪80年代起，罗守弘等罗氏家族众

2014年，罗守弘与母亲许洁珊（右五）出席东华三院罗裕积小学四十五周年校庆典礼

成员就开始回家乡傍西村办福利事业，捐款项目超过15个，涉及幼儿教育、小学教育、奖教奖学基金、敬老基金及敬老活动、老人活动场所、村民健身及读书学习等方方面面。至今，具体的项目和数额已经多得难以清楚地罗列。我们能够知道的，只能是个大概。

总的说来，罗氏家族的慈善事业，主要分为三大部分：一是在教育事业上的悉心投入，二是在敬老爱老方面的善举频频，三是在其他公益事业方面的慷慨付出。

### 2.随父行善广积善德

罗守弘的父亲罗肇唐在香港是出了名的平民富翁，平时低调务实，从不夸夸其谈，更不会目中无人，永远都是以行动来说话，在工作上是这样，在公益事业上亦如是，并从来不图回报。

受父亲罗肇唐低调务实的作风影响，罗守弘做善事也从来不会刻意留名，把行善积德当成自己的分内事，所以在参与的慈善项目上做过就算了，以至于很多项目到现在也难以统计和厘清，这里只能做一个大概的介绍。

说着番禺，神州乡下，缘又再到傍西。
一心因果，企业万法心，菩提觉渐；
悟慈悲心愈小。何大，如光，爱是修禅。
静清，天晴雨后，修定不乱，
明镜非台自在。
一心一己，知己，如实观照；
一我一乘，普渡十乘达兼天下。
般若智剩下，愈小自我；
更少言语，回家路上，
村前巷后，对眼如画黄花。

百年大计，教育为本。教育是立国之本，民族兴旺的标记，一个国家有没有发展潜力看的是教育，这个国家富不富强看的也是教育。所以，罗氏家族一直对教育非常看重，他们不仅要求罗氏家族的子孙认真读书，对家乡傍西的教育发展也常常出谋划策，并出钱出力。

罗守弘画笔下的番禺有其独有的韵味

  1976年，傍西村办起了村里的第一所小学，小学只有7个教学班。学校的硬件设施非常简陋，教室就是一列破旧的平房，里面摆上残旧的桌椅。窗户是木头做的，没有窗玻璃，遇上炎热的夏季或寒冷的冬天，就要忍受太阳的炙烤和北风的肆虐。

  罗氏家族的人偶然看到这样的情景，心里很不是滋味。从那时起，他们就一直对傍西小学进行物质上的支持。罗氏家族中的罗肇康、罗肇唐、罗肇章、罗肇群及罗守弘、罗志勤等，总是主动给傍西小学捐资捐物。当中包括教学设施、教学物资以及学生们的学习用品等，为的是让这里的孩子有条件坐在宽敞明亮的教室里，心无旁骛地学习知识，并在将来为国家的发展、家乡的繁荣尽一己之力。早在1983年，罗肇康就开始捐款为家乡学校购置教学设备，并捐资助建傍西小学，参与成立傍西小学教育基金会。更亲任香港番禺石碁联谊会永远荣誉会长、傍西村教育基金会荣誉会长等职务，为家乡的公益事业来回奔走。

罗肇唐与两孙儿在石碁镇小学

　　罗守弘本人对家乡教育的关注，不仅是受到祖辈的影响，更和他天生有一颗感恩、慈悲的心有很大的关系。罗守弘出生于大富之家，但不是不学无术的纨绔子弟，他觉得自己所拥有的东西不是必然的，反而因为拥有别人没有的东西而感到惭愧，所以，看到家乡的孩子连上学的条件都没有，他的心被震动了。罗守弘第一次回到家乡番禺的时候，番禺还是个穷地方。破落的校舍，残旧的课桌，还有孩子们渴学的眼睛都深深地触动了他，让他刻骨铭心。他知道，番禺傍西村是他祖辈的根，也就是他的根。惠及家乡，服务家乡，是他义不容辞的事情。眼见家乡的教育落后，而自己又力所能及，一定要竭尽所能奉献心力！

　　从此以后，罗守弘一有机会就往傍西村捐钱捐物，即使大多数时候他都因为商务繁忙不能亲自回乡，他也总想出各种各样的办法向傍西伸出援助之手，一直没有间断过。

之后，罗守弘的父亲罗肇唐召集家族里的人和一些旅港乡亲为傍西村成立了教育基金会，并牵头捐资20万港元，罗守弘更积极响应，慷慨解囊，因为他知道，有了教育基金会，傍西村的学生就可以得到及时的资助，家乡的教育发展也能获得持续不断的动力了。

20世纪80年代中期，在以罗氏家族为首的旅港乡亲的大力支持下，傍西村教育基金正式成立，罗氏家族的捐献成为基金的一部分，村里也每年投入一笔资金，对工作成绩显著的老师和学习成绩优良的学生给予嘉奖。从此以后，傍西村教育基金就会不时收到包括罗守弘在内的罗家捐助的款项。其中，罗肇章除了捐款傍西村教育基金，也捐资兴建傍西小学、建幼儿园、学校礼堂、石碁第三中学，金额超过了250万元。而罗肇唐本人为傍西小学、傍西幼儿园、石碁镇"教育、敬老、残疾人"基金会捐款赠物也超过了250万元。

如今，傍西村小学已颇具规模。30多年前的简陋校舍已经消失不见，取而代之的是占地面积9300平方米，建筑面积达4870平方米的宽敞校园。学校设有12个教学班，教职工30人，学生400多人。为了适应时代发展，学校更建起校园网络，装设了闭路电视系统、红领巾广播站以及计算机室、电子琴室、语言室、音乐室、图书室、电子阅览室、舞蹈室、美术室、实验室等设备齐全的功能室。教师也配备每人一台计算机。环境的改善让这里的教学质量也大大提升，傍西村至今考上本科和重点高中的学生已近百名，被普通高中录取的学生数量就更多了。受罗氏家族善行义举的影响，傍西村学生都学习刻苦，学习风气浓厚，教师队伍也很稳定，让罗氏家族上下深感安慰。

在包括罗守弘在内的罗氏家族成员的支持和带动下，番禺傍西村的教育事业成绩喜人：自1990年初傍西村第一个高中生考入大学，至2009年超过30名高中生成功被大学录取，而且能够进入初中或高中的人数也在不断增加。傍西村成了一个2200人左右的中国经济发展新农村。

早期教育是开发孩子潜能最有效的途径之一，要让孩子赢在起跑线，还要从幼儿教育抓起。所以，罗守弘跟随罗氏家族不仅支持家乡的中小学教育，还非常支持幼儿教育。

傍西村幼儿园创办于20世纪70年代，办园初期校址设在某祠堂内，各方面的条件都很简陋，学生也只有20来人。之后，罗氏家族的成员包括罗守弘的父亲罗肇唐，罗志祺以及罗志勤等分别捐款28万元、20万元、100万元扩建幼儿园。如今，这所有着30多年历史的傍西幼儿园已经大变样，当年面积狭小的幼儿园成为占地面积5487平方米、建筑面积3078平方米的花园式幼儿乐园。园内建有鱼池、石山、游泳池、塑胶跑道、大型玩具等设施，环境幽雅，宽敞明亮。幼儿园有幼师32名，幼儿350名。为保证幼儿全面发展，园内电教室、音乐室、美工室、科技常识室、游戏室、图书室等多功能活动室一应俱全，为培养和发掘幼儿的各种兴趣和能力提供了很好的条件。因为环境优美、设施完善、教学质量优良，傍西幼儿园深受家长的欢迎，并于2002年被评为"番禺区一级幼儿园"，2004年更荣获"广州市一级幼儿园""广州市绿色幼儿园"等荣誉称号。

在家族祖辈的影响和父亲罗肇唐的熏陶下，罗守弘对家乡的各项福利事业特别是教育事业非常关心，先后多次捐款捐物，其中包括捐款105万元用于傍西村教育基金及助建傍西小学，此外，罗守弘还运用自己的商业头脑为家乡的发展出谋献策，他还计划在番禺建设一所现代化的建筑学校，为国家培养建筑人才。

因为罗守弘的善心义举，他备受这里的乡民尊敬，被推选为番禺海外交流协会第一届理事会名誉理事，后来更成为番禺区政协委员。

番禺海外交流协会是致力为华侨华人、港澳台同胞与番禺的互利合作搭建的一个良好的沟通与对话平台，目的是促进海内外经贸、科技、文化、教育等领域的交流与合作，为海外人士来番禺投资、贸易、兴办公益福利事业和国内企事业单位引进人才、资金、技术等提供信息、咨询等服务。协会积极发挥民间联络优势和桥梁作用，在促进和加强广东省与世界各个国家和地区的友好往来及经济、文化、科技、教育的交流与合作等方面做了大量的工作，发挥了积极的作用。罗守弘能成为番禺海外交流协会的第一届理事会名誉理事之一，可看出别人对他为番禺所做贡献的肯定。

罗守弘就是这样追随着罗家爱国爱乡的步伐，成了罗家慈善事业后续力量的重要人物之一。

罗守弘常常陪同父亲罗肇唐回傍西村参加一些慈善活动，每一次都受到傍西村民的热烈欢迎，并用实际行动来表达他们对罗氏家族的感谢。

*2014年,罗守弘参加傍西村"奖教奖学"活动*

2009年下半年,罗守弘夫妇陪同父亲罗肇唐、母亲许洁珊回到傍西村,还特别去了罗守弘的曾祖父罗敏璘儿时读书的所在地——现在原址被建成了"聚贤亭"。罗守弘陪同父亲罗肇唐走进聚贤亭,在凉亭里静默良久。此时罗守弘心潮澎湃,为自己是罗敏璘的后代而心怀感恩,并鼓励自己继续跟随着曾祖父的步伐,支持家乡教育事业的发展。

2013年9月7日,罗守弘陪同父母回到番禺傍西,参加一年一度的奖教奖学活动。乡亲们都为他们的到来而欢呼雀跃,当看着已过耄耋之年的父亲一字一句地念着演讲稿,罗守弘仿佛又看到了青壮年时的父亲,那时的他意气风发,踌躇满志,运筹帷幄,如今虽然年纪已大,退休多年,但罗家的爱心传承却一直没有间断,令罗守弘感慨万分。

2014年8月30日,罗守弘和太太一起又到乡下傍西村参加一年一度奖教奖学颁奖典礼,罗守弘还笑言,他本人已参与了好几年,每次都觉得非常有意思,他很高兴看到这些同学的成长,朝气蓬勃、充满希望的他们就如同儿时的自己。他鼓励同学好好学习,更引用《孝经·开宗明义》里的话"夫孝,德之本也,教之所由生也。身体发肤,受之父母,不敢毁伤,孝之始也。立身行

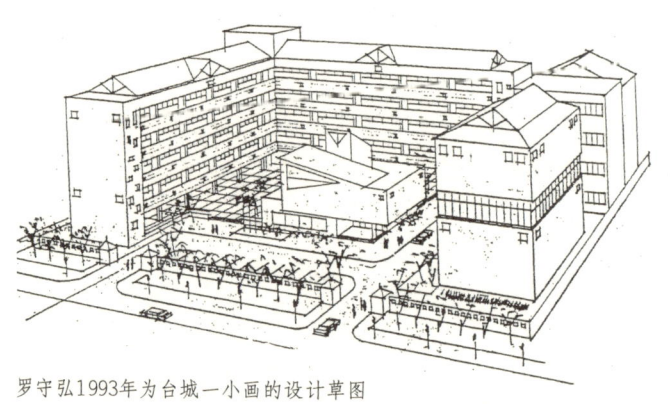

罗守弘1993年为台城一小画的设计草图

道，扬名于后世，以显父母，孝之终也"来教育同学们要孝顺父母，拥有一颗德仁之心。

当然，除了家乡番禺傍西村，罗守弘对其他地区的教育事业也会不遗余力地支持。1993年11月，罗守弘和黄英杰建筑师参与重建的台山新台城第一小学完工，在这个项目中，罗守弘主动充当义工，负责工程的设计与策划，而完工当天，罗守弘的太太也亲临现场参加了开幕典礼；2010年6月，罗守弘陪同父亲罗肇唐亲自出席位于广东佛冈县的一所罗肇唐捐赠的学校的开幕仪式；2012年8月24日，罗守弘成为位于香港屯门的东华三院辛亥年总理中学的校董；2012年11月，罗守弘出席广州市属高校科技协同创新论坛研讨

1993年冬季，罗守弘参加台城一小开幕典礼

会并发表相关演讲；2014年10月20日，罗守弘出席屯门东华三院辛亥年中学就业讲座暨摄影展，并在讲座上发言，鼓励一些成绩比较不如人意的同学积极去发现自己的特长，在成长的过程中发展自己的爱好，例如绘画、运动等，以后顺利进

2010年，罗守弘（右五）出席佛冈县第一中学罗肇唐科学楼落成典礼

2013年，罗守弘于广州市属高校多元协同推进科普创新研讨会暨"健康长者"动漫(微电影)作品大赛中与广州市教育局谷中鹏处长（右三）、广州番禺职业技术学院科技处处长张华玲（左二）合照

2014年10月20日，罗守弘出席香港屯门东华三院辛亥年中学就业讲座暨摄影展

2015年，罗守弘出席香港屯门东华三院辛亥年中学奖学金颁奖典礼

入大学，成为社会的栋梁之才。

罗守弘参与教育事业的事迹还有很多，不能一一枚举。总而言之，罗守弘知道，作为罗敏璘的后代子孙，他继承了他积累下来的财富，更传承了他的善心仁意，无边大爱，这种如水的大善之心，才是真正的无价之宝。

### 3.敬老爱老捐款捐物

在源远流长、博大精深的中华传统文化中，重视人伦道德、讲究家庭和睦是其中的精华，也是中华民族强大凝聚力与亲和力的具体体现。其中的敬老爱老助老更是中华民族的传统美德，是先辈传承下来的宝贵精神财富。

罗氏家族爱老敬老的高尚品德不仅体现在本家族里，更体现在对全社会老人的帮扶相助上。敬老是罗氏家族除教育外大量参与的慈善公益事业。

罗氏家族敬老爱老不仅体现在他们常常捐助广州番禺石碁镇的敬老院，还身体力行参与敬老活动。几乎每一次回到家乡，罗氏家族的成员都会宴请村中老人并派发慰问金，20多年来从未间断。

　　罗守弘每次陪同父亲罗肇唐回到家乡都会参加敬老活动。他们摆下宴席，在饭桌上与老人们谈笑风生，同时了解他们所需。席间更把慰问金送到他们的手中。当商务繁忙而无暇返乡时，他们就直接把款项捐给石碁镇敬老院、傍西村敬老会、石碁镇"教育、敬老、残疾人"基金会等，做到即使不见面，也要把温暖送到老人们的心上。

　　罗氏家族中的罗肇章夫妇也是如此，多年来，他们给石碁镇敬老院、傍西村敬老会、石碁镇"教育、敬老、残疾人"基金会的捐款已经超过了250万元。2006年，罗肇康伉俪相继去世，但爱心依然在他们的儿子罗志勤、罗志远兄弟身上延续。他们坚持回乡敬老并资助家乡建设，先后捐建了敬老院、健身馆、傍西村学校礼堂、幼儿园月娟楼等设施，成为家乡经济建设、文化建设和慈善公益事业的积极参与者。

罗守弘参加傍西村敬老会

罗氏家族为家乡慈善公益事业捐赠资金,兴建了傍西村小学、幼儿园、祠堂等,同时为区镇的慈善事业捐赠资金。据不完全统计,多年来,罗氏家族为家乡番禺捐资善款约达1500万元。

立足文化村企业的资源,罗守弘还有一个出力的方法,就是把文化村企业老人院和长者事业理念带到广州,为广州市小区和老人提供完善前卫的服务。2002年获授"广州市荣誉市民"称号后,罗守弘更体会到自己肩负的使命,他计划将广州出产的长者用品、消费品和相关商品作为采购首选,并在广州发展长者用品生产线,促进广州长者事业的发展,同时带上下一代共同参与家乡老人事业的建设,为家乡的老人们造福。

2012年7月3日,罗守弘陪同父母回到傍西村参加敬老会,在发言上他说道,2020年我国老人人口会上升至3亿,2040年60岁以上的人口将达4亿,他希望国内的老人服务是全世界最好的,而且他也会努力去推动。

2013年6月22日,罗守弘又随同父亲罗肇唐等一众亲人回到番禺,在番禺敬老会上,他做了一场深情的演讲,他说他回到家乡就像回到自己家里一样亲切,爱乡之情溢于言表。2014年6月21日,罗守弘携同七位同事回到番禺傍西村参加一年一度的敬老会,父母亲则因刚刚病愈留在家中休养。罗守弘在会场上给老人们派发慰问金,看着他们脸上的笑容,他心里想着的是家中的父母,他想如果父母见到他们一定也会很开心吧!"老吾老以及人之老"这句话此时在罗守弘心里的意义比任何时候都要深重。

罗守弘对敬老养老的上心更体现在他对整个养老制度的建言献策上。2014年,作为番禺区政协委员的他一人就提交了《关爱长者券》和《扶持民办养老企业发展》两份提案,围绕推进养老保障体系提出了有益的建议。

罗守弘认为,现在不少老人都选择居家养老是有一定的原因的。应当解决的现实问题是:政府、小区、养老机构如何把养老服务延伸到居家养老的老年人,满足他们对多样化养老服务的需求。罗守弘提出"关爱长者券"是参考了北京、深圳、成都、长春等地的居家养老服务券计划,同时借鉴了香港长者券计划,他建议引入公平的评审机制,以发放"关爱长者券"的形式每月向符合条件的老人提供居家养老服务补助,老人可凭此券购买生活用品、医疗保健、家政服务、紧急救助等服务。他说:"养老服务需求越来越趋向多层次、多样化,'关爱长者券'一方面可以释放老人的消费力,刺激内需消费市场,另一方面有助老人留在家中养老，减轻养老机构的压力。这种'老人按需点菜、政府购买服务'的模式能一定程度地解决居家养老难题。"

经过大量调研之后，罗守弘还上交了《加大市场养老产业力度，扶持民办养老企业发展》的提案，提案建议向民办养老企业提供免、补地价优惠政策，扶持民办养老企业的成长；发展多元化养老模式，挑选合适区域，发展"养老服务产业基地"，并依托基地的培训功能，培育养老服务人才；加强对养老服务机构的监管，确保养老服务机构的服务质量。罗守弘的建议得到了相关职能部门的高度重视，开始加快扶持民办养老企业，推进相应规划工作，认真落实民办养老企业提供优惠政策，全面构建多种形式、广泛覆盖的居家养老服务网络，开展养老护理人员培训班，提高养老服务队伍的专业化水平等一系列措施。罗守弘的这一提案，对老人们来说是一大福音。

2009年，罗守弘当选政协第十二届广州市番禺区委员会委员，翌年3月，他提交"三公改造"（注："三公"即"公路、公屋、公交车"）的提案以配合番禺区的"三旧改造"，这个提案也是考虑到老人的出行，他提出除了65岁以上的老人可以免费搭乘公交车外，还应加上公屋计划，让老人们老有所养，也让番禺区成为民生安乐的城、区典范。

2015年2月14日，罗守弘提交《德建身心疗法》提案，这个提案得益于罗守弘常年的禅修，所以想把修行的理念推广出去，具体做法是在番禺区大龙街傍西村的新文化村企业里提供身心灵修心"禅修共修班"，让老人以及老人的亲属在修行中影响下一代青年人，让下一代行善积德，也让更多人去学禅武医心法。禅武医功法（德建身心疗法）已经过外国引证评鉴，此法能转化人的身、心、灵，提升生命智慧。罗守弘希望通过禅武医让更多小区居民了解佛法，继而布施、修行，活得更有意义。

2015年4月7日至9日，罗守弘赴番禺参加十三届广州市番禺区委员会第七次会议并发表讲话，在讲话中，他用详细的资料说明了内地养老问题的存在，并提出在番禺区推行老人日间护理中心。日间护理中心针对的是有轻度护理需求而没有入住养老机构的老人，因其子女因工作缺少时间照顾，可以在白天将老人送到日间护理中心，晚上再接回去。日间护理中心可为老人提供日托、康复及预防性医疗服务。

2016年4月25日,罗守弘在番禺政协会议上发言

在提案中,罗守弘还进一步提出:"如今物质丰富,科技发达,老人寿命可达90多岁,等他们90多岁了,子女则已70多岁,两代都是老人,我希望这些老人都能过上健康、快乐的群体生活,让他们在日间护理中心有个伴,是很好的事情。"

罗守弘坐言起行,2016年6月,他在番禺区大龙街傍西村做了一家日间护理中心,中心可收40个老人,也有供300人以上的活动场所,及200人以上的饮食、休闲地,可以给老人喝下午茶、吃饭或者休闲、养生;中心可以满足老人们的需求和服务,例如中医治疗、营养师健康护理、物理治疗等一应俱全。罗守弘知道做这些护理需要很多仪器及配套服务,一般人家里不会配置,在这里他们可以共享。

在未来,日间护理中心将同时用作销售中心,把文化村企业的长者用品经销到全国。日间护理中心将携同香港屯门290位老人院中心从香港荃湾和广州番禺,辐射到山东烟台,继而辐射到内地的广大城市。

此外日间中心作为销售中心在"银发时代"和"计算机时代"将结合"跨境电商"施行文化村"计算机化会员计划",以中国人口老化为契机,开拓广大的内需市场。罗守弘曾在接受番禺电视台访问时谈及中国养老的特点与外国

2016年4月,罗守弘参加番禺政协会议时的全体合照

不同,因为中国内地人口大部分人还未富起来,因此长者用品也会配合长者中心提供高价以及中下价的长者用品,以服务不同层次的客源。

罗守弘把为其中一类中等消费线以下的老人群体提供服务的市场称为"银发市场",他认为日间护理中心可以把社会养老、小区养老及居家养老有机地结合起来,"银发市场"属第三产业,他希望借助内地庞大的市场,解决人口老龄化带来的问题。

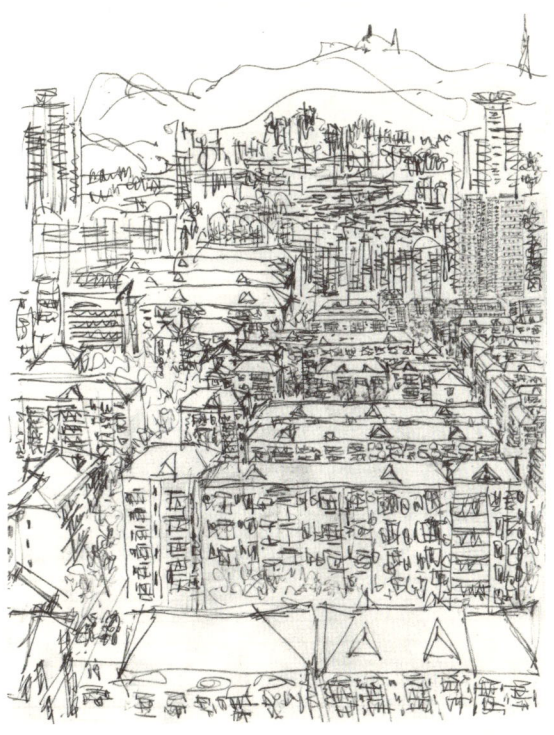

罗守弘画的烟台市区住宅群(2013年)

2015年，文化村企业在广州培训

罗守弘的心愿，是在2017年政协会议上，将他在番禺区及烟台发展的最少两个中心（每个城市一个中心）的实践经验作为内地"银发市场"发展的参考。2016年2月24日，罗守弘再向番禺区政府提交了一份提案，提出"居家养老、小区养老、社会养老有机结合，加大力度发展番禺地区"银发市场"，由广州市番禺区大龙街长者用品销售中心配合长者用品B2B批发，开拓更多长者采购生活用品的渠道，把政府的养老负担转化成推动经济发展的动力，促进中国内地 GDP 持续健康增长"。

罗守弘在这个提案中详细分析了中国银发市场的背景与对策，提出设立长者用品销售中心和长者日间护理中心的必要性与紧迫性。具体如下：

民众对长者生活用品的需求巨大，销售网络不够密集。基于中国内地现有长者用品的销售管道主要局限于医院周边商店，"长者用品销售中心"的出现可以大大提高长者用品的覆盖率，增加购买长者用品的便利性；

中国养老方面的开支非常庞大。中国人口老化情况严重，根据国家统计局于2015年2月26日发布的统计数字显示，65 岁以上长者占总人口比例10.1％，并首次突破10％，超过1.3 亿长者人口。因此中国养老方面开支非常庞大，从

2016年4月，罗守弘在番禺政协会议上进行小组发言

长远来说，不可能由中央政府独力承担有关支出。"长者日间护理中心"可以教育民众配合政府共同投入资源。加设"长者用品销售中心"更可把"养老产业"市场化，把"养老负担"转化成"推动经济发展的动力"——要知道，庞大的"长者中心支出"虽然同样可以服务群众，施行"长者居家养老"，但这不仅是庞大的经济负担，而且会影响中国经济结构，而加设"长者用品销售中心"则可尽早结合市场力量，把社会福利养老、小区养老和居家养老转化成"有机结合中国式人口老化政策，99％以上的长者进行居家养老"，成为经济发展的一股推动力。

基于以上几点，罗守弘提出设立长者用品销售中心和长者日间护理中心。

在提案中，罗守弘还探讨了长者中心的角色定位和发挥的重要作用：

在居家养老、小区养老、社会养老有机结合方面。配合番禺区政府养老方面的规划，居家养老占99％，而在1％的机构养老设施当中，公办机构分担0.4％及民办企业分担0.6％的总体养老规划方向，"长者日间护理中心"加设"长者用品销售中心"可担当战略性角色，能够使传统中心升级转营，在以往单纯由政府福利支出的基础上，注入长者用品消费元素，使中心在财政上做到"自给自足"。

长者中心成为长者用品对机构客户的批发基地方面，长者用品进入民众常到的商场、超市等消费点，在不同商号开拓更多长者用品专柜，升级转型商场、超市等消费点成为长者购买生活用品的热点，可以方便群众及长者采购日常生活所需，提升长者用品的普及性及便利性，引发市场潜在的消费需求，把养老负担转化成推动经济发展的动力，促进中国内地GDP持续健康增长。

长者中心是推动中国内地未来银发市场的排头兵。长者中心即长者用品店铺，可以有效地向群众及企业展示长者用品如何改善长者的日常生活，加强他们安全居家养老的思想。

针对文化村长者用品批发销售中心的运营，罗守弘也做了充分考虑，他提出：

市场定位：长者用品批发销售中心的产品走高级中下价路线，因为批发业务要确保下游分销商有合理的利润，所以作为上游批发中心将采取薄利多销的营销策略。

服务产品：长者用品批发销售中心同时带有不同服务产品供小区的长者使用，如免费试食适合有吞咽困难的患者的特别餐，为小区提供30个长者休憩间，同时定期举办可服务300位长者的大型活动。

长者用品批发销售中心接驳全国销售网：长者用品批发销售中心运用中国信息科技的力量，采用"跨境电商"的概念，开发顾客服务管理及会员积分计划，连接上游供货商与市场上的长者用品客户。从而建立完整的供应链，开通长者用品批发管道(B2B)，把长者用品复制到全国商场、超市。可于超市内开拓更多长者用品专柜，提高长者用品的覆盖面，全力开拓银发市场。

针对中国庞大的人口老化结构性问题，罗守弘也在这提案中向番禺区政府提出了有关建议，其中包括：

在中国政府长者券政策方面，预计中国政府中长期的长者券仍保持在现时的水平。根据《广州市小区居家养老服务实施办法通知》，每月会为六类（包括"孤、残、病、困、难"等）政府服务对象提供200元、300元、400元等额的上门服务的长者券。文化村长者用品批发销售中心的产品走高级中下价路线，可满足市场需求。建议番禺区政府制订"可持续及自给自足养老政策"，以配合"长者日间护理中心"加设"长者用品销售中心"的计划。

在政府加大养老惠民政策力度，扶持银发市场成长方面，参考香港特区政府2016年到2018年的院舍券政策——特区政府计划3年内拨款8亿港元资助符合资格的长者入住安老院舍。此政策等同特区政府为香港银发市场注入8亿资本，这样获取政府资助的长者可以每月有额外的消费力在市场上购买所需产品。建议番禺区政府参考香港特区政府有关政策，制订更多养老惠民措施，释放长者及其家庭更多的消费力，促进内需消费市场的持续健康发展。

在把"养老惠民""长者中心"升级为"长者用品批发销售中心"方面，罗守弘也提出了具体建议，其中包括：建议番禺区政府明白解决人口老化问题的迫切性，实施养老惠民政策；建议番禺区政府升级现有政府营运的中心成为长者用品批发销售中心，使长远的财政支出转化为自给自足；建议番禺区政府尽快进行银发市场的科学规划，紧握商机，满足潜在已久的消费需求，使养老负担转化成推动经济发展的动力，促进中国内地GDP 持续、健康增长。

罗守弘对中国内地长者事业的发展一直满怀信心。他带领的文化村于2003年在香港成立第一家长者用品专门店，如今更依托在中国内地成立的长者用品批发销售中心服务内地市场，随着广州番禺的文化村和香港长者用品销售中心于2016年5月及2017年投入服务，加上山东烟台的长者用品销售中心于2016年11月开门接客，未来文化村长者用品销售中心将成为推动中国内地银发市场的排头兵，引发各省市出现更多以长者用品为发展重点的长者中心，让更多的老人安享晚年。

罗守弘就是如此，他为老人事业殚精竭虑，不辞劳苦，我们可以相信，在之后的时间里，他会一如既往地围绕番禺区的养老服务积极撰写提案，助力番禺实现"老有所养、老有所医、老有所乐、老有所为"。

如今的傍西村已经从一个名不见经传的农村脱胎换骨，村里的经济发展和社会主义精神文明建设取得了质的飞跃，社会综合实力明显加强，并先后被广州市番禺区、广州市政府评为"模范村民委员会""文明村标兵""安全文明村标兵"等。傍西村成了一个团结和谐、奋发进取的社会主义新农村。可以这样说，今日傍西村的变化，除了有改革开放的好政策，有上级的正确领导和自身的努力外，还有罗氏家族等港澳台热心人士多年来为家乡做出的无私奉献。

对罗氏家族等善长仁翁的倾情扶助，人们会永远铭记，而对他们支教敬老的实际行动，人们更会感佩之至。

### 4.荣誉之家获殊荣

广州市荣誉市民大多是改革开放以来对广州的发展做出杰出贡献的海外华人、侨胞、港澳同胞，其中也有外国友人。广州市的辉煌和所取得的成就，都离不开这些贤达名士的努力。他们身在海外，心系桑梓，热爱广州，情牵羊城；他们看好中国的发展前景，拥护和支持中国内地实行的改革开放政策，积极投入，兴办实业，参与广州的现代化建设，更以造福乡梓为己任，把自己的感情融进广州，用自己的人生美化广州。他们的热情和义举，乡情与爱心是值

得每一个广州人敬重的,他们是让广州市引以为荣的优秀成员,是推动着广州社会经济发展的不可或缺的力量。

"广州市荣誉市民"是荣誉的象征。获授"广州市荣誉市民"称号的人,有亲身在广州投资或为广州招商引资的企业家,有利用捐资、捐建、捐助实物等形式支持广州公益、慈善事业发展的善长仁翁,有大力推广广州文化事业,加强广州科技文化交流,促进广州市对外友好合作等方面做出重要贡献的热心人士。

1986年至今,广州市人民代表大会常务委员会和广州市人民政府一直分批授予对广州市做出突出贡献的海外人士以"广州市荣誉市民"称号,以表彰他

罗守弘(后排左三)获授"番禺市荣誉市民"称号

们在与广州人民共建繁荣昌盛的广州时付出的热情和努力，同时借以表达广州人民对他们的崇敬之情。

罗氏家族参与的慈善项目，在乡民福利和提高村民文化教育、社会文明等综合整体素质方面打下了坚实的社会基础，对社会主义新农村建设起到了积极的推动作用。为表彰罗氏家族对家乡做出的杰出贡献，广州市番禺区政府分别于1994年8月和1998年9月授予罗肇康、罗肇唐、罗肇章、罗肇群、罗守弘"番禺市荣誉市民"称号。

番禺市撤市并区后，广州市政府又授予他们"广州市荣誉市民"称号。

在获授"广州市荣誉市民"称号后的2008年，罗守弘开始担任番禺区政协委员，此后几乎每年，他都会积极给番禺建言，为番禺的发展出谋划策：2010年3月，提交《提升番禺公交

2000年，罗守弘被授予"广州市荣誉市民"称号

系统服务建议》；2011年3月，提交《广州新城番禺城市规划建议》；2011年6月，提交《借鉴香港经验，发展番禺养老事业》；2012年8月，提交《番禺动漫长者计划之社情民意》及《新型城市化建设建议》；2013年1月，提交《延续2012年"动漫长者"动漫作品大赛的精神，扩展至番禺区公开"尊敬长者"征文大赛》；2014年1月提交《关爱长者券》及《扶持民办养老企业发展》；2015年3月，提交有关日间护理中心提案及有关番禺预防性医疗服务建议……罗守弘的一系列提案，对推动广州的经济建设与教育、养老等慈善公益事业的发展起到了积极的作用。

广州不会忘记行善如流的罗氏家族。2006年，罗氏家族中的罗志勤的名字又出现在新一批"广州市荣誉市民"的名单上，让人既惊喜又赞叹。

罗志勤是罗守弘的堂兄弟，是香港罗氏置业有限公司的董事长，也是番禺区的政协委员。长江后浪推前浪，慈善接力有新人。罗志勤秉承和发扬父辈爱国爱乡的精神，积极支持家乡的福利事业和教育事业，定期回乡举办敬老及经常举办兴教助学等公益活动，还在肇庆

2015年3月，罗守弘接受《番禺日报》关于居家养老政协提案的访问

市较落后的地区捐建了两所小学，为造福社会奉献良多。他是在改革开放之后，华侨港澳同胞回乡举办公益慈善事业的新生代和优秀骨干。

罗志勤已经是继罗肇康、罗肇唐、罗肇章、罗肇群及罗守弘之后，第六位获授"广州市荣誉市民"称号的傍西村旅港同胞罗氏家族的成员。这不仅是罗氏家族的光荣与骄傲，也是傍西村、石碁镇乃至番禺区、广州市的光荣与骄傲。一家六名荣誉市民，令人钦佩！

## 5.弘道养正润故园

自2000年被授予"广州市荣誉市民"称号后,2009年,罗守弘又被委以重任,成为广州番禺区政协第十二届委员。2013年,罗守弘更被推选为番禺海外交流协会第一届理事会名誉理事和番禺政协委员。自此之后,罗守弘更加关心番禺的发展,为家乡的发展出谋划策。

古人云:"德为立身之本,才为处事之道。"罗守弘不仅将古训铭记于心,而且身体力行。这无疑是得益于其父母的教养。

罗守弘在人生实践中体悟到,立身处世就要不断地修身养性,不断地汲取思想的精华,不断地锤炼自己的人格,"常怀律己之心,常揣鉴己之镜",不断加强道德修养,以良好的道德素质规范自己的言行举止,增长自己的文化知识和技能,使自己具有崇高的人格魅力,实现自己的社会价值。意业忍让行业量

经年口业悔心上
修身修慧悟菩提
修心修戒时幻象
感恩惜福六十岁
慈悲喜舍众生偿
一一点烛光燃忍让
坚心合十爱和祥

人的德才离不开知识。"知识就是力量"是英国作家培根的一句经典名言。几年大学求学之路,罗守弘总是起早贪黑,孜孜以求,艰苦的生活,刻苦的研究,攻克了无数难题,积累了丰厚的知识,磨砺出顽强的意志,培养出坚韧不拔的品格,领略到"只有经过地狱的磨砺,才能炼出创造天堂的力量"。

1979年年初,中国边境自卫反击战期间,罗守弘审时度势,陡然感觉到中国人肩上的担当和责任,感受到国富民强的重要意义。

"大志非才不就,大才非学不成。"五年的大学生活,成为罗守弘受惠一生的财富。罗守弘顺利取得建筑系毕业文凭,在文化知识的熏陶下飞速成长,除了增强中华民族认同感,懂得了自我价值的珍贵,还确定了终身学习的方向,立志为香港和家乡的发展做出贡献。

"贤人尚志,圣人贵精。"自创立罗守弘建筑师事务所30余年,罗守弘的公司共完成了百余个楼宇建设项目,在建筑界拓出新天地。父亲罗肇唐和罗守弘铸就了

从商金律：一是多样性。投资分散，多做细项，广种勤收，集腋成裘。二是前瞻性。洞悉精明，居高致远，分析前景，发掘潜力，把握机遇。三是稳健性。

罗守弘之所以成就一番事业，是因为他的使命感及对事业执着追求，不懈努力，达至成功！

爱因斯坦说："生命的意义在于设身处地替别人着想，忧他人之忧，乐他人之乐。"罗守弘对社会安老事业十分关注，对老人养老心态、服务需求和人口老化趋势等问题，做深入的探讨及科学的论证。随着社会的发展，长者将会成为香港人口结构中最大的群体。罗守弘坚信，老人将会成为香港巨大的服务对象及庞大的消费市场。社会需要，就是我们的责任；服务长者，我们敢于担当。文化村企业确立"为己为人"的价值取向，在全新的领域，罗守弘锐意进取，在新兴市场发掘商机。

丘吉尔说："高尚、伟大的代价就是责任。"罗守弘的社会之责，不仅在香港演绎得淋漓尽致，而且在其家乡番禺也绽放异彩。多年来，罗氏家族捐助家乡公益事业，包括学校和幼儿园、医疗卫生、教育基金、治安基金及敬老、村民健身、奖教助学等。罗氏家族每年回乡开展助学敬老活动，几十年如一日。

罗守弘自获授"广州市荣誉市民"称号后，心底的使命感更强烈。罗守弘对番禺未来充满信心，他身为番禺政协委员，积极参政议政，献策民生。他就解决目前番禺养老供需矛盾，提议居家养老+小区养老+社会养老科学模式新趋势，设立更多的日间养老机构，努力提升区养老服务业发展，为居家养老的长者提供场

2015年，罗守弘在烟台红茶馆酒店

地,构筑活动平台。2016年年初有两家长者护理中心分别在广州番禺区和山东烟台市开设。罗守弘为家乡养老事业出谋献策,不遗余力,有计划把香港文化村老人院和养老事业的理念带到广州番禺,让其在家乡生根、开花、结果。

生命需要行走,但更需要思考。行走中,我们会跌倒,但是只有不懈行走的人,才能从有限的时间中获取无限的希望。思考时,我们会搁浅。但是,只有懂得思考的人,才能从平凡中孕育伟大,从脆弱处成就坚强。这是罗守弘给我们的启示。

智慧释家有云:"予人玫瑰,手有余香。爱出者爱返,福往者福来!"罗守弘弘扬正道,颐养正气,收获正果,福及乡梓。他的大爱善举,腾升胜境之巅,为乡亲景仰,他给我们带来的精神财富,不也是一种布施、一种慈善、一种无法估值的财富么?下面,就让我们从罗守弘的诗中,品读他对祖国、对家乡的那一份真诚、浓烈的爱吧!

番禺小康中国梦
农村创新又大同
改革开放十六大
十六街镇红旗颂
畔溪春别珠江雨
长江北南黄河涌
心平行直保稳定
西关月下广州东

罗守弘画于番禺(2014年)

附：

## 获授广州市荣誉市民的罗家成员名单

**罗肇康**——香港番禺石碁联谊会永远荣誉会长、傍西村教育基金会荣誉会长。早在1983年就捐款为家乡学校购置教学设备，捐资兴建傍西小学，成立傍西小学教育基金会。捐款给石碁镇敬老院、傍西村敬老会、石碁镇"教育、敬老、残疾人"基金会等。多年来捐款250万元。1994年8月，经番禺市人民政府提名，番禺市第十二届人大常委会第九、第十、第十一次会议决定，授予罗肇康先生"番禺市荣誉市民"称号。2000年9月转授"广州市荣誉市民"称号。

**罗肇唐**——番禺傍西村教育基金会荣誉会长。1986年首次回家乡番禺，他倡议成立傍西村教育基金会并带头捐资20万元港币。多年来，为傍西小学、傍西幼儿园、石碁镇"教育、敬老、残疾人"基金会捐款赠物近250万元。1994年8月，经番禺市人民政府提名，番禺市第十二届人大常委会第九、第十、第十一次会议决定，授予罗肇唐先生"番禺市荣誉市民"称号。2000年9月转授"广州市荣誉市民"称号。

**罗肇章**——祺安有限公司董事长。捐资兴建傍西小学，捐款建幼儿园、学校礼堂、石碁第三中学，捐款傍西村教育基金等，共计250万元。1998年9月，经番禺市人民政府提名，番禺市第十三届人大常委会第四次会议决定，授予罗肇章先生"番禺市荣誉市民"称号。2000年9月转授"广州市荣誉市民"称号。

**罗肇群**——香港富群置业有限公司董事长，第十一届番禺政协委员，番禺石碁镇联谊会主席。自1988年以来，他先后捐款给傍西村教育基金会、石碁镇"教育、敬老、助残"三项基金、石碁镇第三中学等，共计捐款300万元。1998年9月，经番禺市人民政府提名，番禺市第十三届人大常委会第四次会议

决定,授予罗肇群先生"番禺市荣誉市民"称号。2000年9月转授"广州市荣誉市民"称号。

**罗守弘**——番禺海外交流协会第一届理事会名誉理事,广州市番禺区政协委员。出生于经商世家,少年求学海外,毕业于加拿大渥太华华尔顿大学。后创办罗守弘建筑师事务所有限公司,在建筑界颇有作为。又于2002年成立文化科技有限公司,投身长者事业。热心公益福利事业,多年来共为家乡的教育和福利事业捐赠105万元,为广州市社会公益事业的发展做出了贡献。1998年9月,经番禺市人民政府提名,番禺市第十三届人大常委会第四次会议决定,授予罗守弘先生"番禺市荣誉市民"称号。2000年9月转授"广州市荣誉市民"称号。

**罗志勤**——香港罗氏置业有限公司董事长、广州市番禺区政协委员。罗志勤先生热爱祖国、热爱家乡,定期回乡敬老,致力于家乡的兴教助学工作。从1993年起,积极支持家乡的福利事业和教育事业,在番禺区石碁镇傍西村捐资建敬老院、学校、幼儿园,共捐资731万元。还在肇庆市比较落后的地区捐建了两间小学,为造福社会做出奉献。2006年11月15日,被授予"广州市荣誉市民称号"。

# 第十章
## 琴瑟和鸣,亦妻亦友家和美

家是什么?社会学家说家是社会的最小细胞;婚姻研究者说家是风雨相依的二人世界;文学家说家是一汪平静的清泉,又是一座精神的圣殿。

家在本质上是一个不断更新的范畴,正如同禅语"佛在心中",家又何尝不是呢?家是情感的港湾,是灵魂的栖息地,是精神的乐园。家就是和家人在一起的情感的全部,而金钱、地位、名利等物质财富不过是微不足道的补充。

罗守弘是个很重视家庭的人,2009年4月,罗守弘一家在中山小榄参与一项住宅项目时,他的心底深处就忽然很想与家人在这里寻觅一个可以温馨共住的所在,希望和父母亲一起在这里安度晚年。心思细腻,重情爱家的罗守弘,他有一个什么样的家庭呢?他心中理想的家又是什么样子的呢?

## 1. 太太：罗守弘事业的得力助手

罗守弘和太太陈美仪是在她的姑父陈德广的介绍下认识的。

罗守弘永远记得那一个晚上，1980年，平安夜。在那个流行交谊舞的年代，年轻人都喜欢呼朋唤友到舞厅跳舞，很多青年男女都在舞会上认识相知并发展成为情侣。就是在舞池中，罗守弘一眼就看上了长得清丽脱俗，拥有过人的美貌和智慧，但内敛谦虚的陈美仪。

小说里一见钟情的故事，就这样发生在罗守弘的身上。

坠入爱河的罗守弘常常食不甘味，脑海里全是穿着白裙的陈美仪的倩影，于是常常寻找机会跟她见面，展开热烈的追求，最后，陈美仪终于被眼前这个长得高高瘦瘦，又是就读于建筑系的才华横溢的男子所感动，成为罗守弘的女朋友。

罗守弘个性极"真"，这一点是陈美仪最欣赏的。在她的面前，他是透明的，聪明但实在，真挚而不造作；他是真实的，善感但不多愁，多才而不张扬。她喜欢他身上呈现出来的内敛气质和儒雅风度。

恋爱是一件很美好的事，即使分居两地，也不会削弱相爱的烈度。依旧是1980年，热恋中的罗守弘刚从加拿大华尔顿大学毕业归港，作为实习生在舅舅许灼勋的建筑师事务所里奔忙，并在业余时间备考香港的建筑师执业证书，而陈美仪则远在日本工作。相隔两地，热恋中的他们只能用电话联系，用书信一诉衷肠。有一次，罗守弘实在耐不住相思之苦，瞒着陈美仪跑到了日本，让陈美仪既惊喜又感动。

有情人终成眷属，罗守弘和陈美仪感情发展顺利，1982年7月13日，他们携手走进了婚姻的殿堂。

婚后那几年，也是罗守弘事业发展的量变期。罗守弘在与太太认识前直至他们恋爱结婚都不会喝酒，直到与太太的哥哥陈志威一起才学会，并逐渐适应酒桌上的推杯换盏，以及与客户、政府官员的谈笑风生，可以说，那时候的罗守弘是被命运推着往前走，心里难免是有些迷茫、惶恐的。

这样的情况一直持续到1993年12月24日，罗守弘突发心脏病入院急救，病愈之后罗守弘开始烟酒不沾，直至1999年参加心灵教练课程，罗守弘进一步自省，对太太更是满怀感恩，从此以后，罗守弘开始大量创作诗画，直到现

罗守弘画于美国加州（2008年）

在——可以说，是太太陈美仪让他更懂得了生活与生命背后的真实意义。

婚后，罗守弘夫妇前后生育了两儿一女，一家五口生活美满。长子罗秉业是陈美仪在婚后一年在美国加州橙郡所生，这时她26岁。出生于夏季的罗秉业被外祖母称为"是带着开心果来到这个世界"的，他出生时体重7磅，头颅大，所以医生要求手术分娩，他的英文名叫"查尔斯"；女儿罗凯宁是陈美仪30岁时，于圣诞节凌晨两点在美国加州橙郡出生的，罗凯宁是祖父罗肇唐的七个孙儿中唯一的女孩，所以备受家人宠爱；幼子罗秉晋是陈美仪在35岁才生下来的，在家里年龄最小的他特别乖巧可爱，聪明伶俐。当然，维持一个五口之家的圆满幸福也是陈美仪一直在做的，丈夫的饮食起居，儿女们的供书教学，都需要足够的耐心与毅力。2016年4月，罗守弘的第二个孙女靖岚将满周岁，太太陈美仪又多了一个甜蜜的负担。

罗守弘的太太陈美仪和幼孙女罗靖岚

天主宇宙

人灵千世万物间

失之者无奈短叹

为之者从复还

彷是天赐尝命运

原是人生顺逆共永恒

大地清风存生气

人间温暖薄亦千层

何觅桃园世外

天造我来美化此生

罗守弘觉得，父母罗肇唐和许洁珊的结合就是完美婚姻的典范，他们让他看到了怎样的人生才是幸福的人生。所以罗守弘对家庭精心经营，关爱家人，追求像父母一样的幸福生活。罗守弘和太太陈美仪婚后的生活依然甜蜜如糖，太太陈美仪一直是罗守弘和谐生活的亲密知己，罗守弘遇到什么喜事烦心事都会跟太太说，即使太太不在身边，他也会迫不及待地给她打电话诉说一二，事情多的时候，电话就非常频繁，还常常成为旁人的笑柄，但是罗守弘从不介意，依然我行我素，每到结婚纪念日，夫妻二人或组织结婚纪念庆典，或结伴四处游玩：中国台湾、日本东京及新加坡……都留下他们幸福的足迹，结婚三十多年依然恩爱如初，自然羡煞旁人。

斜阳既晚，正尽西山；

缓躯慢步，共百鸟相还。

一日事，填上万种空间；

辛勤当有苦乐，

个中定有烦难。

点滴带来今宵梦幻；

一觉醒来，又是美妙人间。

2015年，罗守弘和太太陈美仪在大埔慈山寺

在罗守弘的眼中，太太陈美仪是完美的。随着岁月的流逝，铅华褪尽，她的美丽更是由表及里，由外至内，散发着知性、动人的无穷魅力。这或许是源于她仁心，所以贤慧仁厚，以德服人，达致内外兼修，平和温吞，她还带领罗守弘一起诵佛抄经长达十多年。

2015年4月19日，罗守弘和太太陈美仪一起到大埔慈山寺听陈瑞燕教授讲述佛学课程"从六祖坛经到禅武医"。那些时日，罗守弘在太太陈美仪的鼓励下修行持戒，放下更多，也获得了更多。罗守弘总记得陈瑞燕教授的一句话："心和修行有如慈母"，这句话击中了他的内心，因为他总记得家中慈母和身旁的太太陈美仪。

随心感悟真血气
戒定七色彩云飞
知己万法贪何再
达摩得道禅善美
平神气静功夫茶
母慈父业饭餐稀
当下平常甘舒畅
因果就在良心上

之后的4月29日，罗守弘和太太、女儿到了高雄佛光山，罗守弘再次拿起纸笔，用画笔记录这个美好的下午时光，并用诗抒写了心中对生活的感恩，对生命的感悟。

禅观自在佛光山
平常慈悲慧海翻
山下狂风庄严过
晴天漫步层云散
中国皈依归创作
菩提般若寄尘寰
弘德忏悔好更新
心平行直人前眼

罗守弘的太太陈美仪不仅是他佛学上的良师益友，后来还成为他的画友。2016年，太太陈美仪也成了一个油画家，她的画作诗意具足，带着禅意，而且题材平易近人。其中有一幅画，上面画着16只小鸟站在枝头，太太笑言此画有好意头（注：粤语，意即好兆头），以"百鸟归巢"为题，挂在公司大会议厅中特别合适。

罗守弘画于台南（2013年）

2016年新春期间，太太陈美仪又画了"双猴图"，"平安树图"（苹果树图）、"孔雀图"，更在这个寒冷的冬天完成了春意盎然的"樱花图"。是的，这个春季对于罗守弘夫妇来说最是春意盎然，因为女儿罗凯宁将在3月21日在英国举行婚礼，这是一件大喜事，他们替女儿感到高兴。

然而，作为罗守弘的太太，单有这些还不够，正如陈美仪在她49岁生

罗守弘的太太陈美仪画的油画"百鸟归巢"及"双猴图"

日上所言，"我是一个自信，接受挑战的女人"，是的，如果没有足够的自信与勇敢，她如何做罗守弘身边的女人？实际上，她在他身边一直担当着多种角色：为妻，她贤淑忠贞，照顾他的起居饮食，无微不至；为母，她慈祥仁爱，为三个儿女供书教学，引领成长；为罗家媳，她贤良淑德，长辈满意，同辈称赞，晚辈尊重；为职业女性，她是学识丰厚的女学者，精通多国语言，擅长管理沟通，以理服人。在罗守弘的眼中，陈美仪就是一个完美的女人——虽然罗守弘给她的名字下的定语是"平凡"，但是谁都知道这是她谦虚，这"平凡"正说明了她在他生活中的不可或缺。

太太陈美仪给予罗守弘的，还不只是作为一个太太的关怀和照顾那么简单。实际上，以她的学识和才干，如果仅仅作为罗守弘背后的女人，担当一个

家庭主妇的角色，也无异于暴殄天物。陈美仪不是家庭主妇，她除了照顾好罗守弘的日常起居，还在他的事业上劳心劳力，为他分忧。罗守弘是一个要求很高的人，什么事情都要做到十全十美，因此给自己造成很大的压力，陈美仪是最了解他的人，所以常常在旁开解安慰，特别是罗守弘在工作上遭遇困难的时候，她的安慰和开解就是他舒缓压力的最佳良药。

罗守弘开设红茶馆酒店，也有很多的理念和灵感来自于太太陈美仪，特别是在红茶馆的装修定位方面，她提出很多极有建设性的意见和建议，酒店装修风格定位为与婚房、婚宴有关也是太太陈美仪的奇思妙想。红茶馆酒店后来发展喜人，少不了她前期提供的宝贵意见。2001年7月5日，太太陈美仪更进入罗守弘的事业圈子，做起了罗守弘事业上的左右手，直接帮助罗守弘打理生意。

2016年，罗守弘与太太陈美仪在番禺开企业会议

罗守弘画于日本（2012年）

　　陈美仪作为罗守弘生活上的贤内助，工作上的好帮手，夫妻二人出双入对，感情自然如胶似漆，琴瑟和鸣，常常一起出去游玩，享受生活。共同走过婚姻的数十年，夫妇二人还会有情人之间的小情趣，如2012年7月11日，罗守弘夫妇到日本旅游，在京都"星之屋"的第一个晚上，太太就忽然看了一眼罗守弘，说，写封信给我吧，于是罗守弘就在书法盒中取来一个信封，抽出一张纸开始书写，字里行间，都是对她这么多年来对他的照顾、鞭策、扶助的感恩之情。

　　2012年7月17日，罗守弘夫妇三十周年结婚纪念日，罗守弘专门请来了何舜诚太太来做钢琴伴奏，还请来了黎伟林主播，夫妇一起度过了一个难忘的夜晚。

2013年3月8日晚上,罗守弘还携同太太到香港文化中心欣赏了Joe Junior演唱会,这是Joe Junior出道46周年的演唱会,罗守弘为此仍然感慨,觉得Joe Junior的魅力就如同他们夫妇的感情一样历久弥新。娶到陈美仪这样的太太,罗守弘一直心怀感恩。他在她身上学到了很多东西,更把和她在一起的三十多年看作是一次宝贵的修行。

> 万点黄沙长滩一渡,
> 小小怜躯初尝万化。
> 望岩壁之伟大,
> 共日月享柔华。
> 昔日汪洋飘蓬万里,
> 深海乡下何比大小参差;
> 如今风雨梦成铁石,
> 峻岭上居不命渺渺黄沙。
> 泰山石,
> 腾嵩岳之高;
> 傲天河之阔,
> 原是寰宇一家。
> 莫恨孤零,
> 莫问朝涛夕浪;
> 何复昔日四海小黄沙。

2016年,罗守弘和太太陈美仪的婚姻转眼已经走过三十四个春秋,在罗守弘的眼中,她是他的太太,更是督促他每一天进步的人生导师。罗守弘觉得,从某种意义上说,太太陈美仪也是一个建筑师,只不过她建设的不是楼宇别墅,而是他的丰盛人生。

> 群雁过千万里北南。
> 这空间,聚有时;何离散
> 倦意阑珊。
> 领航队雁,停下来。
> 笑傲江湖自在
> 是母爱,晚歌每斜阳。

炊烟改眼前人,无痛何哀。
记起摇篮时代
拘拥将来
人之初寄岁月蹉跎。
笑看年年在母亲节
何处蓬莱。
对不起您曾经是我未曾自爱,
在妈咪手上一片柠檬片
给我大爱,健康常在
真梦
又美丽人间。

罗守弘期望与太太一起度过幸福的晚年

## 2.子女:构建继往开来的家族事业

罗守弘从来都不是一个人在奋斗,帮助其实现梦想的,还有他的太太陈美仪以及他们的三个儿女。

也许是做建筑师做得太久,罗守弘喜欢把很多事物看成是一项工程,其中也包括人生,而且他把人生工程当作生命中最重要的工程。而今,罗守弘觉得自己最需要做的事情,就是用自由而不放纵的方式把子女们扶持成才,让罗家的家业继续发扬光大。

罗守弘时常讲"千教万教,教做真人,千学万学,学用真心",他所说的"真心"指的是要面对真实的自己,学会忍耐、坚韧,一步一步地朝着目标前进而无论快或慢,就像一次温婉如水却坚忍不拔的禅修。

如今,罗守弘的儿女个个成龙成凤。

首先是大儿子罗秉业。作为罗守弘的长子,罗秉业出生后自然是得到万千宠爱,他聪明伶俐,但是不大爱说话,这个特点跟他的父亲罗守弘很像。或许是性格相近,罗秉业从小就和父亲罗守弘非常亲近,两人几乎整天形影不离。

罗守弘与幼时的罗秉业

罗秉业5岁时，罗守弘就为他做了七百多艘模型战舰然后陪他一起玩得不亦乐乎。年龄稍大一点，罗秉业沉默寡言的个性更是明显，但总是和颜悦色，把笑容挂在脸上，"带着个开心果来做人"就是他的外婆李宝有给他的评价。1994年，罗秉业11岁，他在全港乒乓球公开赛中突破自我，进入半决赛，却在团体赛中突然感觉两手发冷，细心的罗守弘在旁边看到他比赛表现失常，就意识到他可能不舒服，果然，当天晚上罗秉业就开始发烧，住进了香港养和医院，之后的一个多月都未能上学，所幸重返校园后，学校教练看中他的篮球球技，还是补选他进入学校篮球代表队。1999年，罗秉业16岁，读中五，本来读住宿学校的他有一天回到家突然对着父亲罗守弘出语不敬，原因只是父亲因为知道他即将参加会考所以比较少和他联络，这两件事足以看出父子感情的深厚。

　　在罗秉业的成长过程中，罗守弘是给予很大的自由度的，因为对他有足够的信心。也是为了罗秉业好，罗守弘只能强忍内心的不舍，送他出国读书。在罗秉业离港去美国留学前的那个晚上，罗守弘的心里一直被离愁别绪充满，他甚至想起了一件事——有一天，罗秉业在球场中对朋友说"这个小球场就是我爸爸带我学会打篮球的地方"，这简单的一句话在那一刻击中了罗守弘柔软的内心深处，他为此几乎热泪盈眶，因为他知道罗秉业是很少提及自己的私事的。而今，为了罗秉业的成长，罗守弘不得不亲自送他离开，这种五味杂陈的滋味只有罗守弘自己真正懂得。翌日早上，在送别罗秉业的机场，罗守弘亲手从自己身上拿下十字架戴上了罗秉业的脖子，然后无语哽咽，泪眼矇眬，他只能迅速把十字架给儿子戴好就转身离开入闸口，远远站着目送他入闸，然后，飞机起飞。此后，每次罗守弘到美国探访罗秉业时都会想起这些时光，温暖的、伤感的，但终究是温暖的。

　　罗守弘37岁那年罹患心脏病，在医院休养了两个多星期。在那段时间里，罗守弘每天躺在病床上做作业，护士好奇地问他是不是做老师的，罗守弘没有回答，心里却有一种难以名状的喜悦。他做的其实是他为小时候的罗秉业出的一些试题。

　　罗守弘还记得，2002年夏天，公司的暑期工作会议上，罗秉业亲手折了两只纸飞机送给自己……

　　很多的故事与细节，不为外人道，却一直珍藏在罗守弘的心底。

2006年夏天，罗守弘到美国纽约探访罗秉业，此时罗守弘意识到罗秉业已经长大，开始偶尔指导他一些企业管理的知识和一些人生的基本道理，他也知道，父子之间的沟通不可能做到畅通无阻，但他会永远珍惜这场父子关系，他不会指示更不会命令，而是偕同：带上他，引领他，然后目送他。

就这样，罗秉业长大了。大学毕业后，他在纽约的美国运通公司（American Express）工作了两年。美国运通公司是国际上最大的旅游服务及综合性财务、金融投资及信息处理的环球公司，公司创立于1850年，在信用卡、旅行支票、旅游、财务计划及国际银行业占领先地位，是在

罗秉业（右）和妹妹罗凯宁（左）

反映美国经济的道琼斯工业指数三十家公司中唯一的服务性公司。在这里，罗秉业学到了世界先进的营运与管理经验，成为一个初级管理人才。

两年后，罗秉业回到香港，正式开始协助父亲罗守弘。有了罗秉业陪伴左右，罗守弘觉得工作都多了几分趣味，尽管生意场上商务繁忙，但他每天总会忙里偷闲，和罗秉业说说笑笑，罗秉业进入香港科技大学攻读硕士课程后，罗守弘对他更是关爱有加，也对他多了一份放心，有意思的是，2010年，罗守弘也进入香港科技大学攻读硕士课程，成为儿子的"师弟"——这正说明了他们父子之间存在的奇妙缘分，难怪感情如此深厚，当然，这都是后话了。

因为罗秉业有着运通公司的工作经验,罗守弘对他寄予的希望很大。回港后,罗秉业在文化村企业里工作了两年时间。这是2007年8月至2009年8月金融海啸肆虐的两年,是文化村企业发展最困难的两年。罗秉业没有让父亲失望,他有着商业领导的天分,平和淡定,遇事处变不惊。他领导文化村企业在风暴中险中取胜,用多元化、分流化的发展思维,不断解决频繁出现的难题,令长者事业文化村企业一直平安无事地渡过了危机,生意蒸蒸日上,更为文化村企业培养了一群轴心领导人才,注入新的血液,让罗守弘深感欣慰。

在红茶馆的经营上,罗秉业也提出过许多真知灼见,红茶馆酒店的商业模式不学大酒店而是采用大而化之的粗放型管理,也是他提出建议并被罗守弘欣赏与采纳的。还有罗秉业提倡并实施的缩减人员、精兵简政的政策,也使红茶馆的脚步走得更轻盈,发展更迅速。有事实为证,罗秉业在红茶馆人手岗位上进行的调整在2009年8月已见成效——红茶馆的人事环境效能进一步提高,也在此过程中培养出许多才德兼备的企业人员班底,为红茶馆的长远发展奠定了坚实的基础。

罗秉业作为罗家新一代企业家的代表,和父亲罗守弘以及再上一代祖父罗肇唐他们的生意理念、模式都不一样,但是在对员工的承诺、企业的承担上面,罗秉业的想法和他们毫无二致,也和父亲罗守弘在"小才大,慢发展"的基本理念上取得了共识。

美利海湾设计图

2009年8月,罗守弘父子二人确定要在达成目标的前提下稳定发展。8月14日,他们通过售出物业以及简化银行融资来进一步控制借贷安全比率,取得了很好的效果。见罗秉业如此能干,罗守弘已经把"美利海湾"项目的财务交由他的财务部去管理。

2009年是女儿罗凯宁加入文化村企业的时间点,到2016年已有7年。这7年间,"文化村"和"红茶馆"两个品牌在香港得过无数奖项,这是罗守弘和太太陈美仪从未想过的,也因此为女儿感到骄傲——要知道这些荣誉是罗守弘从未获得过的。最重要的是,这些奖项对于文化村企业上上下下包括内地的同仁人们来说是一种莫大的鼓励。

在2009年以后的两年时间里,罗秉业暂停了在文化村企业和红茶馆的工作,而到香港科技大学攻读商业管理硕士学位,这个决定也得到了父亲罗守弘的支持。罗守弘知道罗秉业的能耐,已经对他充满信心:罗秉业才思敏捷,稳重大气,本有大将之风,经过香港科技大学商业管理的深造,他一定会通过从罗家祖辈身上学到的态度、技巧和心法以及多年的学习和实践,把罗家的生意带上一个新的台阶,成为真正的企业家的。罗守弘也从心底深处明白,自己未来要在中国内地发展红茶馆酒店以及长者事业,打造更大的企业王国,其核心人物就是大儿子罗秉业。

除了长子罗秉业,罗守弘对小儿子罗秉晋和女儿罗凯宁也寄予厚望。

罗守弘的幼子名叫罗秉晋。罗秉晋自小聪明机灵,活泼好动。他3岁时就已经在学习打篮球,6岁已能在大人拦截下,连续射进10个3分球,从此以后打篮球成为他运动方面的第一爱好。虽然罗秉晋个子较小,但小学、中学时已经在学校篮球队担任队长了,可见其篮球球技有多精湛。2006年,罗秉晋前往美国攻读高中,依然是学校篮球二队的队长,因为篮球打得好,教练对他厚爱有加,更像看待亲生儿子一样看待他。这位教练天生缺陷,他的太太不想他继续任教,他也想过退休,但仍然在2009年度再继续执教,皆因罗秉晋是他不忍放弃的篮球健将。

此外,因为常常跟随罗守弘到各地写生,罗秉晋在绘画上的天赋也逐渐显现。2009年4月,罗守弘到美国探访罗秉晋,本来只是例行的一年两次的探访,却惊喜地发现了罗秉晋在建筑设计上也有着与他一样的兴趣和天分,而且,通过他的努力,他可以于2010—2016年在美国罗查威廉氏大学进修建筑学。这个消息让罗守弘兴奋不已,他回到香港就马上找遍家中的相关资料,并把这些资料一一寄给罗秉晋,当中有自己以往创作的值得学习的绘画作品,也包括雕舵式(Tudor Style)的旅游网形态范本——罗守弘对罗秉晋的殷切期望表露无遗。

罗守弘相信,在建筑专业学有所成的罗秉晋以后会回到香港,助他一臂之力。罗守弘甚至已经为他做好了规划:大多数时候,罗秉晋将留在香港发展,这段时期会有十至二十年的时间。罗守弘相信罗秉晋一定能成为一名优秀的建筑师,会在香港以及中国内地的各大城市大展拳脚——因为罗秉晋不仅有着对建筑学的热爱,更有父亲罗守弘这个学习的榜样!

2009年罗守弘与太太及子女旅游合影

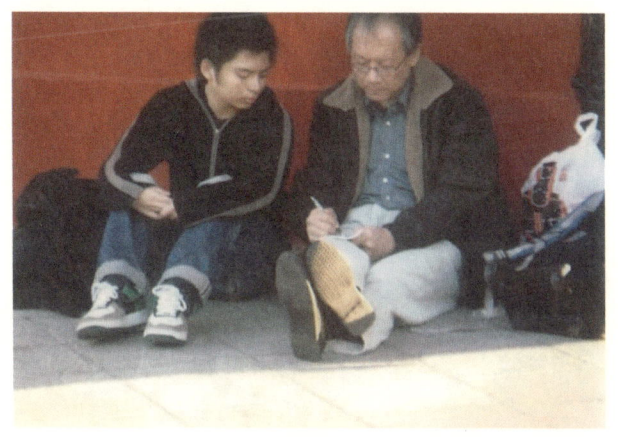

2006年,罗守弘与幼子罗秉晋在日本东京

2006年9月,罗守弘和幼子罗秉晋摄于美国麻省中学

罗守弘的幼子罗秉晋从美国麻省中学毕业时的留影

两个儿子的未来拟定后,罗守弘就开始有意识地培养他们,给他们灌输城市发展的一些基本理念。罗守弘不放过任何一个教育孩子的机会,常常寓教于乐,谆谆善诱。例如,每见到一个地铁站或者地图

上的火车线路网，或者在一起旅游的路途中，罗守弘都会给他们阐述城市的规划，探讨城市的发展，培养他们高瞻远瞩的眼光。

在三个子女中，女儿罗凯宁的性格与罗守弘最相似，她的身上有着浓厚的人文气息，心思细腻，宅心仁厚。作为自己唯一的女儿，罗守弘自然疼爱有加，从1991年罗凯宁7岁读小学一年级起，罗守弘就几乎每天亲自和司

罗守弘画于台北导善寺站旁（2013年）

机一起送她上学，直至2002年罗凯宁16岁离港出国留学的那一天，罗守弘都陪伴在女儿的左右。2002年2月，罗凯宁离开香港去加拿大、美国继而在日本留学一年，前后达八年时间，但距离并没有影响父女之间的感情。

受父亲罗守弘的影响，罗凯宁也沉迷文字，对艺术有着很高的敏感度。她喜欢旅行，了解世界各地的风土人情，而且每到一个地方，她都喜欢用文字记录下自己的所思所想，多年来积累了大量手稿。2009年8月，罗凯宁回到香港，陪同父亲罗守弘一起赴日本旅行，途中，她把自己的想法第一次向家人说出来，她说她一直计划要出一本书，在书中，她会把旅程中见到的人、事、物都

罗守弘即将开启他的建筑学术人生

记录下来。或许，在不久的将来，当罗守弘的建筑学术著作出来的时候，罗凯宁的作品也会正式呈现给读者。当然，文字只是罗凯宁的爱好，她明白自己肩上的责任绝不只是在文字的世界里遨游，她更是家族事业的承继者之一。所以从日本回港后，罗凯宁就开始协助父亲罗守弘的工作，2010年9月，她更进入香港大学攻读物业测量的硕士课程，2012年11月21日，她完成了硕士课程，成为罗守弘未来事业的重要开拓者之一——罗凯宁于2009年已加入文化村企业担当重任，2010年至2012年这两年罗守弘在香港城市大学修读EMBA课程时，女儿罗凯宁也在香港大学修读Surveying 测量学硕士课程。

因为明白企业传承的重要性，所以罗守弘非常看重对子女的培养，他深深明白，子女的学识水平将是企业发展的重要后续力量。在培养子女的企业管理才能方面，罗守弘不会忘记把自己的经营理念倾囊相授。2009年8月，罗守弘把"教练教练"（Coach the coach）设定为企业的核心理念。"教练教练"的字面意义是一个教练培养出另一个教练，实际上却蕴含着能力的复制与传承，而且传承不仅是上一代和下一代之间知识的复制，也包括上级与下级以及同级别同事之间能力的融合和相互促进，最后达致团队能力的全面提升。从这种意义上说来，不仅罗守弘是儿女们的导师，儿女们也是罗守弘的教练。罗守弘更告诉儿女们人生的几个层面：实习，行动，珍惜，禅修，禅意行。这些都是拥有完美人生不可或缺的要素。

罗守弘计划在2008年至2018年的十年计划里，有序地进入中国内地市场，而据其估计，当中作为"避难所"的时间估计要五至七年，毕竟，"慢发展"始终是罗守弘一直恪守的商业准则，他也一直在把这种理念灌输给儿女们，为他们的安全发展保驾护航。

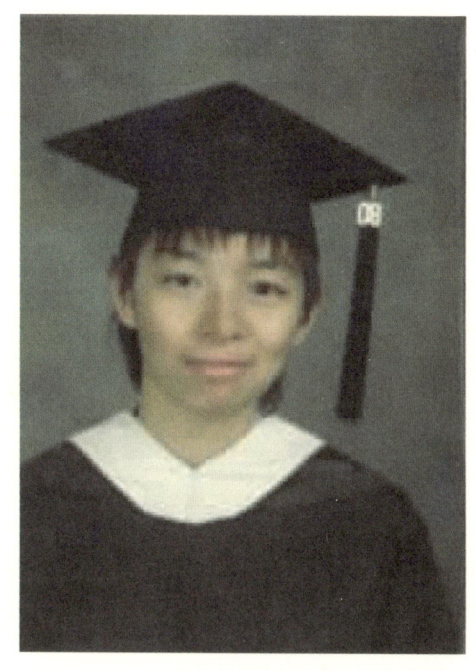

2007年，罗守弘的女儿罗凯宁从美国密歇根大学毕业

2012年，罗守弘完成香港城市大学EMBA行政人员管理硕士课程

罗守弘总会寻找机会向子女们灌输经商理念，"万事归商，万商归物业，万物归心"就是其一，这里说的"物业"并不仅指地产，而是包括建筑设计、制造以及地产开发、销售等大范畴的"地产生意"；而"辛勤当有苦乐"则是指工作是苦，但要学会寓工作于娱乐，活出自己的精彩！这些朴实而富有实践价值的经验之谈，是罗守弘几十年来实践与思考的结晶。

　　虽然总是对儿女们谆谆善诱，但罗守弘从来不要求子女以至任何人复制他的生活和工作方式，他希望他们是独立的、自主的、有独创性的。唯一的要求，就是所作所为要为社会、为国家做出贡献。在未来，罗守弘一定会把更多的精力投入中国内地市场的发展，如广州芳村或者广州番禺都是他发展的对象。毕竟，"扎根香港，自然北上"是罗守弘早就定下的目标，而实现这个目标，不能仅凭他一己之力，下一代才是主力军。这当中，罗守弘当然少不了商业利益上的考虑，但又绝不仅仅如此，更有深厚的爱国爱乡的情结在——毕竟自己是炎黄子孙，他的儿女也是，他希望自己的中国心、中国情、爱国心、报国情可以在下一代的身上得以延续。

罗守弘画于杭州（2001年）

> 如来迷觉我受持
> 十年计划修国事
> 菩萨十善一念悟
> 大悲业少贪嗔痴
> 感恩惜福戒定慧
> 问信合十兆人止
> 果报父母心皈依
> 廿载又在山东时

2009年8月，罗守弘把家族事业的核心策略定义为五个字，那就是"家和万事兴"。家庭和睦，生活美满的同时，他要把三个儿女都培养成企业家。当然，这三个企业家不是完全相同的，他们是独立的，极具个性的，是"和而不同"的。由"和而不同"的三个儿女共同打造出"和而不同"的家族企业网，就是罗守弘的心愿所在。

不知不觉，时间到了2013年，这一年，罗守弘完成了香港城市大学行政人员商业管理硕士课程，准备翻开除了建筑以外的商业领域的新篇章，也是为下一代子女的发展提供更完善的发展平台，于是在香港除了做好一些重建项目外，开始减轻公司的沉冗架构。回想起来，罗守弘也是感慨万千，这些年来，他不知不觉已经完成了145个工程项目，其中有重建一整幢大厦，有装修，有维修。

2013年对于罗守弘来说是值得浓墨重彩的一年。这一年，他眼见长子罗秉业、女儿罗凯宁已经学业有成，分别在商业管理、测量学上取得了硕士学位，在学术理论上打下了良好的根基，而在美国攻读建筑系硕士的儿子罗秉晋也进入第三年，六年的课程再加上实习时间，预计到2018年又可以回到家族里协助兄姐振兴家业，罗守弘计划中的"梯队"已初现雏形，他觉得是时候出击了。

2013年3月7日，随着番禺区大龙街书记王伟雄在番禺区投资计划发动人王翔的带领下参观香港的红茶馆酒店，研究酒店在番禺的投资可行性，这次事件加上山东烟台红茶馆酒店的正式开启，标志着罗守弘的事业登陆内地的帷幕已经拉开，也预示着罗守弘扶助大儿子罗秉业带领公司在中国内地市场正式披荆斩棘的开端。

罗守弘参加傍西村敬老活动时与中共广州市番禺区大龙街工作委员会书记王伟雄合影

　　按罗守弘的计划，罗秉业将独自一人负责红茶馆酒店在中国内地市场的拓展，由烟台的200房酒店做到番禺的500房酒店，都将成为罗守弘的事业版图正式落地中国内地的坐标。

　　2013年5月，罗守弘的女儿罗凯宁在山东烟台开设的"烟凯发展公司"（负责文化村企业在中国内地市场的拓展）正式推出长者用品，而且即将把已在香港文化村企业上市的日本商品在内地销售，罗守弘也第一次和儿女重新定位长者文化村，决定将原有的"大众中下价"定调升级为高级品牌，罗守弘也和太太及子女通过沟通商议，决定和UOB银行融资推进此项逾2亿港元的私营老人院投资，为的是让中国内地的文化村企业可顺利上架销售长者用品，从而把香港的文化村企业打造成香港的知名品牌，并通过各种平台全力推出。

　　番禺的红茶馆酒店建在番禺市还未完全开发的大龙街及罗家村一带，是广州番禺地铁3号线的出口所在，也是番禺区政府的所在地，发展可期。2013年下半年基盛项目立项后，罗守弘就趁势提交另外一些提案去推动从番禺辐射到整个广东省的长者事业发展，2016年6月傍西村长者日间护理中心暨销售中心开幕后，中国内地各地生意网的形成已见雏形。基盛项目在2017年春节完成两家酒店后，文化村的长者用品在中国内地市场将进一步爆发——一切都依照罗守弘的计划进行。

对于文化村企业在内地的发展，罗守弘是有充足的信心的，并做了合理的评估与计划。原来，香港政府在2013年至2015年推行了长者券及全民安老补贴政策，这个政策使罗守弘下定决心重建了屯门虎地280位的全港第一家免补地价的老人院，而这个举措令文化村企业轻易地集

番禺基盛项目D区红茶馆酒店室内效果图

广州番禺文化村长者中心及长者用品销售中心

合到了行业的精英包括护理员、护士及一些管理人才等，而人才的集中也为基盛项目188房经济型酒店提供了足够的人才储备——罗守弘把这看作是文化村在香港及中国内地发展的"蓝海洋策略"。

能得自信真自愧，
自大由来无自信
看人之美仁之礼
信人之心来及弟
三世修来同船渡
谈交往来和共济
青年走过子星月
真如意业宁晋伟

除了"蓝海洋策略"外，他还准备了"专注策略"：所谓"专注策略"就是独一无二，独家销售，香港文化村的长者用品将会分批在中国内地独家上架，这个计划也得到了很好的实施：罗守弘的女儿罗凯宁已经在2013年5月及6月期间把有关项目在山东省烟台逐步铺开——万事俱备，罗守弘自然信心满满。

2014年5月23日，罗守弘（前排左三）在香港番禺工商联谊会上留影

2013年5月31日晚上，香港番禺工商联谊会在红磡海逸皇宫举行就职晚会，罗守弘第一次作为第十六届委员会的常务副主席出席了晚会。也是在这个晚上，罗守弘听番禺区的干部说有一个提案最近被转交到提案组即将立案，这个提案是建议将2010年立案的动漫比赛延续到2013年6月，提案受到重视自然令罗守弘备感欣慰与鼓舞。是的，2013年这一年，已经57岁的罗守弘在中国内地多了很多头衔，同时意味着他肩负了更多的责任。

2015年6月5日，罗守弘参加香港工商联谊会成立三十三周年会庆

此外，罗守弘对中国内地的奶粉市场也十分看好。他对于奶粉市场的前景判断源于他一直关注内地的政经新闻。原来，香港在2013年中发生了一连串食品安全事件，其中包括因抢购婴幼儿奶粉而导致的供需严重失衡，继而出现了"限奶令"，引起社会极大回响。这一连串的新闻让罗守弘注意到中国内地市民对高质量的安全食品、药物的庞大需求。2013年9月，国家主席习近平指出，2013年上半年，中国国内生产总值增长的7.6%中就有7.5%属于内需的贡献。国务院总理李克强表示，扩大内需是中国经济的主攻方向，亦将会是最大的经济结构调整。不仅如此，中国内地还推出了关于鼓励监督食品安全的规章制度，进一步加大食品及药物监管的力度。

2012年广州市番禺区食品药品监督管理局对区内各单位介绍食品安全举报奖励办法，具体举措为设立食品安全举报专项奖励资金，鼓励社会公众参与食品安全监督管理，调动人民群众积极检举和揭发生产、销售假冒伪劣食品的违法行为，进一步加大对食品安全违法行为的打击力度，保障人民群众的食品安全等。

这一连串信号令罗守弘坚信这是一个机会，他开始重点加快番禺区农产品、食品、药物的品牌发展，培养高质、安全的中国食品、药品品牌。

对于番禺区，罗守弘提出加速推动内需市场，助推番禺区生产总值及经济持续健康增长。此外，他还建议创建"平安番禺"，设立国际化食品药品质检中心，打造时尚创意都会。为配合番禺区大型商场项目、商业及购物商圈的发展，在广州市质量技术检测园5个国家质检中心的基础下，建议设立达国际水平的食品及药物监测系统，并加强打击销售假冒、伪劣食品的违法行为，强化安全生产、食品药品、产品质量专项整治，借以扶持有质量的中国品牌出现，吸引更多番禺区、全广州乃至外省人流到番禺区购物消费，把番禺打造成集旅游、娱乐、体育、休闲、教育、健康等新兴消费热点的时尚创意都会区。

2014年9月11日，罗守弘回中国内地参加提案座谈会，在座谈会上，他建议把番禺区内16个小区的卫生服务中心与区内41所星光护老之家联合起来，为市民提供更全面的养生保健平台，打造成番禺区内推广养生文化的小区性哨站。他阐述道，按照政协2014年指出的：区内老人居家养老占99%，1%机构养老设施当中公办机构分担了0.4%，民办企业分担了0.6%，份额太低，应该让民办企业更多地分担养老服务。

罗守弘又一次证明了他的眼光。后来的形势发展正如他所料，趁着政策的东风，文化村企业在中国内地的发展一直很顺利，更成为中国内地第一家长者服务中心、安老服务基地及安老服务生态园。2014年10月，罗秉业和罗凯宁也成功地把菲律宾的冰鲜产品带入中国内地的文化村企业，巩固了公司在中国内地的行业地位，进一步提升了行业竞争力。

罗守弘依然忙碌，正如他计划中的"退而不休"。他当然知道他不可能永远站在前线，总有退出的一天，他不思疲倦，雷厉风行，为的是早日把孩子们扶上马，早一天在中国内地站稳脚跟。实际上，这一年，罗守弘也任由罗秉业用尽所有的资源往前冲，他知道只要扶助孩子们打开一条路子，之后就可以海阔凭鱼跃，天高任鸟飞，他也知道中国内地庞大的奶粉市场会是公司以后发展的重要推动力，他有这个自信和底气，所以他说，"红茶馆酒店在内地一定赢"。

有冲劲但不急躁，这是罗守弘的行事作风。2013年，他做的是开启而不是冒进，他相信目标在远方，只要不停止向前，就总能到达目的地。

豪情万丈之余，罗守弘的心里也有些感慨，要知道，为了达到这个目标，他其实早已做了很多事情。罗守弘从2003年开始逐步减轻贷款，目的是在2023年将实质的资产转移到下一代罗秉业、罗凯宁及罗秉晋手上，他甚至计算过，到2023年适逢中共二十大召开，而从2014年开始，中间间隔还有十九大、连接二十大，甚至连其中的五年计划以及相关国家领导的任期罗守弘都计算过了。2014年9月17日加息讯号出现；9月18日苏格兰公投否决从英国独立；9月18日阿里巴巴在美国上市，香港股市出现了连续11日的下跌，至9月25日恒生指数继续回落……在此期间，罗守弘的母亲许洁珊建议他买入恒生股票给三个儿女，于是罗守弘买入100万，他知道，这意味着在银根和财务方面，他和大儿子罗秉业将持有一些债券和股票的投资来对冲银行借入的贷款，也是为中长线营运提前做好准备；2015年9月7日，罗守弘看清香港股市形势，认为有大鳄在拉抬指数引诱股民入市，可能会先拉高然后往下挫，于是在翌日早上他就不顾价位高低尝试出货，当日下午，恒指狂飙上八百多点，收市也报升六百多点，

2005年香港鸭脷洲文化村总部会议上，罗守弘夫妇与员工们合影

此时罗守弘已经一口气沽空5200万港元的股票,到9月9日星期三恒指早上,罗守弘再把手上220万股票清仓,9月10日上午10时半,果然市场如罗守弘所料,恒市竟然直接低开五百多点,隔夜道琼斯指数也由本来报升一百多点到收市报跌二百多点,这次操作可谓是罗守弘金融投资路上的一次经典事件——从危机中看到商机,从下跌中看到上涨,这就是罗守弘的眼光,稳健并不代表停滞,沉着冷静的他,在该出手时依然毫不犹豫。然而,即便如此,罗守弘仍然不愿意看到自己和儿女成为股票市场上的狂徒,他仍然坚持做儿女们发展的后盾,稳当的,永远不会垮掉的坚强后盾。

2015年,罗守弘的企业发展渐入佳境,除了在香港的300床位的老人院在屯门区动工外,中国内地的广州番禺区和山东烟台的三个文化村企业的发展也进一步深入。这一年的7月30日晚,在烟台,吃完饭后的罗守弘回到新建成的酒店的房间,太太陈美仪问他,为什么在香港酒店开幕时不见你这么开心?罗守弘感慨道:"因为番禺和烟台的开启,是源自这一群人的艰难行动,是企业的意义,也是子女们的事业在内地可以延续下去的标志。"

是的,不容易,但是罗守弘熬过来了,他扶助子女从香港到中国内地,一路攻城略地,披荆斩棘,现在终于见到了曙光,而他期望看到的朝阳也已经冉冉升起。

到2016年,罗守弘和太太陈美仪加上子女罗秉业和罗凯宁在文化村企业付出的一番努力,也得到了一个好的结果,我们相信罗守弘的幼子罗秉晋2016年5月从建筑系硕士毕业后,可以为罗守弘的企业带来更崭新的气象。

接下来的,就是下一代对企业的真正接棒了。在罗守弘的计划中,2019年将是一个崭新的开始,到那时候,罗守弘创立的事业网已经交到了下一代的手中,企业的发展将正式步入正轨,罗守弘连同他的子女会在中国内地城市的生意拓展中,或栉风沐雨,或闲庭信步,一步一步迈向更加辉煌的未来。

照罗守弘的计划，到2023年，他的企业将会由三个儿女在经营方向上进行产业分流，使企业更多元化，更具竞争力。以此为方向，罗守弘在三个儿女现今的工作安排上就已经有所侧重，将来，在子女各自经营的项目上一定会交出让罗守弘满意的答卷。

在培养儿女成为接班人的过程中，罗守弘的太太陈美仪依然充当了重要的角色。在罗守弘开始建筑师学术化钻研的晚年时光中，陈美仪的重要责任就是继续引导下一代承继罗守弘的生意网，把家族事业发扬光大。

陈美仪的内心深处是希望罗守弘能带领子女帮助罗家的生意版图不断深入拓展的，因为她知道这也是罗守弘的心愿。要知道，从上一代罗肇唐开始，罗家的事业已经成功地从典当业迈向地产，到了罗守弘这一代，又从地产迈向了红茶馆连锁酒店以及文化村企业，到了下一代，她期待儿女们不仅能让长者文化村企业和红茶馆连锁酒店的网络发展扩充至中国内地乃至国外，更可以在这个程度上再上一层楼，在更多的领域有所建树。

# 第十一章
# 纵情诗画，笔舞人生墨歌意

艺术不但是人生不可缺少的调味剂，还可以是力量的源泉。艺术分很多种，绘画和文字是其中的两种。

喜欢艺术的人，骨子里都有一种浪漫主义情怀。而大多对艺术敏感的人，都不免有些多愁善感，但是罗守弘没有，罗守弘成功地把自己的艺术感受融入自己的事业路径中，让艺术成为他事业发展不可或缺的点缀乃至原动力。

罗守弘喜欢画画，从儿时绘画天分得到展示并得到赞扬，满足了小小的虚荣心后，就一直没有停下来。接下来，绘画还帮助罗守弘顺利考入加拿大华尔顿大学的建筑系，成为后来的建筑师。可以说，绘画是罗守弘最早接触并参与的艺术活动之一。

罗守弘喜欢写诗，他写的诗没有固定的格式，没有华丽的辞藻堆砌和高深莫测的哲学思辨。朴实无华却情词恳切，简单直白却温婉动人，这是罗守弘创作的诗歌最大的特点。

无论是罗守弘的绘画还是他的文字，一切，皆出自一个"真"字。

## 1. "诗"情"画"意，美妙人生

相对于大多数出生在平民百姓家的孩子来说，罗守弘没有吃过多少苦。他出生时，罗家基业稳固，并在父亲罗肇唐的苦心经营下，处于不断扩张和上升的势头。罗守弘可谓生活无忧的"公子爷"。

这样的家庭出生的部分孩子难免会走向一个极端，那就是不知人间疾苦为人艰难，并自觉高人一等，因而目中无人甚至骄横跋扈。所幸，罗守弘没有成为这种人，小时候，他乖巧、听话，乐于助人，长大后，他心存大爱，孝敬长辈，爱护同僚，关爱晚辈。

初曦白鹭水连馨
八载征途潇天鹰
再世红梅寒色月
生涯出日本名性
翻波惊起同心浪
愈难人退滩泥泞
走过黄沙田海漾
水上人家老川亭

儿时的罗守弘与母亲许洁珊

因为目睹父母营商养家的辛劳，罗守弘很孝顺。在罗守弘17岁即将离港赴加拿大时，他就已经认定母亲许洁珊是全世界最伟大的女人，而父亲罗肇唐则是最值得尊敬的企业家、慈善家。罗守弘把父母当作自己终身学习的榜样。从母亲身上，他学会了节俭、勤奋与乐观，学会了面对问题时迎难而上的坚韧不拔，他会像母亲一样把信封上的邮票小心翼翼地收集起来，尚未用完的东西也会保留下来物尽其用。而从父亲罗肇唐身上学到的，是做一个忠于事业的企业领导者，一个勤奋的工作者，一个面对金钱抱着乐观而谨慎的理财态度，对家庭、社会有着强烈的责任感，在慈善公益事业上慷慨解囊的慈善家。

人若有情皆知己
坐禅内外不干避
如何命薄几分痴
源不百病通窍理
少肖嗔贤伤父母
为谁空恕犯天机
贪来因果贪嗔痴
抱梦奇离借大地

罗守弘的父母罗肇唐、许洁珊夫妇

罗守弘一直非常孝顺父母。图为他与父母在一起

长大后，罗守弘还主动和父母住在一起，以方便更好的照顾他们，至今已超过十三年，孝心可鉴。因为感恩，罗守弘还写过一首诗赞美父母的寸草春晖。

风打木棉断枝，
留下的它
和我廿载年华；
丰盛的枝叶留下，
每春萌芽。
早上山岗还有
影月的追影；
曦光透进人间
由一天的行空天马。
平凡而好一个树，
默默站着，
傍家森林之下。

自然地生长得一样；
未许英雄树争高，
两盈馨馨在又一个火夏。
望着木棉，
多少年来一朵黄花。
如果木棉知我的心，
自己是一个家。
爸爸，妈妈，
对不起您多谢您；
风雨同路，更能透着
如花的微笑。
木棉树一年，是不老的恩典，
再廿年秋别冬离；
廿年真善美。

罗守弘的画作有自己的独特风格

作为父母的儿子，罗守弘恪尽孝道，而作为一个父亲，罗守弘对自己的子女也是关爱非常，儿女们出国求学时，他常常捧着他们的照片缓解相思，特别是女儿罗凯宁在外游学八年，罗守弘更常常看着她的照片盼其学成回港，每逢佳节，罗守弘都会牵肠挂肚，期盼她能出现在家中的餐桌上共聚天伦。

罗守弘的"爱"不是狭隘的渴望亲情、关爱家人，而是宏大的、博爱的，他爱人，更爱生活本身。这一点，从罗守弘的绘画作品和文学创作就可以表现出来。

通常说来，绘画是一个捕捉、记录及表现不同创意目的的形式。但是，在罗守弘看来，绘画给予他的意义却不仅于此。

于罗守弘，绘画可以是母亲的一只手。这只手，在罗守弘七八岁的时候就一直牵着他的，他们沿着那条倾斜的西边街一直往下，走进琳琅满目的文具店，观摩，挑选，购买。或者，走进外婆家看那些挂满精美画作的画廊，把那些安静和美好烙进罗守弘的脑海。

于罗守弘，绘画可以是少年时代少有的一份骄傲。那时候，罗守弘的成绩不算好，是绘画让他找到了难得的自尊与自豪。绘画，成为罗守弘自信心的源泉。

于罗守弘，绘画可以是他传情达意的载体，他可以把自己的作品作为送给自己心爱的人的一份私密的礼物。绘画，成为罗守弘描绘世间真情的工具。

和大多数画家一样，眼之所及的人、事、物，在罗守弘的眼中都充满了画面感，充满了线条的起承转合和光影的明暗流离，而作为建筑师罗守弘来说，每一条街道更是他恣肆挥洒的画板，是他吟诗作赋的源泉。

把毕加索当成自己绘画方面的偶像的罗守弘，其画作也颇有毕加索抽象、简洁之风，他的画作以水彩和油画为主，水彩画风格写意，清新隽永，油画则用色大胆，风格凝练厚重，展现了他既温婉细腻又大气稳重的个性特质，是名副其实的画如其人。罗守弘特别注重写生，有时候走在街上灵感来袭，他会马上停下来，用画笔在随身携带的本子上顺手描画一番。

就这样，绘画成了罗守弘生命中不可或缺的组成部分。带着画板和画笔到世界各地的名山大川游历采风是罗守弘的最爱，对于学建筑的罗守弘来说，山水风景的写生更让他大受裨益。

罗守弘还喜欢书法，因为有着基督教、道教、佛教的熏陶和他多年来对

"三教"形成的独特认知,他的书法作品也大多以"三教"的教义或感悟为主,还常常把自己的书法作品与人分享。2013年6月21日,罗守弘和长子罗秉业及女儿罗凯宁、同事赵成基、梁志昌到宏基测量师行拜访合作伙伴曾国明,与其就一些建筑项目事宜进行讨论,此行罗守弘就带了一幅书法作品字画送给曾国明,祝贺他新写字楼乔迁之喜,作品写了四个字"波罗蜜多"。"波罗蜜多"是佛教用语,意即圆满、彼岸。罗守弘之所以写这四个字,源于农历年时曾国明送了一个站桩给他,还对他说他可能会离开测计界去禅修,所以这一次罗守弘本来想写"心平何劳持戒,行直何需修禅"这十二个字来启示曾国明,但想想无论是出家还是在家都是修行的方式,不必执着,所以最后还是写了"波罗蜜多"表达他对曾国明的鼓励与祝福。

罗守弘从2015年开始学习书法

2015年9月罗守弘开始把书法与佛家心法联系起来，并把这种思维与自己的建筑学进一步融合，也因此获益良多。对于书法，罗守弘希望自己可以一直写到晚年，并能因此达致生命幸福、圆满的彼岸，通过罗守弘写的这首诗，我们或许能看到他对未来的希望，以及对圆满生活的无限向往。

您是我的微风，

触不着。

阳光，修静，

又行直心平。

寄来自己。

性门，明心见正；

慈悲。

明心见正品德。

少言语。

暖人间依人留下。

村前巷后，对眼黄花如画。

爱，您是当下

老大回，春去也。

心篇由我。每早上小鸟双飞歌唱

真我如是。人之初

一乘心安。

十乘普渡。下一代

真我如是，

波罗蜜多，

功德满载，

无无名。

执子手，

而家。

罗守弘喜欢旅游，旅游除了是他休闲减压的主要方式，也是他学习的重要途径。旅游可以拓宽他的视野，启发他的创作灵感，而在旅途中对过去的反省和深思更让他获益良多。每当面临困难而暂时想不出解决之法时，罗守弘也喜

2000年，罗守弘在日本留影

欢放下工作到处走走，旅途中的见闻常常会让他灵光闪现，问题亦迎刃而解。罗守弘旅游所到之处遍及海内外，日本、澳大利亚、中国台湾或者欧美的很多国家和地区，都留下过他的足迹，而且每到一处，他总会抽出时间，让自己坐在地上，用画笔画下一幅小图，并配上诗句。

诗歌是有节奏、有韵律并富有感情色彩的一种语言艺术形式，也是世界上最古老、最基本的文学形式。与绘画相比，文学特别是诗歌创作，是罗守弘体验生命、探索生命本质的又一个载体，也是他热爱生活的另一种表现。在诗歌里，罗守弘用抒情的方式，高度凝练、集中地反映社会生活，用丰富的想象、富有节奏感、韵律美的语言和分行排列的形式来抒发思想情感。

除绘画外，诗歌是我们可以看到的最多的罗守弘的作品，这些作品或直抒胸臆，或借物抒怀，或表达情感，或探究生命，都是当时事件的真实记录以及彼时心境的完全写照。例如在1978年的求学期间，罗守弘写道：

斜阳既晚，正尽西山；
缓躯慢步，共百鸟相还。
一日事，填上万种空间；
辛勤当有苦乐，
个中定有烦难。
点滴带来今宵梦幻；
一觉醒来，又是美妙人间。

2016年2月21日，眼见位于红磡的红茶馆酒店地盘重建发展顺利，那天下午，罗守弘喜不自禁，拿起电话与太太陈美仪分享，又以诗歌向太太陈美仪表达内心的激动之情：

罗守弘夫妇与父母、儿女在一起

劲草枝存力
寒梅曲节腰
疾风吹不尽
红叶天外飘
此景引心怀
同心肝胆照
鸿雁分长路
指日共南桥
鳞影柳穿莲绿
鲤成双共长游

2008年，罗守弘到日本旅行时，在东京的街头画画

罗守弘画于日本（2010年）

罗守弘画于香港（2000年）

2015年，罗守弘在日本画自己走过的街道

2005年在日本，罗守弘感怀太太陈美仪的美丽动人，又写出了一首赞美诗：

这许十年涛浪旧
还有一情如晚秋
几好把句句刻画
着眼记着那年头
月新宿命英豪杰
多谢吾父忍恕有
守此名四方红叶
苑庭望西月弯舟

罗守弘画于日本（2006年）

罗守弘还为女儿写过这样一首诗：

　　拍拍飞来一个人
　　坐在窗前父母亲
　　一个影子光太远
　　原来骄月汝环尘
　　过别星河谁爱我
　　每段同缘寄深恩
　　风轻吹遍雨我梦
　　蓝天承许女儿裙

2009年,罗守弘与女儿罗凯宁合影

罗守弘也用诗歌来表达对生命的思考:

　　　　命生何物人何价
　　　　红日红花红天下
　　　　复失一物得一物
　　　　茶中宝有育吾家
　　　　心广悟康松年柏
　　　　德广天边归来吧
　　　　专心珍重眼前人
　　　　锦月生花何意马

罗守弘也写词。

2009年10月26日,罗守弘和太太陈美仪在加拿大多伦多探访幼儿罗秉晋之后又写了一首词:

才六十社稷，
京万民，
乘风有定。
傍西佚梦，
走向同，
北上。
扎根香港，
边取粤京铁路，
连西九。
何夺静南燕，
望东江水，
一乘宠。
禅雨，
虑舒修，
有安汶川千万。
又十三亿中国，
走向共和，
成大器。
有得又六十年，
大同小康，
山河祈恸。

寥寥数笔就勾勒出了杭州的神韵。
罗守弘画于2001年

2013年2月13日,罗守弘当上了祖父,他生命中的第一个孙辈——罗秉业的女儿罗靖霖出世了,罗家实现了四代同堂。看着襁褓中的女婴和罗秉业脸上的笑容,罗守弘的喜悦之情溢于言表,写下了当时的感恩之情:

  斜来笑夕阳人间
  放眼望片知无限
  爷爷抱心上至爱
  紧握嫲嫲对关山
  小孩儿婴千金在
  癸巳同堂春节诞
  同四代恩光明目
  全五世其昌平凡

2013年4月,罗守弘的母亲许洁珊生日,四代同堂其乐融融,罗守弘就借用红棉直抒胸臆:

四世同堂,其乐融融。罗守弘和父母、妻儿及孙女摄于2016年

弄儿笑容同抱拥

人间红棉福满宠

正月初四初生日

飘雨靖山恸林风

眼前爸妈心如画

挂上家书向爷嬷

走过老年黄昏夕

八十年路漫花筒

在2013年6月10日的公司大会上，罗守弘又不知不觉地把自己学到的一些佛理和和一些心理感悟成诗一首：

罗守弘与家人亲友合照。摄于2016年

道法自然，
远近人间轻风如面，
坐禅，
内念外见。
山遥
画这美丽晴天，
有双渡鸟
麓迭梯田。
明心见性，
手牵情三十年，
再三十年；
因为每旅程
可如深
而浅镰。
踏天涯路，
是又一言话
您不恼心；
念不起
修坐自性不动，
是您禅定，
爱您菩提，
行直见般若。

2013年9月5日，农历八月初一，此时的他已经过持戒修行，获益良多，可以一晚睡上十一个小时，让他感觉有重生之感，顿时感慨父母的恩情与修行的伟大，于是写出了下面这首《感恩的心》：

做过，不如做错；
错过，如何。
爱是彼岸完满，
波罗蜜多。
可以想着什么，

酒能醉过，
　借过情重
　又一年冬初。
是您记得我，
　知否痛过滋味；
　又中秋月明
　云飘过。
风打着我，
　如是我们
　同心唱和。
您能给我的心，
　我一念善；
　我感谢您
　每晚每早上，
　依依眼前
　禅坐。

罗守弘画笔下的台南（2013年）

伴随着儿女的成年，2013年2月罗守弘又多了一个新的身份，那就是爷爷。长子罗秉业的女儿罗靖霖出生，让初做爷爷的罗守弘欣喜异常，2014年4月，眼见孙女罗靖霖已经年满周岁，在过去的一年里，罗守弘和她一起度过了许多欢乐的时光。

孙女罗靖霖的成长成了罗守弘幸福人生新的来源，常常借她来直抒胸臆，写了很多歌颂真善美的诗词。

真！善！美！大地；
　无形是您。
美仪心，心仪美；
真光是您，光芒
今天是您，晴空万里
一诺不枉，
　致爱情归；
醉大地，醒来一梦日记。

三月红棉落花,

不了天地,燕子双飞。

冷暖人间,

一个您!

大地。

2014年5月20日,罗守弘感怀罗家家业壮大,生活美满,写了一首很特别的诗,他把祖父罗裕积和外祖父许步云的名字嵌入其中,让人读到一种跨时空的情感传承与延续:

三生修到眼前人

耿耿父母爱吾君

尘义广问怨憎会

痛别离知心何恨

恕一时五火炽烈

八苦痛看别离分

有容乃大求不得

裕积行直步天云

2015年8月29日,罗守弘感怀即将到来的9月3日中国人民抗日战争胜利70周年写下了另一首佳作:

罗守弘画于日本(2011年)

共享天伦。罗守弘和孙女靖霖摄于2016年春节

雨天晴后晓日晖
佛眼法兮戒定慧
如来真我而卓见
陕北征战白桦西
东方特快连心路
山河普渡岷鹃啼
一带一路中国梦
今世共和同经济

  2015年9月28日,中秋佳节,罗守弘早早备好花灯与月饼,等待孙女来过节,当中的喜悦与感恩之情,又被罗守弘写了下来:

罗守弘于2013年2月画的香港跑马地

  千世修行同感恩
  眼前是我惜福人
  慈悲皎洁中秋月
  善念菩萨喜舍悯
  佛相正大全放下
  心无我相真自问
  一生如来无所求
  以德报怨既由仁

  诸如此类的即兴诗词,罗守弘写过一千四百多首,而且全部都保存了下来。

  如果说阅读是罗守弘每天必不可少的工作,那么诗歌创作则不仅是他抒发情怀的方式,更成为他工作上的独特方法。罗守弘后来用"纸仔"来撰写工作

记录并进行工作安排的独特方法就是从这里衍生出来的。钟情艺术的人，骨子里都有一种浪漫主义情怀，所有情绪都是放大的，包括爱。回想罗

罗守弘画笔下的香港（2000年2月）

守弘走过的人生旅程，没有跌宕起伏的传奇，没有惊心动魄的商战，但依然值得回味。毕竟，有爱之人的故事，就是饱满动人的，值得书写的。

2009年8月，罗守弘和家人到日本北海道游览，这次旅行，让这个建筑师对人生又有了一番异于常人的思考与感悟。他觉得，人是平凡的，城市中每一

罗守弘画于四川（1986年）

个人都是平凡的人，但是他们每一个人就是建筑师。

这不由得让人想起罗守弘说起过的十度空间理论来。这个理论从严格上来讲，并不属于他的原创，但绝对是他在前人理论的基础上，经过自己的研究思考后提炼而来。十维空间很有启发性，了解他口中的十维空间，能让我们更好地深入罗守弘的内心。

在罗守弘看来，人生就是生存，是空间、时间的二维集合体。而除了常说的四维空间（一维是线，二维是面，三维是静态空间，四维是动态空间）外，更有五维空间，六维空间乃至十维空间：五维空间是品格，六维是行为，七维是空，八维是家，九维是真相，十维是下一代……

罗守弘所说的"第五维空间"是广义概念上的一个集合，是国家、民族、企业、家庭等组合在

罗守弘传 Luo Shouhong Zhuan

罗守弘2015年的画作

孙女靖霖是罗守弘一家的掌上明珠,摄于2015年

一起,在一定时期内形成的思想、理念、行为、风俗、习惯、代表人物,以及由这个群体整体意识所辐射出来的一切活动。文化这第五维空间,成为罗守弘的建筑乃至生命理念的基石。

罗守弘眼中的第六维空间"行为",是指人类在生活中表现出来的生活态度及具体的生活方式,它是在一定的物质条件下,不同的个人或群体在社会文化制度、个人价值观念的影响下,在生活中表现出来的基本特征,或对内外环境因素刺激所做出的能动反应。行为具有主观能动性,能改变个人乃至整个家庭和社会。没有行为,一切都只是虚妄。

罗守弘把"家"看作第八维空间。家不仅是眷属,不仅是眷属们共同居住的地方,更是情感的源泉,是家族成员情感的源动力。

罗守弘很幸运,他找到了一个真正属于自己的"家",这个家不是富丽堂皇的宫殿,不是亚特兰蒂斯式的城堡,而是心灵的栖息地,是爱之所在。2009年8月,罗守弘携同太太儿女一家五口赴日旅游,在日本北海道小樽市的手信街,他们谈笑风生,一家人和乐融融。罗守弘的笑容背后,又带来了更理性而令人振奋的思考,因为在这里,他仿佛看到了香港未来的鸭脷洲。未来的鸭脷洲,旅游业一定会像这里一样游客盈门,而罗家的事业也更欣欣向荣。

牵着太太陈美仪的手，看着儿女们微笑的脸庞，很多不在眼前的面容都在脑海中一一浮现，罗守弘想起了已去世的岳母李宝有和岳父陈大新，以及太太陈美仪已故的姑丈陈德广，还有在香港的父母，万千滋味在心头——家何其宝贵，健康何其宝贵，这些

2009年，罗守弘与太太陈美仪在东京

每个人都盼望拥有的稀世珍宝，自己都已经收入囊中，他又有什么理由不珍惜，不满足，不感恩。油然而生的使命感和内心的充实与温暖，让罗守弘心怀喜悦，他知道，回到家，他又能写好多的诗，画很多的画了。

是的，罗守弘的人生没有停止，将继续抒写。每天，在自己的书房里阅读写作，或者赤脚迎着夕阳抬头看木棉树的四季更迭，罗守弘的嘴角会不由自主地上扬。

> 放下舍得撗黑白，
> 叠看心内连松柏；
> 志莲浮世了尘树，
> 少许听恸水拍柏。
> 红满三月木棉处，
> 情真空愿依何客；
> 已是鸟啼三生梦，
> 月见芳璇人谁画。

回首往事，罗守弘总是心怀感恩

回想过去,他从一个小男孩成为一个父亲,从1980年5月19日罗守弘建筑师事务所开张,到成为建筑师加红茶馆酒店以及文化村企业的企业掌舵人,当中的苦辣酸甜,只有他自己知道。除却那些早已远去的困难和挫折,他内心充满的只有感恩、快乐以及欣慰。罗守弘常常挂在嘴边的一个词是"平凡",他把自己当作平凡的人,做平凡的事,过平凡的生活。但他的不平凡,正体现在他的这种大智若愚,虚怀若谷的情怀,以及善心仁义,爱国爱港的广博大爱中,如同2015年他写的两首关于"中国梦"的诗:

> 番禺小康中国梦
> 农村创新又大同
> 改革开放十六大
> 十六街镇红旗颂
> 畔溪春别珠江雨
> 长江北南黄河涌
> 心平行直保稳定
> 西关月下广州东

2014年,罗守弘在文化村周年晚宴上与同事合影

罗守弘画于番禺（2010年）

如今2016年，已到花甲之年的罗守弘也步入另一种人生，这一段人生旅途里，再也没有商战硝烟，也没有太多的纷繁复杂，只有休闲、惬意和温暖的感怀。从此以后，除了关注红茶馆酒店和文化村企业的发展，更多时候，他会把时间花在建筑学术研究并撰写建筑学术著作上——为建筑业继续发光发热，是罗守弘一直没有放下将来也不会放下的。

在罗守弘的眼中，"企"即"人止"，意即懂得放下才能静，静方能悟，悟方能得。此时的罗守弘已经不需要再为一些没有意义的事情而奔波，只是在儿女引领企业发展时给予适当的指引，他有了更多时间看更多的书、写更多的文章、画更多的画，至于太多的名与利于他已是过眼烟云。

放下，不仅是一种解脱的心态，更是一种清醒的智慧。放下，就有了顿悟之后的豁然开朗，重负顿释的轻松，云开雾散后的阳光灿烂。

观行静，

放下成名；

再放下功勋。

行正道，真人般若，

真心道法自然；

心意把

修禅若戒。

一乘自己，禅定

人间温暖薄亦千层。

分别心，

正品德，

天堂在；

菩提在心

得大自在。

卸下多年来背负的大部分重担，罗守弘会继续他的旅行和他的文学、绘画艺术探索。其中日本以及欧美的国家是他依然钟情的去处，而中国内地更是他需要亲身感受的地方。

或许在罗守弘的眼中，生活就是一个故事创作的过程，他在香港创作了很多脍炙人口的小说、故事或散文，也会把日本、欧美和中国内地当作他未来创作的重要载体。在未来，专属于建筑师罗守弘的城市语言必定会在世界上不同的地方发声，而他的艺术生命也会在这些地方得以延续和抒写。

## 2.一个平常人的光荣和梦想

在本书的最后章节，让我们跟随罗守弘，看看这个在旁人眼中的不平常的人过的是怎么样的平常日子，也让我们更加了解这个智慧而敏感，平凡又伟大的企业家在过着怎么样的生活，正在经历着什么，感悟着什么，期许着什么，相信读者能由此进一步读懂罗守弘，读懂他的光荣与梦想。

在罗守弘眼中，生活就是创作的过程

  2015年母亲节，罗守弘眼见父母身体健康良好，感恩之情油然而生，于是为父母写了一首现代诗，这里把他同是在母亲节写的另外一首诗也刊登出来以飨读者。

几多离别珍惜，<br>
今次<br>
才知对不起花猫<br>
未多时间一起朝夕；<br>
小狗更老着，<br>
跳得来，来要小心跛脚。<br>
压着心房跳动，<br>
手抱怀中；<br>
这许我回家真梦。<br>
眼前小动物致爱，顿悟<br>
原来是最痛。

淡定坦然、虚怀若谷的罗守弘

父母心如医者，佛眼如是
慈悲母父心，每一天布施
教我情恸。
多谢您爸妈，这一生的
你们，又为谁辛苦为谁忙；
黑一片影子后，你们给我光芒。

2015年12月29日裕泰兴公司晚会上，罗守弘在讲话时提及父亲罗肇唐经常说起的两句话："俗虑每随诗酒去，淡交偏觉性情真。"

罗守弘觉得，做人就像宋代诗人苏东坡的诗作《和子由渑池怀旧》里的两句诗："泥上偶然留指爪，鸿飞那复计东西。"在他看来，不仅具体的生活行无定踪，整个人生也充满了不可知，就像鸿雁在飞行过程中，偶一驻足雪上，留下印迹，而鸿飞雪化，一切又都不复存在。

吹过天涯帆飞白
望片水堤蓝际天
静漾心空横惑梦
一纸船寄为谁画

罗守弘与父母及妻子、儿女摄于美利海湾

起无同翼东山事

几行渡雁送桥前

两眉笺在奔新月

短短日落了无年

这种喟叹源自罗守弘也跟平常人一样，偶尔会经受生活的磨练，甚至病痛的折磨。在裕泰兴晚会当月的12月7日，罗守弘刚刚进行过体检，发现癌症指数上升至850以上，而正常水平只有17。2月17、24、28日及1月12日再验血，指数由850下降至350，再下降至167，37，17。过程中并不用吃药。但医生怀疑起因是胆发炎，最终的体检结果在那个晚会上尚未明朗，直至2016年1月中旬才会有确定结果，所以罗守弘心里难免忐忑。

2016年1月18日公司大会上，罗守弘和同事谈及"谦"，并作诗一首与同事们共勉，也以此启示同事发心修行。

薄于鸿毛人尊重
流水山高淡随风
道石桥平如来梦
真如真心爱重蓬
冷看深秋飘红叶
又暖人间情种种
恩堂父母吾孩处
村家儿女海长东

踏入2016年，罗守弘迈入60岁的人生关口，他感恩太太陈美仪多年的陪伴，结合自己在佛法上的思维结晶，写了一首诗来表达对太太的爱慕与感激之情。

2015年，罗守弘在裕泰兴公司晚会上讲话

　　艺术，
　是爱的语言。
　看着，触到，
　听心性门如是
　　自己。
　是谦卑，稀奇；
　　真，善，美。
　每邂逅的传奇。
　三十一年多谢您，
　　前后的情书；
　　只因为有您。
　　赤坂，福冈，
　　坐下写到我们

两心如是；
孩子们
在心平，
影连理。
不同的诗，几多同梦；
望眼前人
明月千里寄。
每一分秒
只一个您；
我爱您，
不能忘只有您
才知自己。
放下错过，是我
过错繁离。
尘凡是非，可以普渡；
每天全因为您。
写多少言话，
还留下您的日记；
您的微笑，思想。
明媚晨曦，
可以走过，
白鸟同飞。
惊奇，三世修来惊天动地，
千世同心印记。
善因善果，
胜利何在；
波罗蜜多，自然的您
永远永远，我和您。

　　2016年1月25日早上，罗守弘收到加拿大的表妹嘉露莲的一只野火鸡（Wild turkey）的照片，她和罗守弘互相问候，一起回味2015年12月初嘉露莲、约翰、六舅母和她的小妹妹莎拉、两个孙女和女婿到香港探访的那段难忘时光，他们还做了一本相册记录旅程，罗守弘也作了诗记录和六舅父许爵高的一些回忆和感受。

　　　　五十年前他笑傲。
　　　　致爱亲情许爵高。
　　　　怀念故乡人谦让。
　　　　魁省雪路正义道。
　　　　东西文化多少次。
　　　　在三儿女同拥抱。
　　　　澳门而看满地可。
　　　　好好挥手寄郎劳。

罗守弘画于澳门（2014年）

2015年，罗守弘在香港塱原

2016年1月26日，罗守弘由李念弘医生再做一次肝胆检查。

1月28日晚，罗守弘的妹妹罗咏璇二十五周年结婚纪念，在香格里拉西餐扒房举行盛宴。罗守弘和母亲及太太在六点到达会场拍照，父亲罗肇唐当天也有出席，大家都很高兴，场面其乐融融。按照罗守弘的计划，次日他就会到日本旅行，甚至连行李都已经收拾好了，可是当晚罗守弘醉了，本来只吃了很少东西的他，因为感冒而吃的药与酒精混合导致食物未能顺利进入肠道。散席的一刻，罗守弘大口喝下红酒，在十几分钟后当场呕吐，需要由家人陪同坐轮椅到养和医院见陈维智医生。为免母亲担心，翌日去日本旅游的计划也不得不取消。

回到家，时间已经是11点多，母亲仍在等，看罗守弘是否坚持去日本，让罗守弘很感动。

罗守弘夫妇在妹妹罗咏璇的25周年结婚纪念晚宴上

2016年2月27日早上李念弘医生再给罗守弘诊断肝胆健康正常,不药而愈。

罗守弘懂佛法,知道人生的无常,但他仍然是积极的,在他看来,人生有着不可知性,并不意味着人生是盲目的;过去的东西虽已消逝,但并不意味着它不曾存在,正因为无常,所以他非常珍惜身边的人、事、物,从他写的两首诗可以看出来:

> 二十五年情亲爱
> 马邦邦抱着恩儿
> 千世修来真如在
> 高山流水知深海
> 每日笑世缘而梦

　　同偕老福德满载

　　珍惜眼前人健硕

　　白发齐眉好年代

2016年1月31日,罗守弘参加了陈瑞燕在乙未年的最后一次共修班,又一次农历年尾了,罗守弘的父母身体不错,罗守弘也备感安慰。

　　谦,看得到
　　　心残心高;
　　卑,受想,
　　　何必成就。
　　　　朋友
　　可亲慈悲,喜舍;
　　　能大有。
　　几许走黑风,

幸福美满的罗家

月下
何许人间
拥有。
就是脆弱
岁月恒久，
走过。
感恩，惜福，
再一起守。
夕阳闪烁着
人生等候；
一次白头。
又来生两双飞在凡尘；
爱在。
前生今世，
愈美丽的
早晚回家；
抱拥禅修。

  2016年大年初一，罗守弘在拜年时，居然在午饭前睡着了，因为他早上八点就起床了，和家人们度过了一个特别的早上，尤其是和两个孙女一起的时间让他快乐非常，也让他意识到身为爷爷的自己背负的更多的责任。

行直无无名业报
唯心因果一念善
正见娑婆诵真经
法僧身业从佛道
定业如来不定业
业力惜福感恩劳
七有自通三菩提
正觉修戒成改造

罗守弘夫妇与长子罗秉业一家

人年初二，罗守弘和太太四处拜年，又在老人院午膳，在与老人院主管罗雪珍的交谈中，罗守弘意识到忍让的重要，不禁有些感慨，回想三十多年来，他因为身为长兄，所以在行为上一再忍让，一天又一天，一年又一年，或许以后还要在去除"口业"上勤下功夫吧！

慈悲喜舍明真相
行苦放下贪嗔痴
四谛无我苦无常
知苦已灭不同样
五蕴世界是这我
是我善哉一念上
身口意业戒定慧
八正修道发心亮

大年初四。罗守弘约黄光照神父郊游看鸟,在塱原感受大自然的平静。

菩提萨埵放堤边

对鸟如来真净土

塱原田畔一线天

石上河旁云影面

究竟众生一乘佛

和赏佛乘又眼前

不论星月山河变

因果修行一念善

大年初六上午,工作一如往常。罗守弘和同事讨论了关于中国内地发展的一些事宜,直到下午才把工作指示交给属下跟进。深夜,罗守弘发现春秧街的建筑图纸被运输处驳回,但他并不为此担心。经过多年营商生涯,他早习惯了起落浮沉,学会了忍耐以及面对挫折时的随缘而行。况且就此事来讲,罗守弘也知道春秧街出售作为商业用途或许会更有价值,还能免除家人误会,以为他故弄玄虚后把住宅项目转成酒店用途。既然酒店用途不被批准,他也不会建成商业住宅——罗守弘是见市场不明朗才打算出售,因为 2016 年春秧街项目出售会给文化村企业集团一笔重要的资金支持。

黄光照神父(左)是罗守弘的良师益友

事实上，父亲罗肇唐创立的裕泰兴成功将祖父罗裕积的大押事业转向物业发展，而罗守弘本人则通过2002年启动的红茶馆酒店项目成功把裕泰兴的生意版图再拓展到另一个阶段。

2016年，香港特区的地产发展并不稳健，在全球经济不太稳定及加息的商业背景下，需要大资本的发展商要面对不小的融资压力，但罗守弘和太太陈美仪及儿子罗秉业、女儿罗凯宁在这一年却能带领文化村企业建立良好的财务基础，并在此基础上深化发展——2016年至2018年会将500房的酒店群推上2000房以上，并复制到山东烟台和广州番禺。可见，2016年这一次春秧街项目未能获批建酒店并未让罗守弘过多担忧，他可以更从容地转变策略，把它变为一个卖出套现的项目，以此得来的现金流能让文化村企业平安度过2016年世界经济动荡，这正是"塞翁失马，焉知非福"。

可爱的两姐妹

大年初六，这天是罗守弘的孙女罗靖霖的生日，罗守弘心中充满感恩与喜悦，赋诗一首。

让我们感恩
来有爱心惜福
有霖霖岚岚
欢喜心；
慈悲在嫲嫲眼前人。
舍得
又儿女看恸
父母心；
执子手退下
美利海湾。
（注：嫲嫲，粤语奶奶之意，下同）

2015年，罗守弘与太太陈美仪在香港

罗秉业和女儿罗靖霖

大年初七,情人节。罗守弘陪同太太陈美仪看了电影《选择》,对"珍惜眼前人"的感悟更深。这天,罗守弘还和孙女罗靖霖合作画了一幅夕阳风景画,爷孙二人其乐融融。

是这年来每一天
有孙女儿又三年
童真对眼新希望
完满彼岸全前面
浮生放下对错错
和佛慈悲蹉正见
演在片云精彩梦
造物佑我夺天然

大年初八,参加裕泰兴开年午餐。

大年初九,罗守弘和母亲、太太去拜神祈福。这一天,香港很多报章报道东亚银行在上一年度亏损20亿元以上,有被收购的苗头。于是午餐时,罗守弘向会计师黄国伟了解情况。罗守弘认为无需为此

罗守弘画于烟台(2015年)

慌张,文化村企业在东亚银行的贷款资金不用担心有追讨的情况,因为文化村企业一早有预备足够的现金抵御风浪,而且春秧街的出售也将为企业的现金流提供后盾,退一万步讲,2016年至2018年有两年时间足以通过出售物业来面对危机。

大年初九,罗守弘将10篇论文、10个地盘的设计图做好,并期待幼子罗秉晋回港一起工作。因为罗秉晋在2016年毕业的时间正是文化村企业进行划分发展的关键结点。

罗守弘画于日本(2015年)

大年初十，公司开年午餐。罗守弘一早察觉在香港特区有买家争夺市区空地发展商业用地，于是和太太陈美仪、子女罗秉业和罗凯宁探讨手上 17 个地产发展项目，做到未雨绸缪。

2016 年 2 月 23 日，星期二。罗守弘和太太陈美仪再次来到山东烟台，这次到烟台相对比较轻松，只是工作上的一些日常巡视。

但罗守弘心情依然有些忐忑，因为留在香港的母亲照顾 85 岁的父亲罗肇唐会不会太辛苦，所幸那段日子，父母的身体无恙，让罗守弘感到安慰。此外，对于此次回到山东，罗守弘也心怀感慨，回想 1988 年，他和太太陈美仪曾去山东青岛的太清宫为设计香港的省躬草堂做调研，转瞬已过 18 年。罗守弘计划在 2016 年 7 月中再赴烟台。

"夕阳无限好，美景在黄昏"，罗守弘一直记得这句话，他还记得关松伟曾与他说过，这句话只在拥有丰盛人生时才可说出。罗守弘知道关松伟所说的丰盛不是指物质、名利，而是在心理上的完全自由，万缘放下，恬淡喜乐。罗守弘意识到，他如今已经有足够的底气说出这句话了。

　　　　　天一般的梦
　　　　听到南看东松，
　　　　　平心尘凡
　　　　　恸在人间。
　　　　红日落西到处，
　　　　育您我多一次
　　　　　　清风；
　　　　　秋叶落
　　　　　早霞恸送。
　　　　这一生感谢您
　　　　　如雪冷冬在
　　　　　又春暖花红。
　　　　　爱着一次
　　　　　又多一回；
　　　　　　水流
　　　　　山川鸟歌，
　　　　　握心子熊
　　　　父母膝下同颂。

2016年2月28日，星期天。罗守弘和太太陈美仪来到大埔慈山寺参加"妙华慈音"特殊需要学生参学日的音乐会。音乐会由禅武医基金举办，罗守弘也是董事之一。

2016年3月7日，罗守弘60岁生日，他和父母、太太、弟妹、子女、孙女和一众亲友一起庆祝生日。罗守弘眼见父母身体健康，子女孝顺，孙女靖霖和靖岚可爱乖巧，心里满怀欣慰与感恩，回想过去，更是心潮起伏——1979年，他回到香港开始工作，转眼已37年。这37年的辛苦与磨难，或许就是自己人生"六度波罗

2016年，罗守弘和太太陈美仪摄于大埔慈山寺

罗守弘夫妇和两个可爱的孙女

罗守弘对两个孙女宠爱有加

蜜"的基础吧!多年来,他不断修行"六度"——布施、持戒、忍辱、精进、禅定、般若,他已经学会把"不开心"保留在自己心里,做到"外离相,内不乱","心念不起,内见自性不动"。他终于做到了"远离颠倒梦想",得到了丰裕的人生,他应该知足了。

  自大由本无自信
  能得自信余自愧
  看人美丽仁义礼
  信人之心元及第
  三世修来同船渡
  淡交偏觉和共济
  青年走过千星月
  意业真如宁晋伟

  对于罗守弘来说，和两个孙女的生活，每一天都过得像一首诗，当中充满了温暖、关怀以及承诺。

  初冬，
  靖霖靖岚姊妹两心
  双连未冻。
  是爸爸妈妈同恸，
  这些年，家中
  手牵手儿歌颂。
  成长心事片片，
  每日在记忆中。
  醒来身边最可爱的孩子，
  温馨童梦。
  八个月大妹妹，
  每一天，和家姐一起
  又快三岁生日的她
  在大年初四，
  花满春红。

  2016年3月21日，罗守弘和太太陈美仪到英国参加女儿罗凯宁的婚姻注册仪式，仪式低调而温馨，看见女儿步入人生的新阶段，罗守弘心中也备觉感恩，并对女儿满怀祝福。

云雾飞处；
回向醒
多少清静心境。
无明，何天望
人世人情。
看看自爱
去过如来，
更何况两情
莫失莫忘；
斗斗生命。

笑看人生的罗守弘

罗守弘一直懂得享受生命，热爱生活

卓越敬才，净下如看

家里你我可以明正，

虚荣，禅定。

悟笑人生

到处星月同影背后，

一刻醒再一天，

万里天晴。

孔子曰："吾十有五而志于学，三十而立，四十而不惑，五十而知天命，六十而耳顺。"

罗守弘画笔下的万里长城（2001年）

  2016年，罗守弘开始他耳顺之年之后的人生。60岁，一个花甲的年龄，一轮甲子的轮回，是男人人生的一大分水岭，一个人生命的一个里程碑。对于庸者而言，60岁就是一个人生驿站，而对有志者而言，那就是太阳偏西而已。

  60载的春秋，更像是存放已久的玉液琼浆，它经受了60年的人生历练，凝聚了人间沧桑的情感，变得更加张弛有度、游刃有余、谦虚严谨。60岁，代表着学识和睿智，更意味着胸有成竹、无所惧怕、镇定从容。

慈悲喜舍六十年
彼岸如来长生殿
感恩自爱由惜福
八正觉原见十善
果报净土情到处
家容众生梦从前
宽容醒后身边您
秋叶无常飘片片

罗守弘经历过了60年的生命旅程，接下来弹奏的会是生命中最厚重磅礴的雄伟交响曲！回想过去37年的工作生涯，一切历历在目，恍如昨日。罗守弘常常会引述毛主席的一句话，"长期打算，充分利用"，走过了六十年人生旅程的他依然享受生命、热爱生活，他会让自己的晚年过得跟少年、青年、中年时期一样精彩，为家人，为社会继续贡献自己的光与热，因为他心中的梦想从未熄灭，那就是国泰民安，繁荣兴盛，民族自强。

1979年，罗守弘在北京长城

东峦西伏长城路，

千年万代人世途，

神意天言，方许人造物比天高，

仁德明令，方治民舍力为君劳；

故宫豪，毛宫浩，

志且雄，意更高，

中华儿女，

同心，国祚保。

1989年，罗守弘再登北京长城

罗守弘对祖国的未来充满信心

这是罗守弘于1979年10月在北京天安门广场写下的词，当中呈现的恢弘与豪迈以及忧国忧民的大爱情怀令人动容。正如罗守弘词中所言：信靠天道，崇尚仁义，才能成就个人的家庭、事业、人生，才能让一个国家繁荣昌盛、国泰民安。让我们从罗守弘的诗中汲取力量，齐头并进，奋发图强！